Brudkronan

Omslagsbild: Alex Palmquist
Förlag: BoD – Books on Demand, Stockholm, Sverige
Tryck: BoD – Books on Demand, Norderstedt, Tyskland
ISBN: 978-91-7785-361-9

Brudkronan

Weström/Eriksson

Nora sträckte sig njutningsfullt där hon låg i sängen. Att veta att hon hade fyra veckors semester framför sig kändes underbart. För en gångs skulle hade hon inte semestern planerad, utan hade lämnat den öppen för stundens ingivelse. Hon mindes med fasa hur förra årets semester hade varit planerad in i minsta detalj och hon hade känt sig som en urvriden disktrasa den dagen hon åter hade befunnit sig på jobbet. Men det fanns en anledning till varför det hade varit så. Det var första semester på femton år som hon hade varit ensam. Deras lyckliga äktenskap hade slutat i en tragedi när hennes man helt plötsligt hade dött i en arbetsplatsolycka. Så när det blev dags för ledighet hade paniken vuxit inom henne. Vad i hela friden skulle hon göra på semestern helt ensam? Men i år hade paniken lagt sig och hon hade åter börjat kunna se en framtid.

Nora hällde upp kaffe och mjölk i muggen och lutade sig tillbaka i trädgårdsstolen. Hon tog en tugga av smörgåsen och såg ut över gatan. Inte en själ syntes till.

Det var torrt i marken. Det hade inte kommit en droppe regn på över en månad och gräsmattan började redan bli torr. Än så länge hade inget förbud om bevattning hörts, så hon fick väl se till att den fick sitt behov tillgodosett. Som tur var hade hon inte brytt sig om att plantera en massa blommor. Då slapp hon att få ångest över det.

Nora tänkte på ladan med alla saker. Två år innan hennes man Markus hade dött, hade de haft en loppis som ett gemensamt projekt och det hade varit jätteroligt. Först hade det tagit emot att gå ut dit, men när hon väl hade öppnat den knarriga gamla dörren hade det känts som om en stor sten hade lyfts från hennes axlar. Det här var ju lika mycket hennes verk som det hade varit Markus. Han skulle säkert bli glad för hennes skull om hon kunde fortsätta med det de en gång hade startat. Så var det något hon skulle göra denna sommar, så var det att ägna sig åt det. Att städa ladan med alla saker hade tagit på krafterna och när hon hade hittat den lilla katten av trä med sitt metspö, som Markus hade varit så förtjust i, hade hon brutit ihop och börjat gråta. Efteråt hade det känts underbart befriande.

Hon svalde den sista slurken kaffe och bestämde sig för att gå ut i ladan. Skulle hon hinna få något sålt denna sommar så borde hon nog fundera på att öppna, för det var turisterna som var de köpstarka. De lila syrenerna hängde vackert ner över det nymålade vita staketet med insekternas surrade omkring. Den gamla dörren for upp med ett knarrande ljud och en unken lukt slog emot henne.

”Hoppsan! Hur kunde hon glömma att hon hade ställt lådan där?

Hon lyfte upp den och ställde den på ett bord. Hon kunde ju öppna loppisen och samtidigt plocka bland sakerna i lådan. Nora kånkade ut med skylten till vägen och skyndade sig tillbaka. Visst litade hon på sina grannar, men känslan av att lämna huset olåst, om så även för en liten stund, kändes obehagligt.

”Jaha, vad har vi nu här då?” Just denna låda hade bara dumpats vid hennes garageinfart. Förmodligen av någon som visste att hon brukade ha loppis. Hon tyckte nog att de borde ha hört av sig på ett eller annat sätt.

Nora plockade upp en trave med böcker, en pigtittare, prydnadssaker och… vad i hela friden… en brudkrona? Var den verkligen äkta eller var det en leksak? Ju mer hon såg desto mer insåg hon att det var en äkta brudkrona hon hade fått med i lådan. Men så svart den var. Den hade nog varit orörd under en längre tid, gissade hon.

Hon kände solens strålar bränna på ryggen och flämtade. Det var verkligen varmt idag. Hela tjugosju grader hade termometern visat på. Förmodligen skulle det inte dyka upp några besökare förrän senare samma dag, för de flesta valde nog att ligga på stranden en dag som denna. Hon strök bort det korta mörkbruna håret från ansiktet och kisade mot solen. Hon skulle faktiskt kunna hämta silverputset och sätta sig här i skuggan en stund. Hon skulle ändå lätt kunna hålla koll på om det dök upp någon kund.

Nora sprang med lätthet uppför trappan till huset. Trots sina fyrtiotvå år såg hon inte ut att vara en dag äldre än trettio och det berodde antagligen på att hon var en flitig motionär. Att gå på "Friskis och Svettis" var något av det skönaste hon visste och det kunde bli upp till tre gånger i veckan.

Nora satte sig ned vid bordet utanför ladan med kronan, silverputsen och de tre böckerna från den senaste lådan. Egentligen var hon inte intresserad av att få böcker längre. Det hade blivit alldeles för mycket av det. Först i början hade hon noga kollat upp om det var något hon själv ville ha. Till slut hade hon inte hunnit med. En hel vägg var uppbyggd i ett hyllsystem och den bestod av enbart böcker och den var nu full. Men något hade tilltalat henne den här gången eller så var det brudkronan som hade gjort henne extra uppmärksam. Nora gick in i ladan och såg sig omkring. Tänk så mycket prylar det fanns och som någon hade bestämt sig för att kasta bort? Det var verkligen en tråkig inställning till saker. Det finns säkert någon som gladeligen skulle ha tagit emot det. Allt är inte slit- och slängvaror.

Barlingbo 1948

Karin kände glädjen rusa genom kroppen när hon tänkte tillbaka på stunden tidigare i kväll. Visst hade hon känt att något hade funnits mellan henne och Lars, innan han hade knäböjt framför henne där ute vid den stora eken i hagen bakom deras gård. Men att hans känslor hade varit så pass starka att han ville gifta sig med henne hade gjort henne knäsvag. Hon älskade honom av hela sitt hjärta och för hennes del hade det känt rätt redan från början. Med Lars kunde hon vara naturlig. Ingenting kändes besvärande och konstigt. Karin såg på sitt rodnande ansikte i spegeln och skämdes. Tänk att bete sig som en ung jänta eller var det tillåtet att rodna som kvinna? Hon mindes tillbaka till första gången hon hade sett Lars. Ja herre Gud vad snygg han hade varit!

Karins far Åke skulle sälja deras häst Stinsen och då hade Lars och hans far Kurt kommit hem till dem. Först hade hon inte alls varit intresserad. Det var vanligt att han höll på med byteshandel. Men när hon hade sett ut genom fönstret och fått syn på den unge mannen med det långa mörka håret som halvhjärtat hölls på plats med en keps hade hennes hjärta gjort en frivolt. Hon såg hur han tog ett kliv fram mot hästen och hävde sig upp på den.

Den äldre mannen pratade med hennes far och nickade, medan den yngre mannen hoppade ned från hästryggen och klappade den gillande.

"Jaha, där har vi henne", ropade hennes far från gården och vinkade. Karin som hade trott att hon var osynlig kände sig dum och förstod att hon var tvungen att gå ut.

"Skulle du kunna koka lite kaffe?"

"Självklart", sa Karin och mötte Lars blick.

"Det här är min dotter Karin."

"Lars Nilsson", sa han och log.

"Kurt Nilsson", sa den äldre mannen och bockade med kepsen i hand.

Karin hade varit så betagen av den unge mannen att hon hade glömt bort att dricka sitt eget kaffe. Pinsamt nog hade de andra märkt hennes intresse och brustit ut i ett gapskratt när hon försökte dölja sina rodnande kinder.

Karins far och Kurt enades om sin uppgörelse och kaffestunden i bersån var över.

"Riktigt goda kakor", sa Lars och log mot mor Jenny.

"Jag har också varit med och bakat dem", sa Karin men ångrade sig i samma stund.

"Det kan jag gott tänka mig."

"Ja då har du köpt dig en fin häst", sa Åke och klappade Stinsen på ryggen.

"Ja det får vi tro", sa Kurt och räckte Åke handen.

"Ja du Lars, nu får du hoppa upp på hästryggen så far vi hemåt."

Lars tog av sig kepsen och sträckte fram handen mot Karin. Hon såg det långa ostyriga håret ramla ut ur kepsen och kunde nästan inte motstå impulsen att känna på det.

"Ja tack så mycket för kaffet och en trevlig pratstund", sa han och log mot henne.

"Ja det var trevligt", sa Karin och sänkte blicken.

Hon stod kvar på gårdsplanen tills de inte längre syntes och under den tiden hade han vänt sig om vid ett flertal tillfällen.

Nästa gång Lars och Karin träffade på varandra var på en bygdefest. Karin hade först inte känt igen honom. Det långa håret hade klippts av och han var finklädd i skjorta och byxor med pressveck. Hennes första impuls hade varit att springa fram till honom. Helt plötsligt hade hon känt sig så blyg. Tänk om han skulle känna sig obekväm i hennes sällskap?

"Lars, vänta på mig!" hörde hon en kvinna ropa.

Karin kände sig dum. Inte hade hon tänkt på att han hade sällskap. Hon backade några steg så hon hamnade bakom den stora ekstammen.

"Jag är ju här."

Karin studerade det unga paret på avstånd och fick en konstig känsla i magen. Visst hade hon hört den rösten förut?

"Men Britt. Vi behöver väl inte vara klistrade intill varandra hela tiden?"

Karin kände hur det högg till inom sig. Visst var det Britt!

Karin kände sig besviken och hade lust att gå där ifrån. Britt var en bekant från barndomstiden. Hennes mor Jenny och Britts mor brukade hjälpa varandra när slakten hade ägt rum och med diverse andra göromål. Mödrarna hade tyckt att det var bra att de hade döttrar som var lika gamla, då kunde de ju hjälpa varandra med läxläsningen. När det var färdigt så fick de hitta på något annat skoj tillsammans. Men de två flickorna kom inte överens. Det hela började med att Britt var van sen tidigare att få allt hon pekade på. Så varför skulle inte även Karin få det? Först hade Karin haft svårt för att säga nej och hade gått Britt till viljes. Men när hon hade pekat på Karins silverarmband som hon hade fått i dopgåva av sin moster, då hade hon blivit rädd. Britt hade blivit sur och tvär och hade gråtande sagt till sin mor att hon inte fick låna några saker av Karin och att det därför var jättetråkigt och att hon aldrig mera ville följa med dit. Britts mor hade tittat missnöjt på Karin och tagit sin dotter i famn.

Men Britt som aldrig hade behövt stå till svars för det hon hade sagt eller gjort, blev totalt överrumplad av mor Jennys fråga.

"Vad var det du ville låna av Karin?"

Britt trutade med munnen och mumlade något ohörbart och vände ansiktet in mot sin mors hals. "Du får lov att låna det av mig", sa Karin och vände blicken ned mot golvet. Britt strök bort sina tårar från ansiktet och hasade ned från sin mors knä. För ett ovant öga skulle man kunna tro att dessa två var vänner. Men sanningen var en hel annan.

Från den dagen var Karin alltid noga med att plocka bort sådant hon var rädd om, för det hade gjort väldigt ont när Britt hade åkt iväg med hennes silverarmband i sin ficka.

"Hej Karin! Det var längesedan", sa Britt och log ett stort leende med läppar som var målade med mörkrött läppstift. Hon räckte Karin sin hand vars naglar var målade med ett ljust rosa lack och en handled pyntad med glittrande armband.

"Hej det var längesedan", sa Karin generat och försökte undvika Lars blick.

"Ja du är dig lik", sa Britt och kastade en snabb synande blick på Karin. Karin såg ner på sin ljusblåa klänning och vita skor och förstod mycket väl att hon såg ut som en grå mus i jämförelse med Britt.

"Hej Karin", sa Lars och sträckte fram handen mot henne.

"Känner ni varandra?"

"Våra fäder har haft affärer ihop!"

"Vad fin du är ikväll", sa Lars och log mot henne.

Blicken hon fick av Britt talade sitt tydliga språk och den kändes lika hemsk som den alltid hade gjort.

"Det var roligt att träffa er, men nu måste jag verkligen gå vidare", sa Karin och hoppades innerligt att ingen skulle säga något mer.

Karin blev bönhörd och ilade snabbt iväg mellan träden.

Lars hade gärna sett att Karin hade stannat kvar. Han tyckte att hon var både charmig, rolig och söt. Fast situationen hade kanske inte varit den bästa. Märkligt att de två hade varit vänner. De var sina totala motsatser. Han och Britt hade varit tillsammans från och till under det senaste året, men han kunde inte påstå att det var han som brukade höra av sig. Nej det var nog allt som oftast hon. Britt visste vad hon ville ha, och det brukade hon minsann tala om. Han hade minsann fått känna på hennes vilja och den var svår att värja sig mot. Han kom att tänka på hennes senaste önskemål och det var verkligen inget som passade in i hans liv för tillfället. Han hade inga planer på att gifta sig än, men hur han skulle lyckas ta sig ur det visste han inte.

Britt kände svartsjukan komma krypande för att till slut sätta sig likt ett järngrepp i hennes kropp. Varför i hela friden hade hon frågat honom om vem som var den vackraste av de två, för det kunde ju alla se att det var hon? Den där lilla gråa musen hade väl inget att komma med! Naturligtvis hade han lagt fram hennes positiva sidor enbart för att reta henne. Först hade han undvikit att svara på hennes fråga. När hon envisats med att pressa honom, hade han till slut gett vika och då hade hon fått ett svar hon inte hade räknat med. Vadå naturlig och glad? Hon var väl för i helsike jämt glad och naturlig! Vad hade han menat med det? Skit under naglarna och håret slarvigt hängande över axlarna? Frågorna samlade sig inom henne och hatet mot hennes tidigare väninna började pysa över. Nu var hon tvungen att rädda situationen med Lars. De skulle ses senare på kvällen och då skulle hon minsann visa honom vad hon gick för.

Inget hade blivit som Britt hade tänkt sig. Hon hade aldrig varit så arg och aldrig känt sig så förnedrad, som hon hade blivit då. Hur kunde han göra så här mot henne? Hon hade kastat skorna mot väggen i hallen så att det hade hörts i hela huset. Trappan upp till sitt rum hade hon tagit i två kliv, för att sedan drämma igen dörren med en smäll. Lars hade skickat sin lillebror till platsen de skulle ses på. Han hade stammande framfört en ursäkt med att de hade fått problem med en ko som skulle kalva- och det skulle hon tro på? Hon som hade klätt upp sig och använt sin dyra parfym. Britt svor ve och förbannelse över honom och var nästan säker på att han var och träffade den där Karin. Naturligtvis var det så, det kunde hon nästan svära på.

Britts mor som hade vant sig vid hennes utbrott orkade inte bry sig. Hon ifrågasatte inte heller när dottern åter klädde på sig ytterkläderna och försvann ut.

Det var för långt att gå till Karin, så hon gick in i ladan för att hämta sin fars cykel.

Det hade varit lite besvärligt att hoppa över ramen på cykeln, men till slut hade hon lyckats och kunde ge sig iväg. Britt hade ingen plan över vad hon skulle göra. Hon kände bara att hon var tvungen att åka dit.

Hon bestämde sig för att gå den sista biten och för att inte synas från vägen gick hon genom skogen. Britt hade väntat sig att det åtminstone skulle lysa någonstans, men det var mörkt i hela huset. Ingen verkade vara hemma. Britt stod bakom laduväggen och kikade runt hörnet. Där hade hon perfekt utsikt över gården. Men det förblev mörkt och för varje minut som gick blev det allt mörkare och hon fick tänka om, för där kunde hon inte stå hur länge som helst.

Britt var arg på sig själv. Nu hade hon verkligen gått händelsen i förväg och gjort bort sig rejält. Skammens rodnad lyste från hennes kinder när hon tänkte på det som hade hänt hemma hos Lars.

Lars far hade fått slita bort henne från Lars. Britt hade varit så bergsäker på hans svek mot henne, att hon hade rusat in i ladugården och knuffat omkull honom. Efter det hade hon kastat sig över honom som ett vilddjur och slitit honom i håret och rivit stora klösmärken på hans armar. I vanliga fall skulle han ha kunnat stoppa henne. Men han hade blivit överrumplad och handlingsförlamad. Hon hade skrikit och gormat en massa osammanhängande meningar om svek och jävelskap. Lars mor hade hört hennes skrik och hade kommit ut i ladan. Hon hade försökt att dra bort Britt men inte haft en chans. Så hon hade varit tvungen att hämta Lars far. Han hade tagit ett tag om hennes handleder med den ena handen och om hennes fotleder med den andra och burit ut henne hängandes som ett kreatur, för att sedan släppa ner henne intill gödselstacken och lämna henne där.

Inte ett ljud hade kommit ur hennes strupe fast hon hade velat skrika.

Hon hade skamset sprungit till sin cykel det fortaste hennes ben förmådde.

Den som hade fått se henne då, hade nog tyckt att hon hade varit en ömklig syn med trasiga strumpor, hö i håret och gödselfläckar på den fina klänningen.

Britt suckade och vände sig om i sängen. Hon hade ingen lust att stiga upp. Hela världen hade säkert fått veta vad hon hade gjort. Britt ville inte vara en vekling, så hon pressade envist tillbaka tårarna medan hon funderade på hur hon skulle lyckas ordna upp situationen.

"Skall du inte gå upp?" undrade Britts mor och knackade på hennes dörr.

"Jag känner mig inte bra." mumlade Britt från sängen.

"Det var ju synd. Lars är här."

"Är Lars här?!" sa Britt och kände hur det fladdrade till i hjärtat.

"Han vill visst prata med dig."

"Säg till honom att jag kommer strax", sa Britt och hoppade kvickt ur sängen.

Det visste jag väl det. Nu är han säkert ångerfull och vill be mig om förlåtelse, men jag skall minsann hålla honom på halster, tänkte hon.

Britt såg honom sitta där ute i trädgården och vänta på henne. Han var faktiskt riktigt gullig när han satt där och tuggade fundersamt på ett grässtrå.

Hon satte sig ned intill honom och mötte hans blick.

"Ville du mig något?" sa hon och lade sin hand på hans arm.

"Ja, det vill jag", svarade Lars tyst.

"Jag visste det och nu ångrar du dig förstås?" sa Britt och såg strängt på honom.

"Ångrar mig?"

Britt stelnade till och såg undrande på honom.

"Jag vet inte vad det där stod för, det där som hände igår. Men jag har förstått nu att du och jag har ingen framtid tillsammans", sa Lars tyst.

Britt trodde inte sina öron. Vad var det han satt och sa? Ingen skulle någonsin få överge henne. Hon såg på honom med sorgsna ögon och försökte blidka honom, men Lars hade bestämt sig. Han var okuvlig. Britt reste sig från soffan och såg bistert på honom och tog ett hårt tag om soffryggen i avsikt att tippa den bakåt. Lars, som var förberedd på ett utbrott efter förra gången de sågs, hoppade raskt framåt så enbart soffan for i backen. Ilsket sparkade hon på den liggande soffan och vände sig storgråtande om och rusade in i huset. Lars brydde sig inte om att försöka hindra hennes, utan passade på att skynda därifrån, lättad över att äntligen ha fått säga det han hade att säga.

Svartsjukan värkte så att hon trodde att hon skulle dö. Britt var säker på att Karin hade slagit klorna i honom för att hämnas på henne. Hon hade visserligen inte sett de två tillsammans, men rösten inom henne sa att det var så och om hon inte kunde lita på någon annan, så var hon tvungen till att lita på den. Hennes beslutsamhet var stor. Det måste åtgärdas och det så fort som möjligt.

"Vi får besök idag", sa mor Jenny och hakade upp ett fönster för vädring. Den strukna bordduken hängde över stolsryggen och väntade på att bli lagd på det putsade bordet.

"Jaha?"

"Du kanske kommer ihåg de som var och köpte hästen av oss?"

Karin kände hjärtat slå ett extra slag.

"Du menar Kurt Eriksson och hans son?" frågade Karin.

"Ja just det. Din far och Kurt skulle tydligen diskutera något ärende. Jag frågade inte så noga."

Mor Jenny återvände till köket med Karin i släptåg till blommorna hon hade lagt i en hög på köksbordet.

"Du kan väl ordna ihop några buketter?" sa mor Jenny och satte fram tre vasar på bordet.

"Skall det vara så märkvärdigt bara för att de kommer hit?"

"Hans fru Alvina kommer också med och jag vill göra ett gott intryck."

Karin plockade ihop buketterna och städade undan efter sig. Hon hade gärna velat fråga mor Jenny lite mer, men hon var redan i full gång med sitt bak och verkade helt uppslukad för omvärlden.

Hon kunde se Lars ansiktsdrag mycket väl för sitt inre och den långa gängliga kroppen med de stora fötterna hade också etsat sig fast. Synd att han redan var upptagen, tänkte hon. Han kanske inte ens kom med. Lika bra att göra sig fin ifall han skulle göra det.

Solen sken från en blå himmel och enbart en svag vind fläktade dem, där de gick längs skogsstigen i Barlingbo. Föräldrarna hade envisats med att ungdomarna behövde ut och röra på sig efter allt kaffebröd de ätit, så det var bara för Karin och Lars att pallra sig iväg.

"Vilken lustig en", sa Lars och skrattade åt katten som envisades med att följa dem längs med vägen.

"Ja nog är han lustig allt."

"Han vill säkert hålla ett vakande öga på mig", sa Lars och blinkade.

"Tror du det?" sa hon och rodnade.

Karin njöt av hans sällskap. Hon hade gärna tillbringat längre tid med honom, så hon tyckte att det var tråkigt när han ville vända tillbaka. De gick tysta bredvid varandra och hon kunde inte låta bli att tänka på Britt. Hon hade inte med det att göra, det insåg hon mycket väl, men hon ville verkligen veta.

"Hur är det med Britt?"

Hon såg hur han sammanbitet bet ihop och hon ångrade sig genast. Nu hade hon nog trampat i klaveret.

"Jag vill helst inte prata om henne."

"Jag ber om ursäkt. Det var verkligen inte min mening att snoka."

De vek av in på gårdsplanen och där stod redan hans föräldrar redo att åka.

"Så bra att ni kom. Vi började nästan fundera på att ordna skallgång", sa Lars far och skrattade.

"Oj, har vi varit borta så länge?" sa Karin förfärat.

"Ingen fara. Vi blev precis klara här också", sa hans mor och log vänligt.

"Tack för en jättehärlig eftermiddag. Det får vi snart göra om igen", sa han och tog hennes hand och höll om den för en stund.

"Det vill jag väldigt gärna", sa Karin och nickade ivrigt.

Hans klev upp i hästvagnen i ett kliv och satte sig tillrätta intill sin mor. Han kastade en leende blick mot henne och smackade på hästen.

"Har du slagit rot i marken? Det är dags att börja med kvällsmaten?" sa mor Jenny och skrattade.

"Kommer", sa Karin och gick med lätta steg in mot huset.

Britt var arg och besviken över hur hennes väninna hade kunnat göra en sådan egoistisk sak mot henne. Hon hade svårt att tro att Lars hade kunnat göra ett sådant val. Naturligtvis var det den där lilla häxan som hade snärjt honom i sitt garn och nu kunde han inte göra sig fri från henne. Hon hade sett dem där de hade kommit åkande i en hästdroska från Karins. Hon hade hört hur de hade skrattat och ropat adjö till varandra. Fy! Hon kände sig kräkfärdig. Britt hade nästan ångrat att hon hade spionerat på dem, för det hade gjort att hon mådde ännu sämre än innan.

Karin var övertygad om att hennes hårt bultande hjärta var synligt för andra. Ja skulle inte hennes hjärtslag avslöja henne så skulle med all säkerhet hennes röda kinder göra det. Hennes föräldrar hade blivit glada över Lars frieri och över att hon nu skulle få gifta sig med en fin ung man som skulle bli en utmärkt make. Karin själv hade tidigare inte visat det minsta intresse för unga män och det hade väl oroat hennes mor en aning. Hon hade verkat trivas bäst i hemmets trygga vrå. Karin hade hört hur hennes mor hade pratat med far om hennes ovilja att söka sig utanför hemmet och det hade fått henne att fundera på att ta plats på en av de större gårdarna som piga, men om detta hade hennes mor ingen aning.

Helt plötsligt en regnig dag hade han stått där utanför deras dörr med en blombukett i sin hand.

"Goddag... eller rättare sagt godkväll."

Mor Jenny hade frågande sett på den stora blombuketten han hade gett henne.

"Vem är det?", hade hennes far ropat.

"Det är Lars."

Karin som hade befunnit sig inne på sitt rum, hade hört hennes mor ropa och skyndat sig med ett vilt bultande hjärta mot dörren, men valt att stanna bakom den halvöppna dörren där hon kunde se på honom i smyg.

"Men godkväll Lars, vad skaffat oss den...?" hörde hon sin far säga.

"Jag... jag skulle vilja be om en sak", hörde hon Lars osäkra röst.

"Men kom in, inte skall du stå där i regnet."

Karin såg på Lars, en av de vackraste män hon någonsin hade sett, stå där med sin dyngsura mössa i sin hand.

"Det var artigt av dig att fråga oss först, men det är bäst att du frågar henne själv."

Karin tog ett hårt tag om dörrhandtaget. Hade han bett om hennes hand?"

"Karin, du har besök", sa hennes mor med lätt rodnande kinder och puffade upp dörren till hennes rum.

Karin brydde sig inte om att svara, utan gick tyst efter sin mor.

"Hej, är du på besök?" sa Karin och försökte låtsas oberörd.

Hennes föräldrar hade lämnat henne ensam med Lars, men hon förstod att de befann sig inte allt för långt därifrån.

"Karin..."

"Ja?"

"Vill du gifta dig med mig?"

Fast hon hade förstått vad han skulle fråga så fick frågan henne att känna sig yr av glädje.

Då hon inte svarade, lade han snabbt till orden att hon inte behövde svara med en gång.

"Självklart. Visst vill jag det."

Lars såg frågande på henne, som om han inte var riktigt säker på hennes svar.

"Visst vill jag det. Jag vill väldigt gärna gifta mig med dig."

Hon kände hans varma armar omfamna henne och strax därpå bröt jublet ut från hennes föräldrar, som hade hört hennes svar.

Karin mötte sin fars blick och log. I en familjär gest tog han Lars i hand.

"Jag välkomnar dig till vår familj. Det kunde inte ha blivit mycket bättre än så här."

Mor Jenny stod som förstummad. Hon hade inte återhämtat sig efter den stora blombuketten hon hade fått i sin hand. Varför hade inte Karin berättat för dem? Hon reste sig upp och tog dottern i sin famn och viskade i hennes öra.

"Varför har du inte sagt något?"

"Jag hade faktiskt inte en aning om att han tänkte fria."

"Jag är så glad för din skull för jag ser på dig att det är honom du vill ha."

Karin nickade ivrigt och såg längtansfullt på mannen som stod bredvid hennes far.

Vid kaffebordet hade det diskuterats bröllopsplaner så Karin hade tyckt att det hade blivit pinsamt. Men en blick från Lars hade fått henne att slappna av. Naturligtvis kunde hon förstå att det var stort även för dem.

"Oj! Så mycket klockan har hunnit bli. Jag måste skynda mig hem."

Lars gick ut till köket för att tacka för sig, men mor Jenny hade varit så upptagen av att leta recept att hon knappt hade lagt märke till honom.

"Ja nu fick de verkligen något att tänka på", sa Karin och mötte Lars mörka blick.

"Jag är verkligen förvånad över att jag vågade fråga."

"Ja... tänk om jag skulle ha svarat nej!"

Lars såg bestört på Karin.

"Du är det bästa som har hänt mig", tillade hon leende.

Lars omfamnade Karin och pussade henne på nästippen.

"Nej du, nu är det verkligen dags för mig att bege mig hemåt."

"Jag vill inte att du skall åka."

"Vi ses snart igen och förresten har vi all tid i världen framför oss."

Karin släppte motvilligt hans hand.

Lars svängde ena benet över cykelramen och log mot henne.

"Hej då, min vackra blivande fru."

"Hej då."

Karin stod kvar på gårdsplanen så länge hon kunde se honom, fortfarande omtumlad över det som hade hänt. Var det verkligen sant? Skulle hon och Lars gifta sig, eller hade det hela varit en dröm? Hon nöp sig i armen och kunde konstatera att det var sant.

Mor Jenny knackade försynt på dörren men brydde sig inte om att invänta något svar.

"Jag är så otroligt glad för din skull", sa mor Jenny och satte sig ned på sängkanten.

Karin som hade stått och sett ut genom fönstret försjunken i tankar, vaknade till och slog sig ned intill sin mor.

"Det känns som en dröm", sa Karin och såg på sin mor.

De satt tysta båda två och såg på varandra. Efter en stunds tystnad exploderade de båda två i ett hysteriskt fnitter.

Mor Jenny reste sig upp från sängen och gick ut ur rummet. Karin som inte förstod något, satt förvånad kvar. Men hon behövde inte undra så länge till. För strax därpå kom hon tillbaka bärande på en stor kartong som hon vördnadsfullt satte ned på sängen. Karin såg nyfiket på den stora kartongen medan mor Jenny strök med handen över det vackert målade locket.

"Vad finns i kartongen?"

Mor Jenny lyfte på locket och Karin drog häftigt efter andan.

"Åh, så vackert", sa Karin och kände på det vackra vita tyget.

"Det är min brudklänning. När vi gifte oss, din far och jag, bar jag den här."

"Är det en klänning?"

"Jag har hoppats på att du kanske skulle vilja ha den en dag?"

Mor Jenny hämtade en galge och vilken hon försiktigt trädde i den vackra klänningen.

Karin kände på tyget väldigt försiktigt. Hon var rädd att hennes nariga händer skulle rispa sönder något.

"Jag tror att vi är ganska lika i storlek. Åtminstone var jag det en gång."

Hon hade aldrig sett något så vackert.

"Nu måste jag förbereda maten inför i kväll." sa mor Jenny och reste sig.

"Den kan ju hänga kvar här hos dig så länge", sa hon och vände snabbt bort blicken för att inte visa sina glädjetårar.

"Mor! Tack så jättemycket! Jag kan inte tänka mig något finare."

"Du kommer att bli så vacker som jag en gång var."

Nora stod mållös.

”Vad i hela friden?”

Hon vände och vred på föremålet i sin hand. Visst var det en brudkrona! Det rådde det inget tvivel om, men så svart den var. Ingen kunde ha brytt sig om den under väldigt lång tid, för då skulle den inte se ut så här. Var det äkta silver? Hon lyckades gnida den någorlunda ren och tillslut kunde hon tyda en stämpel i form av en kattfot, så nog var den äkta allt. Dessutom hade den små vita kristaller ingjutna vid varje spets.

Hur i hela friden hade den kunnat hamna här hemma hos henne? I vilket fall som helst insåg hon att det måste ha skett ett misstag.

”Ja här kan du i alla fall inte bo. Det är lika bra att jag tar in dig med en gång.”

Det var marknad på samhället, så det förväntades råda full aktivitet utanför hennes lada.

Det hördes röster bakom den stora syrenhäcken, så nu var det visst någon på gång. Nora fortsatte att plocka bland sina saker medan besökarna letade efter fynd. En del var mycket väl medvetna om sakernas värde, medan andra letade efter slit- och slänggrejer till sommarstugan. En strid ström av människor fortsatte att komma, så hon bestämde sig för att plocka fram termosen med kaffe och bullpåsen hon hade inhandlat på marknaden. Hon satte sig tillrätta i den sköna vilstolen och sträckte på benen. Att vistas ute i gassande sol var inget för henne och att vara på en het badstrand med en massa badbollar och svettiga kroppar var helt uteslutet. Nej då passade det henne betydligt bättre att sitta under en lummig ek med en bra bok.

”Den här skulle jag hemskt gärna vilja ha”, sa en liten späd röst.

”Jaha?” sa Nora och såg på den lilla flickan.

Nora kände igen flickan sedan tidigare. Hon hade besökt loppisen ett antal gånger förut. Flickans hår var smutsigt och tovigt och kläderna såg inte heller rena ut.

”Jag skulle bli så jätteglad om jag kunde få en sådan här”, sa den lilla flickan och kramade dockan hon hade i famnen.

Nora såg sig omkring. Någon vuxen syntes inte till som de tidigare gångerna.

Visst skulle hon kunna ge dockan till flickan, men förmodligen skulle hon ha områdets alla barn här inom kort och då skulle de också vilja ha något.

”Ja...”

Flickan såg på henne med bedjande ögon och det blev allt svårare att säga nej.

”Jag har ett förslag.”

Flickan såg frågande på henne.

”Om du hjälper mig att skapa ordning i lådorna med leksaker, kan du få den som betalning.”

”Skall jag städa i lådorna?”

”Du kan väl sortera lite bättre än vad jag har gjort?”

"Det vill jag jättegärna. Får jag dockan då?"

Nora nickade och såg på flickan.

"Men först måste du dricka lite saft och äta en bulle. Du kan sätta dig här vid mig."

"Får jag...?"

"Sätt dig."

Flickan satte sig med dockan i famnen och tog emot det välfyllda glaset med hallonsaft.

"Jag måste springa in och hämta silverputs. Kan du ropa på mig om någon kommer?"

Flickan nickade ivrigt.

"Jag ropar Nora riktigt högt så hör du."

"Det blir jättebra. Vad heter du?"

"Jag heter Elin."

Den vita trasan hade blivit svart av smuts, men den vackra kronan glänste nu i solens sken. Hon kände med en smekande rörelse över ytan som var helt slät förutom kattfotsstämpeln. Vid spetsarna satt små vita kristaller. Var de också äkta? Då var det verkligen en dyrgrip hon hade framför sig.

Nora hörde Elin prata för sig själv där inne i ladan. Skulle hon kunna springa in på toaletten?

"Elin."

"Ja."

"Skulle du kunna passa loppisen en stund? Jag behöver verkligen springa in på toaletten."

"Det klarar jag", sa hon kavat och såg på Nora.

"Jag kommer snabbt tillbaka."

Hon tog med sig kronan, för hon ville verkligen inte riskera att förlora den.

När hon kom ut tio minuter senare hade tre bilar parkerat längs med hennes staket. Hon förstod att det var besökare till loppisen och hon hörde prat och skratt därifrån. Vad var det som kunde vara så roligt? Ja inte hade hon kunnat ana att hon hade anställt en sådan naturbegåvning? För där bjöds det minsann på underhållning av lilla Elin som glatt vickade på höfterna medan hon svängde runt de randiga rockringarna. Men det var tydligen inte rockringarna som var det roligaste utan snarare Elins koncentrerade ansiktsuttryck. Nora brast ut i ett stort leende. Ja där ser man. Jag har förmodligen fått en ny vän, tänkte Nora.

Den vita långhåriga blandrashunden Molly satt vid dörren och gnällde. Nora suckade. Regnet stod som spön i backen och hon kände verkligen inte för att gå ut. Men när de spetsiga hundöronen låg strukna längs med huvudet, insåg Nora att det inte fanns något annat alternativ. Nora plockade fram de gröna gummistövlarna från garderoben, vilka hon egentligen hade satt undan till hösten. Men nu behövdes dem. Hela gatan var täckt av vatten. Molly hade varit hennes följeslagare sedan åtta år tillbaka. Att kunna urskilja någon specifik ras i henne var omöjligt. Fast hon var ändå den finaste hund man kunde tänka sig.

Tänk att det redan hade gått åtta år. Hon minns det som om det vore igår. Det hade varit vinter och just denna natt, då hon hade hittats bunden vid en gatlykta på Follingboväg, hade temperaturen krupit ner till tolv minusgrader. Ett under att hon hade klarat sig så bra som hon hade gjort. Tänk om ingen hade hittat henne förrän dagen efter? Då hade hon förmodligen frusit ihjäl, tänkte Nora och kände en obehaglig kåre längs ryggraden. Ägaren hade efterlysts via Gotlandsradion, men ingen hade hört av sig. Så några vänliga människor hade förbarmat sig över henne men bara tillfälligt, för en hund passade inte in i deras liv.

Hon hade verkligen inte planerat att skaffa sig en hund, men den här hundens öde hade berört henne in på djupet och ville inte släppa taget. Så utan att hon egentligen hade tänkt igenom det, hade hon ringt till polisen. De hade sedan förmedlat henne vidare till familjen som för tillfället hade hand om hunden.

Nora blev hjärtligt mottagen och inbjuden på kaffe. Inne i köket knastrade det hemtrevligt från vedspisen medan det unga paret villigt lämnade ut de lilla fakta de hade om hunden.

"Hon fungerar jättebra med barn och andra djur", sa den unga kvinnan och räckte henne korgen med lussekatter.

"Nybakta?", sa Nora och tog en rejäl tugga.

"Det är ju Lucia om några dagar, så det hör väl till!"

Nora nickade och svalde.

"Jag vill väldigt gärna träffa hunden", sa Nora och läppjade på det varma kaffet.

"Har du inte märkt något?"

"Vadå?"

"Titta under bordet så får du se."

Nora lyfte på den långa bordduken och såg rakt in i ett par stora sorgsna ögon.

"Nämen lilla vän..." sa Nora och kunde inte hejda tårarna.

Med öronen tätt strukna mot huvudet och med svansen mellan benen reste hon sig och gick försiktigt fram till Nora. Den vita lurviga hunden sträckte försiktigt fram sin nos mot hennes framsträckta hand och lämnade ett fuktigt märke efter sig.

Nora kände hur känslorna svämmade över och det blev kärlek vid första ögonkastet.

"Hur i hela friden har någon kunnat överge dig så?" sa hon och klappade henne på huvudet.

De bestämde sig för att Nora skulle ta henne på en prövotid och att de skulle hålla kontakten.

"Har hon något namn?"

"Vi har inte gett henne något. Det kan du få göra."

Efter att med gemensamma krafter lyckats få in hunden i bilen, lade den sig ned i baksätet och Nora kunde köra hem till huset i Roma.

"Kom", sa Nora och drog lite lätt i kopplet.

Hunden svarade med att trycka sig ännu längre in och Nora visste inte vad hon skulle göra.

Nora beslöt sig för att själv sätta sig i baksätet.

"Vad skall vi ge dig för namn?"

Hunden mötte hennes blick och slickade henne försiktigt på handen.

"Nelly?"

"Nej det passar inte riktigt... Molly?"

"Ja det blir bra."

Nora gav Molly några godisbitar som hon tog emot.

"Från och med nu heter du Molly och nu skall vi gå ur den här bilen, för det börjar bli kallt."

Utan några problem följde hon med Nora ur bilen och därefter kunde hon få visa henne sitt nya hem.

Akebäck 1948

Erik sparkade det vattenfyllda spannet så det sprack mitt itu. Han var arg och kände sig förbisedd. Hade han vetat att hon skulle gör så här hade han aldrig hjälpt henne med hundjäveln. Varför hade hon gett honom den där blicken? Det hade faktiskt lovat honom något. Han visste mycket väl att han inte var någon skönhet, men hon hade sagt att utseende inte var allt. Hon hade väl inte direkt sagt de orden, men hennes blick hade sagt allt. Han hade minsann sett hennes glädjetårar när han hade fått upp den där byrackan ur skrevan. Han hade offrat sig så pass att han hade klättrat ner där och dessutom skrapat upp ena knäet.

"Hur skulle jag ha klarat mig utan dig?" hade hon sagt med ögonen fyllda av glädjetårar.

Så fort hon hade gått iväg, hade han bestämt sig för att det var henne han skulle ha.

Han hade börjat planera för deras gemensamma framtid och det första han skulle göra var att rusta upp det lilla torpet i Akebäck. Torpet skulle egentligen hans far ha fått, men han hade inte velat ha det och det var tur för Erik. För var skulle han annars ta vägen? Så helt plötsligt var den oerfarne unge pojken ägare av ett torp.

Gården hade varit i dåligt skick och Erik hade inga pengar. Men vart efter han känt sig säkrare på att Karin och han skulle bilda familj, blev det mer intressant med gården. Han kände hur svartsjukan tog ett järngrepp om honom och han fick lust att slå på något. Han hade fått reda på det av skvallerkärringen Vera att Lars och Karin skulle gifta sig. Hur kunde hon göra så mot honom? Borde han inte ha fått en chans åtminstone? Visserligen pratades det inte högt om det än, men på något konstigt sätt lyckades hon alltid få reda på allt och hon var inte sen att låta djungeltelegrafen börja arbeta. Han var tvungen att prata med Karin. Hon fick inte göra så mot honom. Han kände sig tvungen att göra det som stod i hans makt för att få henne att förstå.

”Den ser ut att kunna passa perfekt. Tänk att mitt ögonmått kunde ha så rätt”, sa mor Jenny och log.

Karin såg rodnande på sig själv i spegeln. Hon var verkligen vacker, tänkte hon och snurrade ett varv på golvet för att kunna se klänningens rörelser.

”Ja du är verkligen jättefin”, sa mor Jenny och tittade beundrande på sin dotter.

”Jag skulle vilja göra något med mitt hår”, sa Karin och drog håret från ansiktet. Jag kanske skulle kunna ha en myrtenkrona. Det kan vi säkert få låna från en av de stora gårdarna här omkring.”

Karin såg på mor Jenny som plötsligt hade bleknat.

”Hur är det?”

”Jag tyckte jag såg någon smyga omkring där ute”, sa mor Jenny och reste sig oroligt från sängen.

Karin följde hennes blick och såg ut genom fönstret.

”Var? Jag ser inget”, viskade Karin och släckte lampan i taket.

Mor Jenny pekade nervöst mot buskaget intill grusgången.

Med blicken riktad mot buskaget kunde Karin nu urskilja en svart kontur. Men var det verkligen någon som satt där, var den inte väldigt stilla? Men helt plötsligt var den svarta skepnaden borta.

"Vem kan det vara?" viskade Karin förskräckt.

"Jag vet inte, men det hela verkar ju inte vettigt. Måste ha varit ett djur", sa mor Jenny och ruskade på huvudet.

"Borde vi inte gå ut och se efter. Det kanske ligger en skadad hund eller katt där ute?"

"Är du galen. Man kan aldrig riktigt säkert veta om..."

Karin såg oroligt på mor Jenny.

"Det finns säkert en vettig förklaring på det", sa mor Jenny övertygat och drog gardinerna för fönstret.

"Om det nu är någon som vill något får de väl knacka på som anständigt folk. Ju mer jag tänker på det så måste det ha varit ett djur."

Karin tog av sig den fina klänningen och hängde upp den på en galge.

Mor Jenny försökte hålla sig lugn men kände ändå en stark oro. För hon som alla andra visste att det hade skett ett flertal inbrott på sistone. Karin gläntade en liten bit på gardinen. Inget så konstigt ut. Allt verkade vara som det skulle.

Det var natt och Karin låg i sin säng men kunde inte sova. Tanken på att det kunde ha varit en tjuv hade vaknat allt mer hos henne och nu kunde hon inte släppa den. Men det fanns även en annan oro som hade gett sig till känna och han hette Erik. Han hade hjälpt henne den gången när hennes hund hade ramlat ner i en skreva. Först hade han varit snäll och hon hade tacksamt tagit emot hans hjälp. Sen hade något förändrats med honom och det hade skrämt henne. Det hade varit något ondskefullt i hans blick. Men inte hade han med det här att göra.

Varför skulle han befinna sig här? Nej nu började hon nog röra ihop det. Jag är förmodligen för trött för att tänka klart.

⧉

Kittys ynkliga jämmer fick Karins hjärta att skälva. Hur skulle hon lyckas få upp henne ur det djupa hålet? Karin lade sig på mage och hängde över kanten så långt hon förmådde.

"Kom till mig. Jag når dig om du ställer dig upp..."

Karin försökte förtvivlat sträcka sina händer, men den lilla hunden ville inte ens se på henne, utan kröp allt längre bort från henne med ett ynkligt pip.

"Snälla..." bad Karin.

Hon såg hundens avståndstagande och något brast inom henne och tårarna började rinna nerför hennes kinder.

Hon kände det som om det hade varit hennes fel. Varför i hela friden hade hon valt att gå genom skogen istället för att hålla sig till stigen? Vem hade förresten valt att göra ett djupt hål precis här?

"Kom... snälla"

Helt plötsligt hörde hon ett knakande ljud bakom sig.

"Ser man på..."

Först hade Karin känt en lättnad över att någon hade kommit till hennes undsättning. Men när hon hade vänt blicken upp mot mannen liggande där på magen med händerna nere i gropen, hade hon känt sig illa till mods. Hans blick hade inte varit snäll och hjälpsam, snarare ondskefull. Hon snurrade runt så att hon hamnade på sidan och reste sig kvickt.

"Har jag fått en fångst i min fälla?" sa han och skrattade elakt.

"Det är min hund. Kan du hjälpa henne upp?" frågade hon utan att möta hans blick.

”Har jag fått något i min fälla så är det väl mitt?”

Karin såg på honom med skrämd blick och övervägde att gå därifrån innan hon själv skulle råka illa ut.

Han kastade sig omkull på marken och fick tag i Kittys bakben och drog upp henne från hålet.

Karin såg på hunden som hängde som ett byte i hans hand.

”Kan jag få min hund. Hon är förmodligen skadad så vi behöver gå hem!”

”Jaha?”

”Det var jättesnällt av dig att hjälpa mig. Hur skulle det annars ha gått?” sa hon vädjande.

Han såg på hunden som hängde livlös i hans hand och sedan på henne. Karin tyckte att det tog en hel evighet innan han tog sitt beslut att överlämna Kitty till henne.

”Tack! Jag är dig evigt tacksam”, sa Karin och höll den lilla hunden hårt intill kroppen.

”Ja...”

Karin kastade en blick på honom utan att möta hans och vände sig om för att skynda sig därifrån. Aldrig mer skulle hon ta några osäkra stigar.

Hjärtat bultade hårt medan hon skyndade sig fram genom skogen. Skulle hon våga stanna för att se om han syntes till? Men hon hade inte hört något annat ljud än sina egna steg på en god stund...

Bröstkorgen hävde sig häftigt där hon stod. Var det varit dumt att stanna? Men allt var tyst och stilla. För tyst kanske, för byltet i hennes famn låg helt stilla.

”Kitty”, viskade Karin

Till sin glädje öppnade hon sina ögon och mötte hennes blick.

”Tack och lov! Nu är vi snart hemma.”

Erik satt vid köksbordet framför en liten spegel och försökte jämna till det stora spretiga skägget. Han brukade inte putsa skägget men han hade bestämt sig för att göra det nu när han hade beslutat sig för att prata med Karin.

"Satan", sa han frustrerat och såg på den röda strimman över kinden.

Han slängde saxen på bordet och fick tag i en smutsig trasa på golvet och tryckte den mot kinden.

Han kände sig yr. Han hade alltid haft svårt för att se blodiga sår. Försiktigt lättade han på trasan. Till sin förskräckelse såg han hur den hade blivit röd av blod vilket fortsatte att droppa ner på hans skjorta.

"Förbaskat!" jämrade han sig.

Han reste sig från stolen och gick till sängen.

"Måste lägga mig en stund..."

Han försökte att tänka på något annat än blodflödet.

Medan han låg där föll hans blick på en klisterremsa som hängde från taket. Han hade många av dessa. De hade fått hänga kvar under en längre tid och de var fulla av döda flugor.

Men konstigt nog surrade det ett flertal i köksfönstret ändå? Tog de då aldrig slut?

Vid en närmare blick kunde man se att det nog fanns betydligt fler än så, där de låg längs med bänkar och fönster. Huset hade nog inte varit i närheten av en skurtrasa sen farfadern gick bort. Även sängen som han låg i hade samma sänglinne sen den tiden.

Blicken for till klisterremsan igen. Åh nej! En fjäril hade fastnat. Den kämpade med sin fria vinge, men var nära att ge upp. Han låg kvar en stund och lyssnade till fjärilens fladdrande, men insåg att han inte stod ut med ljudet av fjärilens dödskamp. Han hade alltid velat vara snäll mot djuren, men tyvärr hade han i oförstånd flertalet gånger gjort mer illa än han tänkt. Han knep tag om den fria vingen och lirkade försiktigt loss den andra. Glad över att ha lyckats med räddningen stod han och tittade på fjärilen när den flög i väg. Han öppnade dörren för att släppa ut den. Men den kom inte så långt, utan singlade ner död vid hans fötter...

Halva juli var gången och under de senaste dagarna hade värmen satt rekord för detta år. Nora hade slagit sig ned i skuggan på verandan denna tidiga morgon med en kopp kaffe och en smörgås och bättre än så kunde det inte bli tyckte hon.

Hon funderade på vad hon skulle hitta på. Skulle det bli lika varmt som de senaste dagarna? Då skulle hon nog unna sig en slappardag. Hon hade visserligen sin loppis, hon skulle kunnat hålla den öppen. Fast att ligga i den nya hängmattan tilltalade henne mer. Det var bara ett problem och det var att den ännu låg i sin förpackning och det skulle kräva en hel del arbete innan den skulle sitta på plats misstänkte hon. Men det var inte fullt så krävande som hon hade trott och nöjd över sitt arbete stod hon på avstånd och betraktade det och tänkte att nu var det dags att prova.

Efter att ha legat en stund och följt molnens sakta rörelser och lövverkens lätta fladdrande i den ljumma sommarbrisen kunde hon inte längre stå emot utan svävade bort i drömmarnas värld.

Hon befann sig någonstans där uppe på himlen och hoppade från det ena molnet till det andra. Långt där borta skymtade ett litet moln och på det fanns det något som blänkte. Det var roligt att hoppa, men det bländande skenet irriterade henne och för varje hopp hon klarade av, kom hon allt närmare men det blev samtidigt allt längre mellan molnen.

Det blanka föremålet blev allt tydligare och nu stod hon på det näst sista molnet. Brudkronan? Var det den som envisades med att blända henne? Den gnistrade så starkt så hon blev tvungen att hålla för ögonen. Hon var tvungen att ta sig över. Men skulle hon klara det? Det var väldigt långt dit. Nora blundade för att samla mod. Hon fick inte tveka utan bara bestämma sig för att allt skulle gå bra. Hon öppnade ögonen och höll blicken fäst långt där borta. "Nu hoppar jag!" skrek hon och tog sats. Hennes ben sträcktes ut till max och hon svävade stadigt och lugnt fram genom luften. Du får inte se ner, tänkte hon och försökte stoppa blicken som envist drogs nedåt. "Nej!" skrek hon och kände hur hon började falla. I samma stund kände hon det lilla molnets ludd mellan sina fingrar och kunde greppa ett tag. Ett kort ögonblick hängde hon vid kanten och gungade fram och tillbaka. En vindpust rörde sig bland molnen och helt plötsligt slet den tag i henne.

"Det här kommer inte att gå! Jag ramlar ner!" skrek hon förtvivlat och flaxade med armarna allt vad hon kunde.

Hon vaknade med ett ryck som fick hängmattan att gunga till. Ett par ungdomar som gick längs med gatan tittade roat på henne där hon låg och viftade med armarna.

Skamset låg Nora kvar och funderade på hur många som kunde tänkas ha hört henne skrika. Förbaskade brudkrona. Den hade verkligen gett henne huvudbry. Hon måste helt enkelt försöka lösa dess gåta, tänkte hon och kravlade sig ur hängmattan och fick syn på kaffetermosen som ännu stod kvar. Kaffet gick säkert att dricka än.

Inte var det någon högre värme på kaffet, men hon brukade ändå tycka att det var som godast när det hade svalnat.

Hon satte sig vid datorn med kaffemuggen. Kastade en blick på brudkronan som fortfarande stod kvar på hyllan sedan förra försöket att hitta någon information.

"Vad är det med dig som gör att jag inte bara kan strunta i dig?"

Efter ett flertal försök på nätet insåg hon det hopplösa i att hitta något den vägen.

Nora lyfte upp den lilla kronan och synade den från alla vinklar och vrår.

På insidan av kronan syntes en otydlig stämpel och hon bestämde sig för att kolla med ett förstoringsglas. Det var silver, kattfoten syntes tydligt. Men det var värre med den andra inristningen. Kunde det vara ett E eller var det ett F? Den var enkel och slät till formen med en ros på framkanten.

Ja den var säkerligen tillverkad med kärlek en gång i tiden.

Dalhem 1948

Tänk om hon ändå kunde minnas. Var det linolja eller terpentin eller var det kanske en blandning av dessa? tänkte Britt irriterat.

En djävulsk plan hade börjat ta form i hennes huvud. Hon kunde ju inte fråga någon heller, det hade ju verkat misstänkt. Det enda hon kunde minnas med säkerhet var att något av dessa ämnen var oerhört brandfarligt och att det till och med kunde självantända. Varför hon kom ihåg det? Det var för att hennes far hade skällt på drängen för att han hade slarvat med de farliga trasorna som var indränkta med något av detta. Typiskt att hon inte kunde komma ihåg vilken. Hennes föräldrar trodde att händelsen hade skrämt henne, när hon jagades av elden i sina drömmar, när det egentligen hade varit tvärtom. Hon hade gärna velat se en ordentlig brasa. Så när hon ryste av spänning vid majelden tyckte hennes föräldrar synd om henne. En ljuv känsla for genom kroppen när hon tänkte på eldsvådan som hade brutit ut hemma hos hennes kusin en gång för några år sedan. Hon och Egon hade lekt vid den öppna spisen. En glödkula hade fallit ur glödbädden och rullat iväg över golvet. Men istället för att tillkalla hjälp så hade de börjat slå klotet fram och tillbaka mellan varandra. Någon hade ropat att det var kaffe i köket. Egon som var några år yngre än Britt hade sprungit ut till de andra medan Britt som hade varit stor nog att förstå vidden av det hela ändå hade valt att skuffa in den glödande biten under en fåtölj. Svart rök hade bolmat in i köket där de suttit och de vuxna hade förskräckta kastat sig in i det rökfyllda rummet. Vatten hade hämtats och den nu förkolnade stolen hade dränkts. Det hade slutat lyckligt och väl och Britt kom undan eftersom Egon var alldeles för liten för att skvallra om vad som egentligen hade hänt. Efter den gången hade något vaknat inom henne, en känsla av makt. Så när fadern hade pratat om brandfarligt material, hade hon naturligtvis spetsat öronen. Men vad hjälpte det? Hon kom ändå inte ihåg och tiden började bli knapp. Skulle hon hinna få undan Karin innan det stundande bröllopet var hon helt enkelt tvungen att göra något.

I snickarboden stod flaskor och burkar snyggt på rad på en hylla längs med ena väggen. Hennes far hade alltid varit ordningsam och han visste alltid vad han hade och inte hade. Tänk om han vetat var hon befann sig nu. Då hade han varit där illa kvickt. Hon hade smugit in i deras sovrum och hämtat nyckeln ur nyckelskåpet och det hade inte varit någon lätt uppgift.

Britt sniffade på burkarna och kände sig vimmelkantig för ett tag. Hon var nästan säker på vilken av burkarna som innehöll det rätta ämnet. Hon tog fram en tygtrasa ur jackfickan och dränkte den med den illaluktande vätskan. För att sedan stoppa ner den i en liten glasburk och därefter tillsluta den med ett lock.

Hon gick tillbaka till huset och lyckades hänga tillbaka nyckeln i sista sekund.

"Hej", ropade Britt glatt till mor Jenny som för tillfället hade slagit sig ned i trädgården på en bänk med en kopp kaffe.

Mor Jenny såg förvånat upp på Britt.

"Känner du inte igen mig?" frågade Britt med ett stort leende med rödmålade läppar.

"Visst är det du Britt?"

"Javisst är det", sa Britt och gick in genom grinden.

"Ja du har verkligen förändrats."

"Jag hörde talas om den glada nyheten", sa Britt med ett stelt leende.

"Menar du Lars och Karins bröllop?"

"Ja just det."

"Jag skulle så väldigt gärna vilja fråga Karin om hon behöver ha någon hjälp av mig."

"Men så snällt av dig."

"Så frågar en riktig vän", sa mor Jenny och tog hennes hand.

Britt stålsatte sig. Helst hade hon velat slita handen till sig men det skulle se galet ut.

"Var så god och sitt. Jag skall genast säga till Karin."

Så fort mor Jenny hade gått in till Karin för att tala om att hon hade besök förvandlades Britts inställsamma milda blick.

Hon satte sig på bänken medan hon kände efter att den lilla burken fanns kvar. Jadå den fanns där.

Hur hon skulle gå till väga visste hon inte än. Hon skulle nog få sin chans så småningom.

Karin, som hade hört mor Jenny prata med någon, hade blivit nyfiken och inte kunnat låta bli att kasta en blick ut genom fönstret. Det kunde inte vara sant. Vad i hela friden gör hon här? tänkte Karin när hon med fasa kände igen den unga kvinnan.

"Karin", ropade hennes mor.

Jag vill inte, tänkte Karin och övervägde om hon skulle gömma sig någonstans men insåg att det var för sent när mor Jenny stod i dörröppningen.

"Din vän Britt är här."

Karin gjorde en grimas som fick mor Jenny att se frågande på henne men sa inget utan lämnade hastigt rummet.

"Hej", hälsade Karin och försökte verka lugn, trots att redan hennes uppenbarelse fick henne att må dåligt.

"Så trevligt, jag har minsann hört via djungeltelegrafen vad du och Lars ämnar att göra", sa Britt och brast ut i ett stort leende.

"Jag vill verkligen gratulera dig, ja er inför det stundande bröllopet", sa Britt och sträckte fram sin hand.

Karin tog tveksamt emot den. Det var inte likt henne. Något måste vara fel.

"Vi måste låta allt gammalt groll vara glömt och bli vänner eller hur?"

Karin mötte Britts blick och visste inte vad hon skulle säga. Hon hade verkligen ingen önskan att bli vän med henne.

"Jag menar verkligen varje ord", sa Britt och såg sårad ut.

Karin försökte febrilt finna ord för det hon tänkte, men lyckades inte hitta några.

"Så glad jag blir", sa Britt och tog om hennes hand vilket Karin ansåg var lite för hårt för att vara en vänlig gest. Eller inbillade hon sig? Var hennes gest bara i välmening?

Karin kände sin mors bekymrade blick där hon satt på bänken på farstukvisten. Det var så typiskt Britt att få igenom allt hon ville och det var inte lätt för de som inte kände henne att förstå. För utåt sett kunde hon vara så charmig och snäll. Nåja snäll var väl inte egentligen det rätta ordet för henne, men man kunde mycket väl tro att det var så. Men den andra sidan av henne som brukade visa sig när de var ensamma var inte alls så behaglig. Hon fick faktiskt till och med ont i magen bara vid tanken på att behöva umgås med henne. Karins önskemål hade alltid satts åt sidan och förlöjligats och följden av det hade blivit att hon alltid känt sig så liten och värdelös. Hon som alltid annars höll på sina åsikter och visste vad hon ville. Karin vecklade ut filten som låg på bänken och virade den tätt om sig. Konstigt? Det är så varmt men ändå fryser jag.

Hon trängde undan Britt ur sina tankar och tänkte på Lars istället. Han var verkligen en underbar man med sina bruna ögon som hon bara ville drunkna i.

Nu kan jag inte sitta längre, tänkte Karin och kom att tänka på brudklänningen som ännu låg kvar därinne slängd över hennes fåtölj. Det var precis som Karin hade misstänkt. Britt var inte alls ute i några goda avsikter. För avundsjukan hade avslöjat sig i samma stund hon hade fått se brudklänningen. Hon hade hållit den framför sig och rört sig vaggande fram och tillbaka för att sedan nonchalant slänga iväg den så att den hade hamnat i en hög på hennes fåtölj. Dessutom hade hon haft smuts på ett finger och olyckligtvis hade det fastnat längs med kragen på klänningen.

”Ojdå, vilken olycka”, hade hon sagt och sett med höjda ögonbryn på Karin.

Karin hade förfärad rusat ut i köket för att hämta en fuktad trasa och lyckligtvis hade smutsen inte fastnat. Den hade bara legat löst ovanpå.

"Nu skall jag gå", sa Britt.

Karin kände tårarna bränna bakom ögonlocken. Varför skulle alltid hon bli drabbad? Hade hon inte redan fått sin beskärda del av denna hemska människa? Det enda hon ville, var att bli lämnad ifred.

Hon trädde galgen i klänningen och skulle hänga upp den över garderobsdörrens kant när hon upptäckte att garderobsdörren var öppen. Hon petade upp dörren med foten och kunde konstatera att någon hade varit där. För saker och ting stod inte på samma ställe som förut. Hade hon fått in en mus i garderoben? tänkte hon och knuffade till den med en smäll.

Britt log för sig själv där hon cyklade genom skogen. Tänk att hon hade lyckats genomföra sin plan. Så genialiskt och hon tänkte inte ha dåligt samvete. Karin fick faktiskt skylla sig själv. Det var hon som hade varit först och han hade faktiskt lovat henne ett och annat. Man går inte in i ett förhållande och förstör som hon hade gjort och när hon väl var borta ur bilden, skulle han komma tillbaka till henne. Det var hon säker på. Hon kom att tänka på den indränkta trasan hon hade pressat in i Karins välfyllda garderob, måtte hon nu ha tagit rätt vätska, för annars skulle det vara förgäves.

Månen lyste starkt över Barlingbo men skymdes stundvis av svarta moln som for med vinden denna natt då stormvindar från öst drog över ön. Blomkrukan på trappan till verandan hade blåst omkull och all jord hade vält ut, medan sopkvasten for iväg mot en vägg med full kraft. I hönshuset flaxade hönsen oroligt och en katt sökte skydd i ett buskage. Träden vajade likt stora piskor och fåglarna fick fly till ett lugnare ställe. Karin vände sig oroligt i sömnen fram och tillbaka i sin säng, då det otäta fönstret släppte in ett vinande ljud som stundvis kunde ge kalla kårar längs ryggraden. Men det var inte bara där det lät. Det fanns även något som orsakade ett drag inne i hennes garderob. Hur det ens var möjligt kunde ingen förstå.

Med ett isande ljud for vinden genom springan i fönstret och letade sig vidare bort till garderoben. Där förenades den med den mötande vindilen i en yrande dans bland hennes skira klänningstyger och blusar. Allt virvlade runt och mycket snart hade den indränkta trasan fått näring och bildat små glödande prickar som mycket snabbt förvandlades till eld och rök. Den välfyllda garderoben hade inget som bromsade eldens framfart och mycket snart var katastrofen ett faktum.

Giftig rök bolmade in hos den sovande Karin som inte anade något ont. Lågorna sträckte sig allt längre in och slickade täcket medan det ljusa lockiga håret på hennes huvud kröktes av hettan. Av den vita vackra brudklänningen återstod endast en bit av överdelen. Elden spred sig allt mer och omringade snart hela Karins rum på bråkdelen av en sekund hade Karin förstått att något var fel och hon hade tvingat sig att sätt sig upp. Hennes torra strupe försökte ropa på hjälp, men släppte inte fram det minsta ljud. Hon förstod att det oundvikliga var här. Hon skulle dö.

Grannarna hade skyndat till undsättning och stod nu på rad och langade det ena spannet efter det andra, för att kasta på eldens giriga lågor i väntan på att brandkåren skulle anlända. Flera hade visat på hjältemod och försökt att ta sig igenom den brinnande dörren för att rädda Karin men fått vända av eldens hetta och mycket snart stod inte mycket att rädda längre trots brandkårens ihärdiga stråle. Karins mor insåg att det inte längre fanns någon räddning och kastade sig hjälplöst på marken och grät hejdlöst.

Hennes far vandrade planlöst fram och tillbaka och gned sina händer. Någon satte sig ned på marken intill mor Jenny och drog henne till sig medan de andra svarta av sot och aska stod hjälplösa och såg på förödelsen.

Britt vände sig om i sängen och ett nöjt leende lekte på hennes läppar, någonstans mellan dröm och verklighet.

Helt plötsligt stod Lars framför henne. Hans vackra bruna ögon mötte hennes och han verkade ha förstått att hon var den enda för honom, för han log. Men vad nu? Något var fel! Inte brukade hans mun se ut så där? Hans annars så vackra drag hårdnade och förvandlades till ett bestialiskt och groteskt ansikte. Hans ögon såg ut att vilja döda henne och hans andedräkt osade bränt, när han viskade hennes namn. Hon kände en brännande smärta mot sin hals och lyfte upp sin hand till skydd. Hon ville inte se den hemska förvandlingen men kunde inte styra sin blick.

Helt plötsligt försvann han bara i tomma intet och hon vaknade med ett ryck. Britt kände hur hennes hand ömmade och drog den mot kroppen. Vad i hela friden skulle det här föreställa? Hon höll upp den dunkande handen mot ljuset för att kunna se, men den såg ut som vanligt. Jag måste ha legat galet det finns ingen annan förklaring, tänkte hon och lade sig ned för att sova igen. Men vilken dröm så hemsk, tänkte hon och var nöjd över att det just bara hade varit en dröm. Men tanken på vad hon hade gjort igår gjorde det omöjligt för henne att somna om. Hon var tvungen att stiga upp. Tänk om det hade hänt något. Nyfikenheten tog överhand.

Vid handelsboden var allt som vanligt. Gubbarna som av en eller annan anledning inte hade något att göra för dagen satt på bänken utanför i solen och slöade. De verkade ganska nöjda för tillfället och skrattade högt, när någon av dem drog ett skämt. För övrigt satt de mest och slumrade efter att ha druckit ett par flaskor "dricke". Vid huset mitt emot handelsboden gick Karlssons hönor och pickade på marken. Rena lakan hängde och fladdrade lätt för vinden på en tvättlina och en katt kom traskande förbi hönorna med svansen stolt svajande i luften, men brydde sig för övrigt inte ett dugg om dem. På baksidan av huset kunde man höra barn leka. Så det fanns inget som tydde på att något hemskt skulle ha ägt rum. Britt gick in i handelsboden. Där var det absoluta säkraste stället att kunna få reda på om något hade hänt. Men herr Holmberg verkade lika lugn som vanligt och hon vågade inte fråga.

Det bästa sättet skulle naturligtvis vara att själv åka dit för att se, men det var ganska långt och hon hade lovat att hjälpa till med tvätten där hemma så det var uteslutet.

Gubbarna på bänken hade vaknat ur sin slummer och hade fått syn på Britt.

"Vad heter du då lilla tös?" sa en man med ett stort rött skägg och skrockade högt.

Britt bevärdigade dem inte ens med en blick, utan knyckte lätt på nacken och gick förbi. Hon kunde höra gubbarna brista ut i ett gapskratt och förstod mycket väl att de troligtvis hade fällt någon försmädlig kommentar om henne. Arg och rodnande gick hon allt fortare mot sin cykel. Hon borde verkligen inte bry sig om deras fräcka kommentarer.

"Usch, fyllgubbar."

"Vad sa du lilla tös? Visst får du sitta här vid oss", sa mannen med det röda stora skäggen och rapade högt efter att ha tagit en klunk från flaskan.

"Nej, inbilla er inget!" skrek hon åt dem och trampade iväg på sin cykel.

Handlare Holmberg kom ut och ställde sig på trappan till handelsboden och såg bistert på männen på bänken.

"Om ni envisas med att ofreda mina kunder få ni gå härifrån. Det vet ni", sa Holmberg varnande.

"Ursäkta, det skall inte upprepas", sa mannen, med det röda skägget och ställde ner flaskan på marken.

"Ja, jag varnar inte flera gånger", sa Holmberg och gick in igen.

Hela dagen gick och ingen nämnde något om en brand. Britt kände sig frustrerad, men vad kunde hon göra? Det kanske inte hade tagit sig än? Kanske skulle det flamma upp i natt?

Hemma hos Karin samma morgon

Natten hade varit orolig för Karin. Så det var inte konstigt att hon hade vaknat med en dundrande huvudvärk efter att Britt hade dykt upp ett flertal gånger i hennes drömmar och hotat med att förstöra allt. Hon försökte resa sig upp från sängen, men huvudet gungade och utan förvarning förvreds hennes mage i en kraftig kramp och gårdagens innehåll spolades ut på golvet. Mor Jenny som hade hört oväsendet öppnade försiktigt dörren och blev förskräckt över synen som mötte henne. Hon hjälpte Karin upp från golvet och i säng.

"Vad är det som luktar så starkt?" sa mor Jenny och öppnade fönstret på vid gavel.

"Luktar det något konstigt?" frågade Karin och lade sig ned på kudden igen.

"Det är något inifrån garderoben. Vad har du där inne egentligen?" frågade mor Jenny och öppnade dörren

"Mina kläder, vad annars?"

"Här har vi roten till det onda. Har du lagt in en trasa indränkt i terpentin? Du får väl tänka dig för", sa mor Jenny och såg förvånat på Karin.

"Inte vad jag vet!"

"Ja i vilket fall som helst så tar jag ut det. För det kan inte ligga här."

En tanke for genom Karin. Britt hade varit ensam för en kort stund inne i hennes rum och dessutom hade ju dörren till garderoben varit öppen. Vad tänkte människan egentligen, är det inte dessutom brandfarligt?

"Jag vet faktiskt inte", ljög Karin. "Jag måste väl ha fått med den av misstag helt enkelt."

Mor Jenny såg misstänksamt på henne men brydde sig inte om att fråga och när boven i dramat till den hemska lukten försvann ur hennes rum började huvudet att klarna. Hon funderade på varför denna trasa hade kastats i hennes garderob, men hade ingen teori om det. Hon tänkte inte fråga Britt heller. Hon skulle ändå blåneka och då hade det slutat med att Karin själv skulle behöva skämmas över att ha anklagat henne.

Britt vandrade rastlöst fram och tillbaka hemma i huset. Varför i hela friden hände inget? Hon var tvungen att åka dit. Hon måste få se hur det såg ut där borta. Britt hämtade cykeln ur skjulet och velade en aning när hon såg att cykellyset hade gått sönder. Som tur var lyste månskenet väldigt starkt och hon kunde se nästan lika bra som en sommarkväll. Men lite otäckt var det att cykla genom skogen så här dags. Alla ljud som hon i vanliga fall inte ens skulle ha lagt märke till hördes tydligt. Flertalet gånger var hon på väg att cykla omkull just för att ett djur skrek till eller prasslade någonstans i hennes närhet. Hon visste att skogen i sig var ofarlig. Var det något som kunde vara farligt, så var det i så fall en människa med ont uppsåt, men det fanns det väl inga här? Nu kunde hon äntligen se det höga ladtaket och hon bestämde sig för att ställa cykeln och gå den sista biten. Hon undrade över vad hon skulle få se? Skulle det finnas några spår efter en brand eller skulle allt vara som vanligt? Lite missnöjt kunde hon konstatera att allt såg ut som vanligt.

Var de hemma tro? Hon gick med tysta steg längs staketet och spanade åt alla håll och kanter. Hon närmade sig Karins fönster och såg alldeles för sent att lampan hade tänts inne i Karins rum. Hon dök in bakom den stora men tyvärr alltför glesvuxna syrenbusken och bad en tyst bön om att de inte hade sett henne. Hjärtat slog snabbt och hårt i hennes bröst. Skulle de komma ut och lyssna skulle de säkert kunna höra hennes hjärtslag. Tänk om mor Jenny hade sett henne? Nog hade det känts så. Britt såg dem båda stå där i fönstret. Ingen tycktes se åt det håll där hon satt så hon andades lättad ut.

En rullgardin drogs ned och låset i ytterdörren klickade till. Hon kastade en blick mot staketet. Skulle hon klara att springande hoppa över det ifall så skulle behövas? Tänk om hon skulle fastna? Då hade byborna något att prata om. Men hon hade inte behövt oroa sig. Ingen kom ut för att titta. De vågade väl inte, tänkte hon sarkastiskt.

Ja nu vet jag, inget har hänt och jag är kvar på ruta ett, tänkte Britt och bestämde sig för att fortast möjligt bege sig hem igen. Tänk om månen skulle försvinna in bakom några moln? Då skulle det bli riktigt mörkt och hon skulle få leda sig fram i mörkret.

När hon väl satt på cykelsadeln igen och månen verkade vilja fortsätta att ge henne det ljus hon behövde, började hon smida på nästa plan. På något sätt skulle det gå. Hon måste bli kvitt Karin till varje pris.

Erik rättade till skjortkragen och drog kammen genom håret en sista gång. Det hade gått åt mycket vatten för att få luggen att ligga på plats. Men nu fick det duga och han kände sig nöjd med resultatet. Skorna var visserligen ganska nötta, förhoppningsvis skulle hon väl inte titta så långt ner. Han satte sig vid köksbordet och tog fram den lilla fickkniven han alltid bar med sig. Den hade han bytt till sig av en sjöman en gång i tiden.

Erik mindes tillbaka. Han hade varit nere vid hamnen i Visby med sin far som skulle hämta fisk. Hans far hade viftat undan honom och tyckt att han kunde gå iväg och roa sig på egen hand en stund. På hamnen var det full fart med handel och Erik fick kryssa sig fram mellan lådor, cyklar och bilar.

”Hörru yngling”, ropade en man och viftade med händerna.

Erik som inte tog det som en hälsning till honom vände sig om för att se om det stod någon bakom, vilket det naturligtvis gjorde eftersom hamnen var full av folk.

”Hörru! Vill du ha lite frukt? En låda har vält och jag har inte möjlighet att ta vara på det!”

”Jag?” sa Erik och pekade på sig själv.

”Kom och ta för dig så mycket du kan.”

Erik tog några steg mot mannen och såg misstänksamt på honom. Han hade minsann hört talas om sjörövare.

"Men vad är det för fel på dig?" sa mannen och såg frågande på Erik. "Om du inte vill ha så gå."

Erik böjde sig ned och plockade åt sig lite av den skadade frukten och tog en tugga.

"Gott va?"

Erik nickade stramt och fick i samma stund syn på den lilla kniven som mannen höll i handen för att beskära den skadade frukten.

"Vad ser du på, tycker du den är fin?", sa mannen och höll upp den framför Erik.

Erik nickade.

"Skulle du vilja ha en sådan? Den är till salu."

Erik såg med stora ögon på kniven och tog emot den när mannen räckte honom den.

"Vad har du att byta med då?"

Erik vaknade upp ur sina funderingar och gav tillbaka den till mannen.

"Jag är kvar här i morgon också. Om du har något klokt att byta mot, så kom till mig. Annars åker vi i morgon, min fina fickkniv och jag.

"Gå nu inte för långt. Jag blir inte kvar så länge idag", ropade Eriks far efter honom.

Erik brydde sig inte om att svara. Han var tvungen att springa. Tänk om fickkniven var borta? Eller om han redan hade åkt sin väg? Men lättad kunde han se att den lilla båten ännu låg vid kajen och han sprang den sista biten.

Men mannen var inte där. Han hade ju lovat att vara här ifall Erik skulle komma med något att byta med? Erik vandrade fram och tillbaka och hoppet försvann allt mer ju längre tid han hade varit där.

"Har man sett", sa mannen sluddrigt och tog ett stadigare tag om midjan på kvinnan han hade i följe.

Erik höll handen hårt sluten om ringen han hade med sig.

"Vad har du där då din lilla skitunge?" sa mannen och pekade på hans slutna hand.

Erik öppnade handen en liten aning och lät mannen få en titt.

"Är det ett smycke?" sa mannen och tog emot den ur Eriks hand. "Det är ju guld för fan. Var har du fått den ifrån?"

Kvinnan vid hans sida log ljuvt mot honom och lät ett kurrande ljud komma upp från hennes strupe.

"Gillar du grannlåt du?" sa han och knuffade henne ifrån sig.

"Har du stulit den?"

Erik ruskade på huvudet och tittade oroligt mot sin far som höll på att lasta på vagnen en bit bort.

"Du behöver inte oroa dig längre. Naturligtvis skall vi göra ett byte, mest för din skull. För egentligen vet jag inte om den här räcker till", sa han och räckte kniven till Erik som slet till sig den och sprang därifrån.

På vägen hem undrade han om han hade gjort rätt. Men en inre röst intalade honom att hon ändå aldrig använde den. Det var väl bättre att den fick göra lite nytta och han ville ju så väldigt gärna ha den...

Allt hade uppdagats något år senare då hans mor skulle gå igenom hushållets räkenskaper. I vanliga fall brydde hon sig inte om att öppna den lilla asken. Hon visste hur den såg ut och att den fanns där som en slags försäkring ifall allt skulle slå fel och de skulle behöva något. Men den här gången ville hon verkligen se den och försäkra sig om att den fanns där. För det hade hänt saker på sista tiden som hon inte kunde bortse från. När hon tog den lilla asken och hon inte kunde känna rörelsen av innehållet när hon ruskade på den, kände hon en isande känsla i maggropen. Inte kunde väl hennes onda aning stämma och varifrån hade den känslan helt plötsligt dykt upp? Hon öppnade försiktigt spännet till asken och tryckte upp locket.

Malin satte ned den tomma asken på skrivbordet, medan hon krampaktigt höll fast sig med den andra handen. Det fick bara inte vara sant...

Han hade ju frågat henne om ringen, om den ännu fanns kvar? Inte hade hon anat...

Hennes guldring. Det enda hon hade fått i arv efter sin mor. Hade han bara tagit den? Fast hon hade sagt till honom att naturligtvis fanns den kvar. Den skulle sparas till nödår. Malin satte sig ned på stolen intill skrivbordet och höll krampaktigt den tomma asken. Var befann sig Erik nu? Förmodligen ute någonstans. Hon visste aldrig riktigt var. Han var en rastlös själ som aldrig kunde göra någon nytta under en längre tid. Herre Gud vad skulle Verner säga?! Ju mer hon tänkte på det insåg hon att en katastrof var i annalkande. Erik skulle förmodligen åka på stryk av sin far.

Eriks far, Verner var en man som alltid höll huvudet kallt. Vad Malin kunde minnas, hade han aldrig haft något vredesutbrott. Nej han var snarare en man som valde att lägga ner sin röst om det uppstod oenighet, men som sedan ändå gjorde vad han ansåg rätt.

Malin hörde honom komma in genom dörren, hur han klev ur sina stövlar och lade upp sin mössa på hyllan. Hon kände hjärtslagen öka medan hon rörde med sleven i köttgrytan.

Skulle hon kanske vänta med att berätta? Nej det var inte så bra. Det skulle han inte uppskatta.

”Det luktar gott”, sa Verner och slog sig ned i kökssoffan.

”Det är alldeles strax färdigt.”

”Mors ring är borta. Asken är tom...”

Hans tystnad gjorde henne osäker och hon vände sig om.

”Vad säger du...?”

”Att asken är...”

”Jag hörde mycket väl. Hur kan den vara tom? Har du lämnat öppet för tjuvar?”

”Nej...”

”Jag förstår mycket väl. Det är väl din slyngel till son som har tagit den.”

”Min son...?”

”Var är han?”

”Han... snälla! Kan vi inte prata igenom det här i lugn och...”

”Är den borta eller inte?”

”Ja den...”

”Nu skall han bort härifrån om det så är det sista jag gör”, sa Verner argt och reste sig upp från bordet.

”Men snälla du”, bönade Malin och försökte hindra honom från att rusa iväg.

Utan att tänka sig för knuffade han Malin som föll och slog armen i vedspisen.

Hon kände hettan från spisen på sin arm och stönade. Det fanns ingen tid till att känna efter. Hon var tvungen att springa efter.

”Åh, herre Gud! Varför berättade jag det?”

Hon hade aldrig kunnat tro att han skulle bli så arg. Var skulle det sluta? Hon sprang för allt vad hon kunde, men hade inte en chans att hinna ifatt hans långa kliv. Hon visste inte säkert, men det kunde vara så att Erik var nere vid åkern och illa nog såg det ut som om Verner var på väg dit.

”Erik!” ropade hon så högt hon kunde, men insåg i samma stund att det var lönlöst. Hur skulle han förstå att han var illa ute?

Eriks far gick med stora tunga kliv ner mot åkern. Ilskan kokade inom honom. Han greppade tag i en spade i förbifarten när han rundade hönshuset. Hur kunde han göra en sådan sak mot dem? Stjäla av sin egen mor och far?

”Gode Gud lugna ner dig!” ropade Malin ansträngt efter honom. ”Det här kommer att sluta illa om du inte sansar dig.”

Verner stannade till för en sekund och vände sig om.

”Sansa mig? Den slyngeln är inte min son längre. Han har förbrukat mitt förtroende.”

”Inte din son...?” Erik för guds skull... spring!” ropade Malin när hon fick syn på Erik sittande nere vid åkern.

Erik hade satt sig på en sten under ett träd i skuggan för att vila. Det var riktigt varmt denna dag. Det var tungt att bära sten, men han hade lovat fadern att ordna det. Så han kände sig tvungen att göra det idag, för det skulle egentligen ha gjorts för länge sedan. Han strök med handen över pannan och torkade bort svett, medan han nöjt såg ut över åkern och högen av sten som låg vid sidan av.

Är han på väg hit? tänkte Erik när han såg fadern närmade sig med stora kliv.

Långt där borta hörde han modern ropa något som han inte kunde uppfatta.

Så bra att de kommer hit. Då kan de få se att han hade gjort nytta, tänkte han och satt lugnt kvar.

Pang!

Den icke ont anande Erik såg förvånat upp på sin far som svarade med att drämma till honom över ryggen med spaden. Han försökte resa sig men fick då ett slag över ansiktet som fick honom att tappa balansen.

”Verner!” skrek hans mor skräckslaget. ”Du slår ihjäl honom.”

”Det är precis det jag gör.”

”Varför...?” frågade Erik och såg på fadern.

”Din jävla tjuv.”

Erik förstod att de hade hittat den tomma asken och tystnade.

”Vad har du gjort med den? Var är ringen?” skrek fadern och höjde spaden.

”Nej Verner det räcker nu.”

”Jag har den inte. Jag har bytt bort den.”

”Vad säger du?”

Modern rusade fram och försökte hålla emot, när spaden åter igen riktades mot Eriks huvud. Men faderns raseri var alldeles för starkt så hon for med i slaget och hamnade intill Erik.

Fadern såg på dem båda där de låg sida vid sida. Erik med ett ymnigt blödande ansikte och modern med tårarna rinnande utmed kinderna. Han suckade tungt. Vände sig om och gick sin väg.

"Erik hur mår du?" frågade hon och tryckte sitt förkläde mot den blodiga näsan.

"Aj!"

"Erik, varför gjorde du det? Förstår du att du har ställt till det för dig?"

Han orkade inte svara. Huvudet dunkade och han började må illa.

"Du har ett sår i bakhuvudet. Känner du det?" sa hon och försökte lägga hans huvud så bekvämt det gick. "Du börjar bli svullen i ansiktet och du ser ut att ha tappat en tand också", sa hon och svalde hårt.

Erik insåg att han inte kunde följa med upp till huset. Fadern fick lugna ner sig först. Så han fick väl ligga här en stund. Han orkade förresten inte göra något annat heller.

"Erik, jag måste gå upp och se efter din far. Klarar du dig så länge?"

Erik jämrade sig ynkligt. Just då kände han sig inte så stor och stark. Hon strök honom över kinden och reste sig upp.

"Jag kommer ner när han är redo", sa hon och gick sin väg.

Han visste inte hur länge han hade legat där under trädet, men det började bli kallt, för solens värmande strålar hade redan hunnit bakom ladans tak. Hade modern varit här? Hade han varit så omtöcknad att han inte hade märkt det? Erik försökte resa sig upp, men svullnaden i huvudet skapade obalans och han var tvungen att sätta sig ned igen.

"Ojojoj...", sa han och tog sig för huvudet.

Han kände en rörelse i magen och han förstod att han var tvungen att resa sig.

Med ett kraftigt dunkande huvud satt han och höll ett stadigt tag om trädstammen medan magen befriades på allt innehåll. Efter att ha stått och svajat på alla fyra, tog han ett krafttag och hävde sig upp. Åter igen gjorde sig magen påmind och han lyckades i sista sekund häva sig åt sidan, för att inte få det över sig. Det svullna ögat gjorde hans blick suddig och den ömmande munnen gjorde honom påmind om att han eventuellt hade förlorat en tand. Han kände försiktigt med fingret.

"Aj!" Tanden satt kvar. Han försökte fixera blicken på en punkt långt där framme och tog de första trevande stegen mot hemmet.

Efter många mödosamma steg stod han äntligen vid trappan till huset.

Erik hörde dörren öppnas och tittade uppåt.

"Du är inte välkommen här längre", sa hans far med hård röst.

"Men jag..."

Hans far backade in genom dörren med blicken fäst på Erik, för att sedan lugnt och sansat stänga den framför honom.

Erik tog ett kliv upp på trappan men tvekade. Han såg sin mor stå vid fönstret med en sorgsen min och titta på honom och insåg att det nog var bäst för honom själv att hålla sig undan för ett tag.

Yr i huvudet efter det hemska slaget visste han först inte vad han skulle göra, så han lade sig bakom ladan och somnade av ren utmattning.

❧

Erik vaknade fram emot morgonsidan av att han kände sig stel och öm i hela kroppen. Han kom att minnas gårdagen och kände sig ledsen. Så onödigt. Varför skulle hans far riva upp himmel och jord för en rings skull som han dessutom aldrig hade sett henne använda?

I sin förtvivlan kom han att tänka på sin farfar. Det var väldigt längesedan han hade varit där. Bråken hade varit många mellan hans farfar och far och det sista bråket hade resulterat i att besöken dit hade upphört, men farfar hade alltid stått på Eriks sida. Han kanske skulle gå dit? Den kraftiga huvudvärken gjorde att han hade svårt att koncentrera sig och han hade svårt för hålla rätt kurs. Han hade irrat omkring i många timmar innan han hade kommit fram. Stugan såg så liten ut. Mycket mindre än han mindes den. Den hade bara ett kök och en kammare. Det var faktiskt konstigt. Nog hade han upplevt stugan som större förut? Rök ringlade ur skorstenen så han var tydligen hemma. De där gardinerna känner jag igen sedan förr, tänkte han, och kände en rysning längs ryggraden av längtan och insåg att saknaden hade varit stor. Att gardinerna hade suttit uppe sedan Margaretha hade gått bort och att de nu blivit blekta av årens gång, det var inget Erik såg. Längs med ena väggen stod en vedstapel som var förberedd inför vinterns kalla dagar.

"Hej på dig! Kommer du på besök?! Det var längesedan", sa Eriks farfar, Einar och såg undrande på hans svullna ansikte men kommenterade det inte.

"Ja..."

"Hur är det hemma då?" frågade han och flyttade sig åt sidan så han kunde komma in.

"Inte så bra. Eller rättare sagt -det är nog bra med dem men ..."

"Jaha, har ni blivit oense?"

Den gamla mannen suckade tungt. Han hade hoppats på en försoning inom en snar framtid, men det verkade svårt. Verner hade alltid varit väldigt svår. Sonen hade alltid varit envis och stolt och haft svårt att inse att han kunde ha fel. Han skulle aldrig ta första steget till en ursäkt även om de båda hade varit skuld till det inträffade. Inte var det väl hans fel att jäntan en gång kom till honom för att få tröst? Verner hade ju på sätt och vis övergett henne där på dansbanan den gången. Han själv hade levt ensam under lång tid. Det hade varit svårt att motstå den mjuka lena armen som hade slutit sig runt hans hals. Han själv hade varit ganska stilig och grann och de flesta av kvinnorna han kom i kontakt med blev på ett eller annat sätt alltid påverkade av honom.

"Kan jag kunna få stanna här några dagar?"

Farfar Einar såg på Erik och nickade.

"Som du vet har jag inte så gott om plats, men vi ordnar det på något vis."

Erik förstod att han borde ha berättat om vad som hade hänt, men han hade inte känt sig redo. Tänk om han också skulle bli arg och stänga dörren för honom.

Einar satte sig på bänken på verandan och tog fram sin pipa. Han knackade den tom mot räcket och stoppade den med ny tobak. Erik såg på den svarta fläcken på det vita räcket och konstaterade att det faktiskt bara fanns en.

"Jag kan ju inte förstöra hela räcket. Det får räcka med att jag svärtar ner på ett ställe, eller hur?" sa Einar och drog ett tag på pipan så att röken spred sig runt dem.

"Gå och tvätta av dig!" sa Einar och pekade mot vatten-pumpen.

Erik gjorde en grimas men gjorde som han sa.

"Vi måste se hur illa det är", sa Einar och lade en handduk på Eriks axel.

Einar insåg att bollen låg hos honom. Vare sig Erik eller Verner skulle ta något steg till försoning och han själv visste inte säkert om han skulle vilja ta över ansvaret för pojken hur myck-et han än tyckte om grabben. Så han beslöt sig för att åka en sväng till gården i Hejdeby. Eriks mor Malin hade blivit glad över hans besök och de hade druckit kaffe tillsammans innan Verner skulle komma hem till middagen. Med stor sorg hade de båda insett att de inte hade något att hämta av honom för han stod envist kvar vid sitt beslut. Hon hade bönat och bett sin make om försoning, men han hade inte ens brytt sig om att ge henne ett svar. Efter den dagen tappade Malin all ork. Hon ville inte leva längre och något år senare gick hon bort i något som kallades "brustet hjärta". Men inte ens då hade fadern veknat utan gav Erik skulden även för detta. Erik hade tur som hade sin farfar och Einar hade sedan länge bestämt sig för att pojken skulle få stanna.

En varm vårdag när Erik precis hade fyllt arton år, drog Einar sitt sista andetag. För Erik, som var helt oförberedd, blev det en chock när han fann sin farfar liggande på golvet intill sin säng. Han hade redan då börjat bli kall. I väntan på att de skulle komma och hämta den döde mannen vandrade Erik oroligt fram och tillbaka på gården. Vad skulle han göra? Skulle han klara av att leva där ensam? Gården var redan hans. Det hade hans farfar ordnat med sedan tidigare. Så ingen kunde köra honom därifrån. Helt plötsligt hörde han ljud från vägen närma sig.

”Vem är...?”

Hans hjärta bultade hårt när han såg den magre krokige mannen sitta där med tömmarna i hand och svänga in på den lilla vägen som ledde upp till gården.

Hade han kommit dit för att bråka och försöka få gården? Han sprang ut till dasset och låste in sig. Där hade han fri sikt. Han ville inte möta fadern. Inte just då.

Farfars hus kändes inte längre bra. Han hade fått svårt för att sova och att komma iväg till gården där han hade jobbat som dräng kändes helt uteslutet. Det var tungt att vara ensam och han började närma sig andra genom att sova i deras lador och på höloft. Han hade så gärna velat gå fram till dem, men han visste inte hur han skulle bete sig. Det började pratas om att någon hade besökt deras hem nattetid. För det hade synts tydliga spår efter att någon hade legat på höskullen. Tänk om det strök omkring tjuvar?

Visby 1948

Karin och Lars vandrade längs med strandpromenaden i Visby. Det var sensommar och värmen hade bestämt sig för att stanna kvar ännu en tid. Strax före Gustavsvik hittade de den perfekta platsen och bestämde sig för att stanna. Lars lade ut filten över gräset och satte sig ned.

"Så vackert", sa Karin hänfört och slog sig ned intill Lars.

"Det finns inget som går att jämföra med en solnedgång vid en sjö", sa Lars, och drog henne intill sig.

"Jag har faktiskt inte upplevt så många för det finns ingen sjö i Barlingbo", svarade hon och tog hans hand.

"Det jag berättade i bilen är olyckligt..."

"Måste vi ta det med en gång? Kan vi inte bara njuta en stund?"

Lars tystnade. Han visste inte vad han skulle säga. Alla deras planer om bröllop och framtid var tvungna att skjutas på och han förstod mycket väl att hon hade blivit ledsen. Han hade naturligtvis också tyckt att det var sorgligt men vad skulle han göra? Hans farbror låg dödligt sjuk och hade ingen som kunde ta hand om gården. De hade diskuterat olika alternativ i gårkväll vid köksbordet och den enda som hade möjlighet att åka till Skåne var Lars.

"Jag åker i morgon."

"Jag vet att jag beter mig omoget och själviskt", sa Karin, och vände blicken ut mot sjön. "Men vi skulle ju förlova oss i september och välja ringar nästa vecka..."

"Du vet att hade jag kunnat bestämma..."

Karin nickade och kramade hans hand.

"Vi skall välja ut de finaste ringarna när jag kommer hem igen. Det lovar jag dig."

"Skall vi ha lite kaffe?"

Karin nickade och plockade upp termos och smörgåsar ur korgen. Hon fick inte förstöra deras sista gemensamma kväll på kanske mycket länge, så hon var tvungen att ta sig samman.

Tårar av besvikelse, brände bakom hennes ögonlock och hon försökte envist blinka bort dem. Hon skulle inte vara självisk. Självklart skulle han hjälpa sin farbror.

"Det blir bra", hörde hon sig själv säga med en fast övertygelse, vilket hon egentligen inte kände.

"Fryser du?" frågade Lars och lade sin arm om hennes axlar.

"Lite kanske", svarade Karin och kröp närmare intill honom. Hon kände doften av hans rakvatten som alltid var i lagom dos. Inte för stark och kväljande som en del andra hade. De satt tysta och såg ut över sjön. Allt var så stilla. Man kunde endast ana en liten krusning på vattenytan.

"Då väntar du på mig då?"

"Jag väntar. Självklart gör jag det."

Lars tog ett milt tag om hennes haka och vände hennes ansikte mot sig.

"Då är jag en lycklig man."

Han mötte hennes blick som tindrade av solnedgångens röda sken. Hon var tacksam över skymningen som dolde hennes tårar som hotade bryta fram. De satt kvar ännu en stund. Ville inte att kvällen skulle ta slut. I morgon skulle han resa.

Dagarna gick och Karin fyllde dem med vardagssysslor. Saknaden efter Lars var stor, men för varje dag som gick och det närmade sig hans hemkomst, kändes allt mycket bättre. Han skulle även komma hem på en snabbvisit där emellan i november. Det hade nu gått en månad sedan han lämnade ön och skogarna var fulla av svamp. Mor Jenny och Karin som brukade ta tillvara på så mycket svamp de bara kunde, bestämde sig för att cykla till Dalhem för att plocka. För att kunna njuta av dagen hade de tagit med sig en kaffekorg. Det hörde till att sätta sig ned för en stund och njuta av lugnet.

"Jag börjar här", sa mor Jenny och pekade med hela handen.

"Jag börjar lite längre bort", sa Jenny.

De jobbade sida vid sida och mor Jenny började nynna på den gamla visan som hon alltid hade gjort. Karin fnissade vid minnet av tidigare år. För att kunna hålla koll på Karin, hade de bestämt att när hon inte kunde höra visan, befann hon sig för långt ifrån och skulle gå tillbaka. Nu var Karin stor och behövde inte någon visa längre, men det hade fortsatt av ren vana och Karin hade inte något emot det.

Men idag var nog Karin inte riktigt med. Tankarna fanns på ett helt annat håll. Hon tänkte på den fina brudkronan hon hade fått låna. Den hade kommit med postbud från fastlandet. Hennes moster Edit hade burit den vid sitt bröllop för ett antal år sedan.

Karin kände sig stolt och glad. Hon hade inte vågat ta i den först, rädd för att förstöra något. Moster Edit var som sin syster Jenny född på Gotland och hade funnit sin blivande make i Österhaninge så Karin hade inte träffat sin moster så många gånger. Vad hon kunde minnas var hon väldigt lik mor Jenny.

Korgen var nästan full, när hon återvände från sina funderingar. Hon försökte lyssna efter sången, men det enda hon hörde var skogens ljud. Hon försökte intala sig själv att hon inte hade gått så långt iväg, men hur mycket blåbärsris och rötter hon än gick förbi, kom hon inte rätt. Hon visste tillslut inte vilket håll hon skulle gå. Hon verkade gå i cirklar?

Hon ropade på mor, men fick inget svar.

Till sin fasa såg hon att solen höll på att gå ned. Hur länge hade hon snurrat här egentligen?

Britt gick och nynnade medan hon plockade ihop alla saker hon behövde. Modern såg på henne med en öm blick och kände sig nöjd över att dottern verkade mycket gladare. Troligtvis hade hon kommit över sitt kärleksbekymmer. Det var ju fruktansvärt oförskämt av de andra att gå bakom ryggen på henne. Hennes Britt var värd det bästa och hon skulle kunna offra mycket för henne.

"Vad skall du hitta på idag då?" frågade modern nyfiket, när hon såg Britt söka genom skåp och lådor.

"Jag tänkte låna fars cykel och åka till en vän", sa Britt undvikande.

"Så bra! Det är så roligt att se dig full av liv igen."

"Jaja, allt är bara bra, jag klarar mig."

Britt fann det hon sökte och stoppade ner det i fickan.

"Då åker jag nu", sa Britt och försvann ut genom ytterdörren.

Hon tog ut faderns cykel från ladan och hoppade upp på sadeln. Britts mor suckade djupt och tänkte att hon själv hade varit ung en gång.

Nu gällde det att smida medan järnet var varmt, tänkte hon. Hon visste att mor Jenny och Karin var ute ur huset, så nu hade hon världens chans.

Efter att ha cyklat det fortaste hon kunde kom hon fram till kurvan där man kunde se ladväggen. Hon klev av cykeln och ställde den i skydd inne bland träden. För säkerhet skull ställde hon sig bakom ladan och kikade fram. Man kunde aldrig vara nog försiktig. Allt var lugnt. Hon gick fram till källarfönstret. Det var öppet. Hon hakade av haspen och öppnade det helt. Nu kom det svåra. Det var ganska högt ned till golvet och dessutom var fönstret i minsta laget. Britt satte sig på knä och backade in med det ena benet först. Hon kunde inte känna golvet, men det borde vara i närheten av hennes fot. Britt bestämde sig för att följa efter med nästa ben. Liggande på mage över karmen kunde hon känna golvet med tåspetsarna, så hon beslöt sig för att hoppa ner. Den enda ljuskällan var det smala fönstret, så hon var tvungen att stå stilla för att vänja ögonen. En illavarslande tanke blixtrade till i hennes huvud. Tänk om källardörren upp till köket råkade vara låst? Hon kastade en blick mot fönstret. Det fanns inte en möjlighet att hon skulle kunna ta sig ut samma väg som hon kom in. Tänk om hon skulle bli fast här och behöva be om hjälp? Hur skulle hon förklara det? Hon tog sig fram till den branta trappan och gick upp.

Ett av trappstegen knarrade oroväckande högt så hon stannade för ett ögonblick. Hon var ju ensam, men ändå kändes det obehagligt med avslöjande ljud i det främmande huset. Hon tryckte ned handtaget och till sin lättnad gled dörren upp. Hon tog det sista steget över tröskeln och stängde dörren efter sig. Allt såg ut som vanligt. Hon smög vidare in i Karins kammare och plockade fram föremålen hon hade med sig. En tunn glasbit och en bit sytråd.

Hon kisade med ena ögat, för att kunna måtta tråden genom det lilla hålet på glasbiten och lyckades med en viss ansträngning. Britt hämtade en pall från köket och klättrade upp i fönstret, så att hon kunde nå gardinstången. Hon trädde tråden över stången och gjorde en knut och drog gardinen på plats. Nöjd över sitt verk, räknade hon med att glasbiten skulle fånga solen och bli så varm att den bildade glöd. Hon hade minsann läst om att glas inte skulle placeras i solen, just på grund av det. Så nu var det väl ändå självaste... Britt undvek de värsta svordomarna för hon ville verkligen inte hamna i helvetet. Hon ställde tillbaka sakerna hon hade lånat och öppnade fönstret på vid gavel. Ett vigt skutt upp i fönstret och sedan var hon ute. Noggrant pressade hon fönstret tillbaka på sin plats med en liten kil, så att det inte skulle åka upp. Glad i hågen begav hon sig därifrån. Nu skulle väl ändå hennes plan fungera. Med henne ur vägen kunde hon säkert få Lars tillbaka.

I det stora huset i "kilen" var allt lugnt och stilla. De enda ljuskällorna som fanns var en taklampa inne i köket och en utanför ytterdörren. Månen som hade valt att vara osynlig, gjorde den mörka höstkvällen än svartare. Genom spetsgardinen i köket kunde man se Märta plocka undan efter kvällens förberedelser inför morgondagen. Hon var den som lagade all mat, eftersom de vuxna i familjen hade fullt upp med att sköta gården och barnen hade sin skolgång att tänka på.

Märta var född på gården och hade en gång varit med och brukat den. Det hade varit hon och hennes make Bertil, men han var död sen fem år tillbaka. Sonen Mats hade fått ta över och han såg inget hinder i att Märta skulle få stanna kvar.

Huset var stort och det räckte gott och väl till hans familj och till henne.

Hon hade lagt ärtor till ärtsoppan i blöt och skurit fläsket i tärningar, så det var bara att koka i morgon. Märta synade sitt förkläde som hade blivit smutsigt, men det fick duga till morgondagen också, tänkte hon och hängde upp det på kroken intill skafferiet. Hon satte sig ned på kökspallen, tog av sig sina strumpor och masserade sina ömma svullna ben som inte orkade lika mycket som förr. Åldern höll nog på att ta ut sin rätt, tänkte hon. Ja nog hade åren satt sina spår. Tydliga märken av åderbrock löpte längs med hennes ben och de hade gjort henne sömnlös många gånger.

Hon kom att tänka på katten som inte hade synts till på ett par dagar. Sist hon hade sett henne hade hon varit rund om magen. Hon skulle väl inte få ungar nu igen?

Nog för att det är bra med katter. De håller ju mössen borta, men de kunde ju inte försörja hur många som helst. Det värsta är när man inte har koll på dem, då passar de på att lägga ungarna någonstans där man inte hittar dem. Sen kommer de hem med en massa halvstora ungar. Pettsson borta på Björkevägen brukade kunna hjälpa till med att ta bort dem, men då vill han inte att de är för stora.

”Usch! Kom inte in hit”, sa hon och viftade irriterad mot flygfäna som försökte flyga in i hallen.

”Missan!”

Hon såg ut i mörkret och kände den råa höstvinden gripa tag i henne. Hon ruskade på huvudet och tänkte att vi får hoppas att hon dyker upp under morgondagen.

I mörkret längs med ladans vägg kunde man urskilja två individer. Den ene liten och mager och den andre stor och kraftig.

De hade haft uppsikt över stället under en längre tid och nu trodde de sig vara redo för att sätta sin plan i verket.

De hade fri sikt in i köket och kunde följa henne precis som tidigare kvällar.

"Nu går hon runt hörnet", viskade Sven, en femtonårig finnig yngling som för tillfället bar en alldeles för stor skinnjacka som gjorde att han såg ännu mindre ut än han var, medan den något äldre kamraten Lars-Ove var betydligt större och kraftigare. Han tyckte dessutom om att bygga muskler för att sedan visa upp sig för det motsatta könet. Han hade för tillfället ett jobb på en brädgård, men mestadels hade han drivit omkring och gjort vad som hade fallit honom in. Nu hade de ett jobb, eller rättare sagt ett uppdrag och betalt skulle de få. Två hundra kronor var skulle de få, och det kunde de inte motstå.

Något namn på snubben hade de inte fått. Han hade tyckt att det var säkrast så. Så de hade bara bestämt mötesplats senare i veckan, för att därpå kolla av läget.

Sven, som var en riktig "fegis", hade känt sig lite osäker, men hade blivit övertalad av sin kamrat.

Det var ju en enkel grej det här.

Lars-Ove hade blivit irriterad på Sven och försökt ingjuta lite mod i honom. Han hade till och med mutat honom med skinnjackan, som han visste att Sven så gärna ville ha. Sven hade alltid varit avundsjuk på Lars-Ove och hans jacka, för den fick alltid kamraten att se stor och stark ut. Nu skulle det alltså bli hans tur att få se stor och tuff ut. Men Sven hade ingen möjlighet att fylla ut den. Resultatet blev snarare patetiskt. Men vad gjorde det, när tron sade honom något annat.

De såg Märta tända i rummet intill och bestämde sig för att agera.

Lars-Ove tryckte försiktigt ned handtaget och gav dörren en lätt puff. De stannade upp för några sekunder och lyssnade spänt. De hörde hur hon tappade upp vatten.

De smög upp för trappan till andra våningen och andades lättade ut. Då var det bara en våning till. På tredje våningen skulle det finnas två sovrum och ett kontor och det var kontoret de behövde hitta.

Vilket rum kunde det vara? De såg på dörrarna vilka alla var stängda. Två skulle vara sovrum och det kunde innebära att någon låg där inne och sov.

De tittade på varandra.

"Hur gör vi nu?" viskade Sven.

Lars-Ove smög fram till en av dörrarna och böjde sig ned för att kika genom nyckelhålet.

"Det här ser mest ut som ett kontor."

Han smög fram till nästa dörr och viskade till Sven att ta den tredje.

Sven tyckte sig se en säng, men säker var han inte. Han tryckte örat mot dörren och lyssnade.

"Jag tror att det här är ett sovrum", viskade Sven.

"Jag tycker att jag hör snarkningar...", sa Lars-Ove och nickade.

Lars-Ove lyfte på bordduken som låg på byrån och tog nyckeln. Så tyst han förmådde, satte han nyckeln i låset på den ena dörren och försökte att vrida den runt. Han såg på Sven och ruskade på huvudet.

Han gick vidare till dörr nummer två och mycket riktigt, med ett klick var dörren öppen. De stängde dörren försiktigt efter sig och tände ficklampan de hade med. Sven kände längs undersidan av skrivbordet, men kunde inte känna någon nyckel. Han gjorde samma procedur om igen, men med samma resultat. Lars-Ove blev frustrerad och knuffade Sven från skrivbordet.

"Vad fan gör vi nu då?" viskade Lars-Ove och ruskade på huvudet.

"Nu tar vi det jäkligt lugnt", sa Sven och tog några djupa andetag.

Lars-Ove lade sig ned på rygg och kände sig fram, lugnt och metodiskt och helt plötsligt kände han en litet hål.

"Det ligger något där."

Han fick tag i den med fingerspetsen och lyckades lirkade ur den.

De var lättade över att ha hittat det de letade eftersom de insåg att tiden började bli knapp. Det fanns en risk att hon hade hunnit låsa nere i köket. Stressade av situationen fick dem att bli fumliga och nyckeln for i golvet med ett skrammel. Blickstilla satt de kvar på golvet, men ingen verkade ha hört något. Nyckeln gled runt i låset på det gamla skrivbordet och med ett vilt bultande hjärta lyfte han ut ett litet skrin ur lådan.

Det måste vara det här han menar. De öppnade locket och flämtade till vid anblicken av dess innehåll.

"Det här är en hel förmögenhet", viskade Lars-Olof och förde fingret genom dess innehåll.

Lars-Ove stängde skrinet och stoppade det i påsen han hade fastspänd runt midjan. De låste skrivbordslådan och lade tillbaka nyckeln på dess plats. Ljudlöst öppnade de dörren och kikade ut. Allt såg lugnt ut, dags att sticka.

"Jädrar, jag tappade den", viskade Lars-Ove och såg nyckeln glida ner i en golvspringa. Han försökte få tag i den, men insåg att det var omöjligt. Hade han haft sin kniv hade han kunnat han ha fått tag i den, men nu hade han varken kniv eller tid.

Det fick bära eller brista. De var tvungna att ge sig av därifrån.

Första trappavsatsen gick bra, men när de kom ned på andra våningen hörde de hur någon kom ut genom sovrumsdörren på översta våningen.

De hörde tunga steg gå ner för trappan och insåg att det skulle kunna bli problem. Sven tog tag i Lars-Oves tröjärm och drog honom med sig in bakom en gammal antik soffa . En välbyggd man i femtioårsåldern med en morgonrock slarvigt hängd över axlarna blev synlig. Han kliade sig på magen och släppte en fjärt.

"Fasen vad magen kurrar. Jag får nog gå ned i köket."

Det var i absolut sista sekunden som de båda ynglingarna hade kastat sig ner bakom soffan. Vad skulle de ha gjort om han hade sett dem? Skulle de ha behövt slå ner honom? Vettskrämda över att kanske bli upptäckta, satt de knäpp tysta. Mats gick förbi dem utan att märka något. Hade han vänt sig om, hade han sett dem, så nära hade det varit. De hade varit så nervösa att de inte märkt av vare sig hans kroppsliga ljud eller vämjeliga odör som fanns kvar som ett moln på andra våningen.

Vad skulle de ta sig till nu då, för här kunde de inte sitta kvar.

De kunde höra hur de pratade där nere och att ytterdörren låstes.

Där försvann den nödutgången. Hur skulle de nu kunna ta sig ut, utan att lämna något spår efter sig?

De båda ynglingarna hade krupit fram och gömt sig på ett säkrare ställe i väntan på att de andra skulle lämna köket. Det fanns visserligen gott om fönster här på andra våningen, men det skulle vara förenat med ren livsfara att ens försöka ta sig ut.

Äntligen hände något. De hörde henne stånka för varje trappsteg hon tog. I vanliga fall brukade hon gå en runda i huset för att se att allt var som det skulle, men denna kväll var hon tröttare än vanligt. Så hon gick raka vägen in till sig.

"Det var en det...", viskade Lars-Ove.

"Undrar om han tänker sitta kvar länge än? ", viskade Sven och ändrade ställning.

De andades lättade ut, när de insåg att han var på väg upp. Med tunga steg gick han trappan upp i mörkret. Mats stannade till för en stund och tittade ut genom fönstret. Han huttrade och bestämde sig för att krypa ner i sin varma säng igen.

De hörde honom stänga dörren till sovrummet på översta våningen. Stela i kroppen efter att ha suttit ihopkrupna, stapplade de sig ner för trappan.

Sven kände på ytterdörren och naturligtvis var den låst och ingen nyckel satt i låset heller. De blev helt enkelt tvungna att ta sig ut via det lilla fönstret intill dörren.

Fönstret åkte upp med ett knarrande ljud, men de brydde sig inte om att ägna det någon tanke. Sven klättrade ut utan problem. Lars-Ove däremot hade problem och fick lämna ifrån sig påsen han hade runt midjan till Sven. De tryckte fönstret på plats igen och de hade tur, för det satt kvar. Det skulle kunna ta lång tid innan någon upptäckte det.

Det var strax efter midnatt. Två figurer syntes skyndsamt ila mot kyrkan. För att inte väcka någon uppmärksamhet lät de ficklampan vara släckt.

"Cyklarna står bakom kyrkan", viskade Lars-Ove.

"Bakom kyrkan?", viskade Sven förskräckt.

"De står intill skjulet där likvagnen står."

Sven stannade. Var det något han var rädd för, så var det mörker och spöken.

”Skall vi inte gina över kyrkogården också?” viskade Sven sarkastiskt.

”Det kan vi göra”, sa Lars-Ove och tryckte ned handtaget på grinden till Roma kyrkogård. Grinden gnisslade olycksbådande.

”Jag skämtade bara. Aldrig i livet att jag skulle gå in där”, viskade Sven och huttrade.

”Jag förstod det”, sa Lars-Ove och stängde grinden.

”Det förstår du väl. Cyklarna kan inte stå synliga, då skulle någon genast förstå att något är fel”, sa Lars-Olof sarkastiskt.

En vindpust kom från ingenstans och prasslade olycksbådande bland löven i den stora eken.

De fortsatte längs muren och tog sedan stigen mot skjulet. Lars-Ove tände ficklampan. Cyklarna stod där lutade mot väggen precis som bestämt. Sven kände en stor lättnad över att de snart skulle vara på väg därifrån.

”Tyst”, väste Lars-Olof.

Sven såg förskräckt på Lars-Olof när de hörde ljud från huset på andra sidan vägen. I dörröppningen såg de konturerna av en man, som stod och rökte medan en hund stod bakom staketet och spetsade öronen efter ljud. De båda ynglingarna backade sakta tillbaka in i dunklet.

Hunden började springa fram och tillbaka längs med staketet medan han gav ifrån sig ett morrande ljud.

”Åke, tyst med dig!”

Åke som var säker på att något var på tok på andra sidan vägen, skällde allt intensivare och ignorerade sin husse.

”Förbaskade hund”, muttrade husse medan han klev i sina gummistövlar. Hunden hoppade allt högre medan han skällde allt mer.

Tänk om han hoppar över, tänkte Sven och ställde sig bakom Lars-Ove. Efter att husse lyckats mota in den upprörda hunden i ett hörn och få tag i hans halsband tystnade han. De andades lättade ut när dörren äntligen stängdes efter dem. På skakiga ben skyndade de sig därifrån. Tyvärr hade hundens skällande väckt grannarna intill, så att cykla på vägen var uteslutet. De blev tvungna att ta sig genom skogen på kyrkogårdens baksida.

Det hade börjat ljusna när de äntligen nådde fram till ladan de hade tänkt stanna vid. Allting hade gått bra och de hade inte mött någon på vägen dit. Varma och svettiga kastade de sig raklånga i det mjuka gräset. En uggla hoade en bit därifrån men för övrigt var det tyst. De låg kvar en god stund. Först när andningen hade börjat fungera normalt igen och svetten hade slutat lacka reste de sig på darrande ben. Båda var väldigt nyfikna på vad de hade fått med sig. Sven tände ficklampan och riktade den mot Lars-Oves händer som höll upp bytet. Lars-Ove såg lystet på innehållet i skrinet.

”Vi skulle faktiskt kunna behålla det och sticka från ön”, sa Lars-Olof och såg på Sven.

”Är du helt galen? Jag tror inte vi skulle komma så långt.”

Knak!

Ett knakande ljud ekade genom skogen.

”Vad var det?” viskade Lars-Ove och plockade raskt ner bytet i påsen igen. Sven svepte med ficklampan i en vid båge runt sig.

Mörkret hade fallit och låg som ett svart täcke över skogen. Karin borde kanske ha satt sig ner och vänta in gryningens ljus, men hennes rädsla hotade att gå över i panik. Hon som i vanliga fall brukade kunna hålla huvudet kallt fungerade inte alls. Rädslan fick hennes ben att envist fortsätta framåt. Trädens grenar försökte gripa tag i henne likt stora händer och markens håligheter och snår skapade fotbojor runt hennes fötter.

Hur kunde hon vara så otrolig klantig och försvinna bort i sina dagdrömmar? Karin kunde just för tillfället ha gett vad som helst för en strimma ljus. Hennes ork började ta slut och hon blev tvungen att sätta sig ner. Markens ris hade snärjt sig fast runt hennes fötter som tyngder. Klumpen i halsgropen växte sig stor och öm och hotade att explodera. Tårarna rann längs med hennes kinder och utan att hon hade tänkt på det, ropade hon på mamma. Varför hade hon inte letat efter henne? Karin fumlade med handen längs med sina fötter och lyckades till slut befria dem. Hon lyssnade efter skogens ljud, men allt var otäckt tyst. Det enda hon kunde höra, var sina egna skrämda andetag och hjärtats bultande.

Det luktade fuktig jord. Karin försökte koncentrera sig på att andas lugnt. Hon fick inte gripas av panik. Den stora ansträngningen hade gjort henne trött.

"Vill inte sova, bara vila en liten stund", sa hon viskande.

Karin vaknade med ett ryck. Hon blinkade och såg sig förvirrat omkring. Först kom hon inte på var hon befann sig. Hon reste sig på stela ben och tittade sig omkring. Konturer av höga träd mot den mörka himlen tornade upp sig runt henne och fick henne att känna sig liten. Hon borde fortsätta, men först måste hon kissa.

Det var inte lätt där i mörkret att sitta och balansera på huk. Hade hon otur, hade hon väl böjt sig över en myrstack eller ett ormbo, tänkte hon och svajade till av bara tanken. Efter att ha fått ordning på kläderna, fortsatte hon framåt. Skogen måste ju ta slut någon gång och hon skulle komma ut på någon väg.

Efter några hundra meter hörde hon helt plötsligt röster.

Hon stannade upp för ett ögonblick och lyssnade. Försökte känna in från vilket håll de kom.

För varje meter hon gick hördes de allt tydligare. Rösterna lät upprörda men hon kunde inte urskilja vad som sades. Det fick bära eller brista, där fanns räddningen för henne.

Helt plötsligt öppnade sig skogen och hon befann sig på en öppen gräsplätt. Hon spärrade upp ögonen för att kunna se i mörkret, men ingen syntes till och rösterna hade tystnat. Visst hade hon hört någon prata eller hade hon bara inbillat sig? Hon såg en ficklampa tändas och i skenet från den, kunde hon urskilja ansiktena på två män. Karin tänkte ropa för att ge sig till känna när hon såg smyckena i lampans sken. Karin stelnade till. Det där kändes inte riktigt bra. Hon försökte backa i sina egna fotspår, men kände inte grenen hon satte foten på och alldeles för sent insåg hon sitt misstag. Hon hade sett något hon inte borde ha sett.

Knak!

”Vad var det?” viskade den grövre av dem och plockade ner bytet i påsen. Den magre mannen svepte med ficklampan i en vid båge runt sig.

”Där!”

Karin insåg att hon var illa ute och bestämde sig för att fly in i skogen igen.

”Efter henne!”

Svens trötthet var som bortblåst. Adrenalinpåslaget hade fått honom att springa rakt ut i den mörka skogen, efter en gestalt han inte visste något om. Han hade alltid varit snabb och det var inte utan anledning han hade kallats för vesslan så det tog inte lång tid innan han var ifatt. En kvinna? Han svepte med ficklampans sken över henne och kände sig illamående när han såg på hennes trassliga ljusa lockiga hår. Vad skulle han göra med henne? Den gröna klänningen hade långa revor och smutsfläckar av jord. I ansiktet kunde han se spår efter tårar. Hon vände sig om försökte springa ifrån honom. Han hade helst velat låta henne löpa, men med Lars-Oves hesa röst ekande genom skogen kände han sig tvungen att hålla henne fast och satte foten på hennes klänningsfåll, som fick kjolen att delvis slitas loss från livstycket.

”Ta fast henne!”

Sven fortsatte efter och helt plötsligt låg hon där. Hennes fot hade fastnat under en trädrot och hon hade fallit omkull. Sven hörde Lars-Ove komma flåsandes efter. Han böjde sig framåt och såg på hennes ansikte. Hon hade fallit så illa att hon förmodligen hade slagit tinningen mot en trädstam. Han såg blodet rinna längs med hennes hals och var tvungen att svälja hårt ett antal gånger för att inte kräkas

Sven förde sin hand över hennes hår och strök bort det från ansiktet. Han kände hennes ögonfransar fladdra mot insidan av sin hand.

”Se till att få undan henne! Ta stenen som ligger där.”

Sven såg på stenen Lars-Olof pekat på. Vad i hela friden menade han? Skulle han slå ihjäl henne? Menade han verkligen det? Nog för att han hade gjort mycket dumt och olagligt, men att slå ihjäl någon?

”Ta stenen som ligger där, sätt fart!”

Lars-Oves tjat gjorde honom osäker och ofrivilligt lyfte han på stenen. Han vägde den i handen fram och tillbaka, medan han såg på kvinnan som låg framför honom. Sven såg i ögonvrån hur Lars-Olof vände sig om. Hur råbarkad Lars-Ove än ville visa sig, hade han aldrig klarat han av att bevittna våld. Sven lyfte stenen och slog med all den kraft han förmådde. Ljudet ekade genom skogen, medan han samtidigt mötte Karins vettskrämda blick. Sven såg att hon tänkte skrika så han lade den andra handen för hennes mun. Han måttade in det andra slaget medan hon tittade på honom med skräck i blicken. Sven kastade iväg stenen samtidigt som han visade med en min att hon skulle hålla tyst. Han reste sig upp och borstade av sig, för att sedan lämna henne åt sitt öde.

Karin visste inte hur länge hon hade legat där i skogen. Hon hade inte vågat röra sig efter den fruktansvärda händelsen. Hon försökte dra loss foten och kände hur det skar till i benet. Herre gud så ont det gör! Tänk om den är bruten? Karin lyckades dra loss den och försökte att sätta sig upp. Hon kände en våg av illamående och yrsel. Försiktigt förde hon handen över sin kind och kände en klibbig sörja.

”Aj!” Den långa skåran på kinden glipade oroväckande stort. Hon fick tag i ett stort blad och tryckte det mot såret.

Hon frös så hon skakade. Hennes inre var i uppror. När smärtan från benet var som mest outhärdlig, försvann hon in i en djup dvala.

Karin vandrade längs en stig. Långt där borta i ett rosaskimrande sken kunde hon se sin älskade mormor som hade dött för ett antal år sedan. Det var varmt och skönt. All oro hon hade känt, hade följt med vinden som drog förbi. Hon kände med handen på sin kind., Allt det onda och hemska var borta. Hennes sommarvarma fötter svävade över marken. Hon fortsatte mot det rosa skenet och ännu var det långt kvar. Men för varje steg hon tog, började det kännas allt mer obekvämt. Det rosa skimret bleknade och de svävande stegen blev allt tyngre. Hon kände något vått tryckas mot sin kind. Gå bort med dig, tänkte hon. Men den slickande tungan fortsatte envist och allt rosa skimmer försvann.

Hon återvände till verkligheten med ett ryck. Hela hennes kropp skrek av smärta medan hon öppnade ögonen i ren förtvivlan. Hon såg upp och kunde först inte förstå vad det var hon såg. De klotrunda mörka ögonen mötte hennes och höll på att skrämma livet ur henne.

Räven tog ett skutt från henne och studerade henne på håll. Hon försökte röra på sig och vips, var den borta. Hon såg på sig själv där i gryningsljuset och det var ingen vacker syn. Vad i hela friden hade hänt? Hon försökte resa sig upp, men höll på att trilla omkull när den stukade foten gjorde sig påmind. Karin drog efter andan och försökte på nytt, men resultatet blev det samma. Hennes förtvivlan och oro fick henne att brista ut i gråt. Var befann hon sig någonstans?

Hon hörde hur det prasslade till i snåret intill henne. Hon satt knäpp tyst. Inte ett ljud hördes. Helt plötsligt prasslade det igen.

"Kommer du tillbaka till mig?"

Hon tänkte, att det var tur att ingen såg det här. För vad skulle de tro, när hon pratade med en räv? Räven satt kvar och såg på henne.

"Vad vill du? Tycker du synd om mig?"

Karin gjorde ett försök att sätta sig lite bekvämare. Då försvann räven helt plötsligt igen. Hon suckade tungt och tänkte hur någon skulle lyckas hitta henne? Det konstiga var att hon överhuvudtaget inte alls kunde minnas vad som hade hänt. Hon kände tröttheten göra sig påmind igen och snart hade hon somnat sittande mot ett träd.

Halva semestern hade gått och Nora började få en smula ångest över att tiden hade gått så fort. Lite senare samma dag skulle hon ha barnbarnet Melker vid sig några timmar och det brukade alltid vara trevligt, för Melker var en påhittig pojke. Vad skulle hon hitta på? Hon kom att tänka på böckerna hon tidigare hade lagt undan. Ja varför inte? Hon orkade för tillfället ändå inte ha loppisen öppen, det var alldeles för varmt.

Hon kastade en blick på rabatterna och kände ett sting av dåligt samvete.

"Suck! Jag måste nog förbarma mig över er först."

Hon satte ut vattenspridaren, så den skulle täcka så mycket som möjligt, för då slapp hon flytta den flera gånger.

Vattnet började strila och det dåliga samvetet försvann. En känsla av att ha räddat någon från en säker död gjorde henne nöjd.

Efter att ha hämtat en bok från den senaste "loppislådan" och en kanna med dricka och lite annat smått och gott lade hon sig i hängmattan.

Hunden Molly lade sig på betryggande avstånd från hängmattan eftersom hon hade dåliga erfarenheter av dessa. En gång hade Melker lekt i den och ramlat på Molly.

Hon hade sprungit ylande över gården och med Melker skrikande efter sig, så efter den gången är hon väldigt försiktig både med hängmattor och barn.

När hon hade lyckats komma på plats, fick hon fatt i boken och började läsa.

❧❧❧

När Nora vaknade hade solen hunnit flytta sig en god bit på himlen. Molly tittade vädjande på henne. Förmodligen berodde det på att magen kurrade.

"Åh! lilla gumman. Matte somnade visst."

Boken som hade fallit ur hennes hand låg på gräsmattan och bladen fladdrade i vinden. Nora satte sig upp och böjde sig ned för att plocka upp den, när hon fick syn på ett vitt pappersark en bit längre bort på gräsmattan.

Ett foto? Ja faktiskt, ett brudfoto.

I samma stund hon reste sig upp, hörde hon grinden gnissla. Molly reagerade direkt och sprang välkomnande mot gästerna med glada svansviftningar och pussar.

"Hej på er!" ropade Nora och gick emot dem.

Melker höll sin gris Nasse krampaktigt i famnen och hälsade blygt under lugg. Han hade alltid varit blyg för att i nästa stund explodera av bus.

"Så du skall hålla mormor sällskap en stund idag?" sa Nora och kramade honom.

Melker svarade inte, men efter att ha funderat en stund, utbrast han.

"Jag vill bygga vägar och torn."

"Ja det kan vi göra!"

Det hade varit hennes påhitt från början och den leken hade kommit för att stanna.

Byggmaterialet bestod av bokhyllans innehåll så det räckte till en hel del.

Efter ett tiotal pussar och kramar fick Sara äntligen åka iväg. Melker klättrade upp i Noras kökssoffa och vinkade så länge han kunde se henne. När hon väl var försvunnen klev han raskt ner och rusade in i soffhörnet där han satte sig en stund med Nasse i famn. Nora visste sen tidigare att det var bara att låta honom vara ifred, och mycket riktigt, strax därpå kom han bort till henne. Tillsammans började de plocka ur böckerna och snart bestod golvet i vardagsrummet av ett gigantiskt vägnät.

Helt plötsligt ekade telefonens skarpa signal genom huset.

"Fortsätt du, jag kommer strax tillbaka", sa Nora och reste sig från golvet.

Telefonsamtalet, som hade tagit betydligt längre tid än Nora hade räknat med, fick Melker att tröttna på att vänta, så när Nora kom tillbaka hade Melker somnat bland alla "vägar". Hon lyfte upp honom från golvet och lade honom i soffan. När hon skulle lägga en filt över honom, såg hon att han hade bröllopsfotot hon hade funnit på gräsmattan i sin hand. Hon lirkade fotot ur handen på honom och satte sig bredvid. Ett gammalt bröllopsfoto. Hade det legat i boken? Hon såg på det unga paret och kunde bestämt säga att hon inte visste vilka de var.

"Men vänta nu..."

Hon reste sig försiktigt från soffan och skyndade till datorn där brudkronan stod. Hon såg på fotot och på brudkronan.

"Otroligt, så spännande. "

"Mommo!"

"Ja, lilla gubben. Du somnade visst."

"Ja, det var ett långt strax."

"Jag vet, förlåt mig Melker", sa Nora och kramade honom.

"Det har jag redan gjort, men glass skulle göra att det blev ännu bättre", sa Melker och blinkade med ögonen.

"Det tycker jag med! Vi tar en promenad bort till pressbyrån. Där har de den godaste mjukglass man kan tänka sig."

⚮

Emmy tittade på fotot och sedan på brudkronan.

"Nej, jag vet faktiskt inte hur man skall kunna ta sig vidare. Det enda är väl att fortsätta att fråga precis som du gjorde med mig. Har du tur, träffar du på rätt person."

"Ja det är väl det", sa Nora med en suck.

"Jag kanske skulle ta och fråga kassörskan där borta?" sa Nora och nickade mot tjejen i kassan.

"Ja testa med det, så hämtar du samtidigt påtår till oss."

Kassörskan kastade en blick på fotot för att sedan ruska på huvudet.

"Så du känner inte igen personerna på fotot?"

"Nej, jag har inte en aning om vilka de är."

Nora återvände till Emmy med kaffet och ruskade på huvudet.

"Bättre lycka nästa gång".

De bestämde sig för att prata om något annat istället. Det var inte så ofta de hade ledigt samtidigt, så när Emmy hade föreslagit en fika på konditori Norrgatt, hade hon snabbt varit med på noterna.

Efter kaffet blev det en promenad längs Adelsgatan. De var inne i flertalet affärer och nu hade Nora fått upp ångan. Ingen fick undgå hennes fråga, men tyvärr fick hon hela tiden samma svar.

"Jag skulle aldrig vilja jobba som detektiv, jag har inget tålamod", suckade Nora.

”Jag håller med. Du skulle inte passa att jobba som detektiv. Men det har du väl inte tänkt heller?”

”Verkligen inte!”

De stannade vid Solkristallen. En affär för dem som var intresserade av magi och andra mystiska föremål. Nora hade alltid tyckt om och känt en stor spänning inför det okända. Så naturligtvis kom hon hem med lite av varje.

Det luktade nybryggt kaffe på boendet Smultrongården. Dörren ut till trädgården stod på vid gavel och de boende kunde gå ut och in som de ville. Den fina trädgården med sina färggranna rabatter och träd var fulla av frukt som höll på att mogna. En riktig oas. En stor tillgång för både boende och personal.

Det var förmiddag och alla hade kommit upp förutom Agnes. Hon var arg och vresig och hade inte alls lust att göra något denna dag.

Evert, en annan av de boende ville inte äta sin frukost. ”Helt onödigt”, sa han och skrattade med sin tandlösa mun mot boendeassistenten Berit. Hon försökte blidka honom med sitt glada prat, men insåg snabbt att det inte var någon idé. Alma, en liten späd dam på närmare hundra år hade fått urinvägsinfektion, så hon var tvungen att springa till toaletten stup i kvarten. Göran, en man med bestämda åsikter och som hade varit van att bli åtlydd, krävde Vilmer på hans dagstidning. Men Vilmer som var nästintill döv hörde inget.

Ja allt var som vanligt när Nora kom tillbaka efter semestern. Vid fikabordet på jobbet pratade man om sommaren och alla var glada.

Åkebäck 1948

Hästen lunkade sakta vägen fram. Varje hålighet i vägen fick vagnen att kränga och hungern hade börjat ge sig till känna, men än ville han inte stanna. Han hade bestämt sig för att stanna på ett visst ställe och än var han inte där.

Solen var på väg upp och de mörka konturerna mot himlen skrämde honom inte så mycket längre. Inte för att Erik någonsin skulle erkänna sin rädsla för spöken inför andra, men nog var han rädd. Helst hade han velat galoppera genom skogen, men vagnen tillät inte det. Sanningen att säga, var han nog lite orolig över vagnens hållbarhet. Hade han otur, vilket han ofta hade, så skulle vagnen gå sönder och han skulle bli skuldsatt.

Bonden som hade lånat ut vagnen till honom hade varit noga med att tala om sina krav. Dessa krav hade fått honom att tveka, men ingen annan ville låna honom någon vagn, så han hade inget annat val. Han hade dessutom ett rykte som sade att han gärna kunde lura även sin närmaste vän. Bonden skulle även enligt ett rykte ha dränkt någon som inte hade betalat av sin skuld. Men rykten har ju en förmåga att kunna växa, så det kanske inte ens var sant.

Erik huttrade och drog rocken hårdare om sig. Det skulle ännu ta några timmar innan solens strålar kunde värma, men ljuset fanns åtminstone där. Han klev ner från vagnen och hoppade på stället för att få upp värmen.

"Du får stå här så länge", sa han till hästen och strök honom över halsen. "Veden måste ligga här någonstans!"

En räv gav skall och han kände olust. Lite kymigt lät det allt. Hur kunde räven ha fått ett sådant mänskligt läte? Han tog sitt smörgåspaket och slog sig ned intill laduväggen efter att ha funnit veden. Åter hördes räven skälla eller tänk om det inte var någon räv? Där kom ljudet igen. Han höll andan för ett ögonblick. Ljudet kom allt oftare och han insåg att hans första antagande hade varit fel. Han försökte lokalisera var ljudet kom ifrån, men då blev det helt plötsligt tyst. Borde han bege sig därifrån?

Först förstod han inte vad det var han såg. Ett ljust lockigt hår, fullt av tovor och stelnat blod. En söndertrasad klänning på en kropp som låg i en onormalt förvriden ställning.

Erik böjde sig fram och strök håret från hennes ansikte. Han kände hjärtat hoppade vilt i bröstet. Visst var det Karin? Först kände han ett lyckorus skjuta genom kroppen över att funnit henne, men för att snabbt gå över till oro. Tänk om hon var död? I samma stund hörde han ett ynkligt jämrande från henne. Egentligen hade han inte tid med det här, men han bestämde sig för att veden fick vänta. Självklart skulle han ta hand om henne. Det här var ju perfekt.

Han hade sedan långt tillbaka bestämt sig för att han en dag skulle gifta sig med henne och det här var ju verkligen ett bevis på att så skulle ske. Han hade inte sett Karin sen den gången han gömde sig i deras trädgård. Då hade han närapå kunnat bli upptäckt. Han hade länge stått under den stora eken och försökt att samla mod för att kunna gå in och fråga efter henne, men för varje gång han hade bestämt sig och närmat sig huset, hade han blivit så blyg och osäker. Han hade sett modern stöka omkring inne i köket och tyckt att hon såg väldigt snäll ut. Han skulle säkert få prata med henne om han knackade på. Men vad skulle han säga? Han hade även sett Karin i ett fönster och tyckt att hon var den grannaste flicka han någonsin hade skådat och dessutom hade hon börjat klä av sig. Han borde verkligen inte ha stått där och glott, men något fick honom att envist dra blicken dit. Erik hade sett hennes vita armar och smekt dem med blicken. I jämförelse med hans armar hade hon varit mycket vit. Hon stod där halvnaken och sträckte sig efter den långa vita klänningen som hängde över en dörr. Han hade varit så betagen av hennes gestalt att han inte hade märkt grenen som låg i hans väg. Smärtan han hade kände i ögat av rappet från grenen hade fått honom att stöna högt. Mor Jenny och Karin hade hört honom och sett förvånat på varandra. Karin hade tittat ut genom fönstret, men inte verkat se något konstigt. Ytterdörren hade öppnats och Erik hade i sista sekund kastat sig omkull bakom en buske. Ögat hade värkt fruktansvärt och han hade varit tvungen att bita sig i läppen för att inte jämra sig.

"Det måste ha varit en räv eller något annat djur. För här är allt lugnt", ropade mor Jenny.

Erik kunde tydligt höra mor Jennys snabba andetag. Han kände helt plötsligt utan förvarning att det började klia i näsan. Han tryckte handen hårt mot näsan och bad en tyst bön om att hon snart skulle gå in igen, annars skulle han bli avslöjad. Mor Jenny backade in igen och stängde dörren ordentligt efter sig. Han hörde ett *klick* och förstod att nu var dörren låst. Han låg kvar ytterligare en stund innan han vågade flytta på sig.

"Oj, det var nära öga..."

Han reste sig upp och bestämde sig för att snabbt försvinna därifrån.

På vägen hem hade han känt sig besviken. Hade han inte råkat se Karins vackra uppenbarelse där i fönstret, hade han troligtvis vågat knacka på. Men hennes skönhet hade fått honom ur balans. Han kände försiktigt med handen över det smärtande ögat. Fy tusan vad ont det gjorde.

Erik tryckte in sina armar under henne och hävde upp henne mot sin axel. Han hörde henne flämta av smärta. Han balanserade sakta genom skogen, för att inte tappa fotfästet. Efter mycket stånk och stön fick han upp henne på vagnen. Karins ena fot var svullen och nästan dubbelt så stor som den andra, men det var inget Erik brydde sig om. För Erik var hon en erövring, ett fynd. I vagnen låg ett par gamla filtar. Erik ryckte till sig en av dem och lade den över henne. Han kunde inte riskera att någon skulle upptäcka henne ifall han skulle råka att möta någon. Dessutom hade hon sett frusen ut.

Han ägnade veden en tanke, men slog bort den lika fort. Han kanske skulle hinna åka tillbaka en vända till.

Så mörkt det är, tänkte hon och spärrade upp ögonen. Hon lyfte handen till sitt ansikte och kände försiktigt över det ömmande ansiktet. Var är jag, vad är det som har hänt? Varför har jag så ont? Hon kände försiktigt vid ögonlocket eller det hon trodde var ögonlocket och kände en stor bula. Hon drog snabbt undan handen när smärtan högg till och hon kände en våg av illamående. Inte konstigt att allt är svart, jag kan ju inte öppna ögat. Hon drog undan den stickiga illaluktande filten som låg över henne och försökte sätta sig upp

"Aj!" hela kroppen ömmade vid minsta lilla rörelse. Karin började bli rädd. Hon rynkade näsan. Så unket det luktade. Varför är det så mörkt och var är hon? Inte var hon hemma iallafall.

Usch, jag mår illa, tänkte hon och lade sig ned. Nej det här går inte. Jag måste ta reda på var jag är. Hon satte sig upp igen. Försiktigt satte hon fötterna på golvet och ställde sig upp. Det skar till i benet och hon kände att hon förlorade balansen och föll. Hon hörde någon skrika, förmodligen hon själv, men sen blev allt svart. Långt därborta kunde hon höra en röst och se ett ljus leta sig in i rummet.

Erik vaknade av en duns inifrån kammaren. Han skyndade sig dit och fann henne liggande på golvet. Irriterad över att ha blivit väckt muttrade han några ord om hennes klantighet, för att sedan lyfta henne varligt tillbaka till sängen igen och stoppa om henne med den illaluktande filten. Han ryggade vid åsynen av hennes öga och hämtat en linneduk vilken han hade blött med vatten. Erik kom mycket väl ihåg hur det hade känts med ett svullet öga och hur skönt det hade varit när hans farfar hade skött om såret.

Nästa gång Karin vaknade var det långt fram på eftermiddagen. Hon var stel och öm i kroppen och det dunkade illa i huvudet. Hon mindes att någon hade kommit in i rummet och hjälpt henne i säng igen. Hon såg sig omkring så gott det gick. Var befann hon sig? Det fanns inget hon kände igen. Luften var unken och hon började må illa. Hon försökte att andas lugnt men hjärtslagen ökade i takt utan att hon kunde påverka det. Hennes luftstrupe började värka och hon tyckte att hon inte fick tillräckligt med luft.

"Var är jag!?" skrek hon.

Erik gläntade på dörren in till sängkammaren. Så fin hon är trots det svullna ögat. Hur kunde han den där Lars lämna henne? För det var ju precis det han hade gjort, övergett henne. Så nu kunde det väl få vara hans tur. Han såg henne röra på sig, men än hade hon inte sett honom. Ett hjärtskärande skrik undslapp henne och han skyndade fram till sängen och såg frågande på henne. Hon tystnade tvärt och såg på honom med skrämda ögon. Rent instinktivt grinade han illa när han såg hennes svullna ansikte.

"Vad har hänt, hur har jag hamnat här? Jag vill hem, jag vill inte vara här."

Missnöjt såg Erik på henne utan att ge henne något svar. Är det tacken för att man har hjälpt henne? Han såg hennes blåslagna ynkliga gestalt där i sängen och insåg att all makt låg hos honom för tillfället.

"Hjälp mig hem till mina föräldrar. De måste undra var jag är någonstans."

"Inte än. Du måste stanna här tills du blir bättre"

"Stanna? Aldrig i livet!"

"Jag lovar att berätta för dina föräldrar var du är", sa han och ruskade irriterat på huvudet.

Han orkade inte stå kvar och ta emot all otack. Det var lika bra att gå därifrån och låta henne hållas. Så småningom skulle hon förmodligen vänja sig vid att vara här, för tanken var ju från hans sida att hon skulle bli kvar. Han brydde sig inte om att säga något mer, utan vände sig om och lämnade rummet.

När det så småningom tystnade inifrån kammaren, förstod han att hon hade somnat.

Mor Jenny kom hem svettig och förtvivlad. Hennes man Nils hade inte förstått ett endaste ord av hennes osammanhängande prat, så han hade varit tvungen att ta tag i hennes armar och ruska henne några gånger.

"Hon är ju en stor flicka. Naturligtvis hittar hon hem. Förresten är hon ingen flicka längre, hon är en vuxen kvinna, som inom kort skall gifta sig", tröstade fadern och lade armen ömt om hennes axlar.

"Jag känner på mig att något är på tok. Tänk om hon är skadad. Hon kanske har blivit biten av en huggorm och ligger där och dör?"

Mor Jenny började gråta uppgivet. Var det något han var svag för så var det hennes tårar. Han borde kanske göra något för att lugna henne? Att leta där ute i mörkret var inte det lättaste. Han kanske skulle kunna samla ihop grannarna så att de gemensamt kunde gå skallgång. Men troligtvis skulle hon komma hem snart. Han hade alltid ansett att hon var klok och förståndig. De fick nog vänta med att dra ihop något, för lite pinsamt skulle det vara om han hade fått igång halva bygden för att sedan hitta henne ståendes här hemma i farstun.

Det blev morgon och ingen Karin syntes till. Män och kvinnor samlades vid platsen mor Jenny senast hade sett henne och de började tillsammans vandra in i skogen.

Vartefter tiden gick och sökandet inte gav något resultat, började de känna sig allt mer oroliga. Vad hade egentligen hänt Karin? Hur kunde hon bara försvinna så där? Ett rykte om stölder hade cirkulerat i socknarna omkring Tänk om hon hade upptäckt någon och blivit nerslagen eller hade hon kanske ramlat ner i någon av alla dess håligheter som fanns? Ju mera de började fundera på vad som kunde ha hänt, desto större blev oron. Hade mor Jenny haft rätt, borde de ha varit ute i gårkväll och letat i mörkret?

"Jag har hittat något!" ropade en kvinna en bit bort i ledet.

”Känner du igen den här?” undrade kvinnan och höll upp en tom korg framför mor Jenny.

”Nja, jag är inte riktigt säker...”

”Det ligger en hög med svamp här på marken, så förmodligen tillhör de någon som plockade svamp.”

”Ja, det var ju det de hade gjort”, sa fadern fundersamt.

Mor Jenny visste mycket väl att korgen tillhörde dem, men det kändes så ödesdigert att hitta den slängd där. Varför hade hon slängt den?

”Den tillhör oss...”, viskade mor Jenny och började gråta.

Kvinnan visslade i en visselpipa och tillkallade de andra i ledet.

De fortsatte envist framåt. Fadern som tidigare hade varit säker på att hitta henne oskadd, började tvivla. Varför i hela friden skulle hon ha gått åt det hållet? Hade hennes omdöme precis slagits ut? En våg av inbrott hade svept över ön och än hade man inte lyckats fånga tjuvarna. Tänk om hon skulle ha råkat springa på dem och de hade varit tvungna att oskadliggöra henne?

Nej, nu fick han allt ta och skärpa sig. Allting hade säkert en bra förklaring och ett gott slut. Men när de hade sökt av de stora skogarna omkring och solen började gå ned, var de tvungna att avsluta. Alla var trötta och hungriga.

Mor Jenny var otröstlig. Att kunna sova var omöjligt. När klockan hade slagit tre på morgonen, hade hon somnat av ren utmattning på en pinnstol i köket. Fadern som även han hade sovit dåligt, fann henne sittande där i köket. Han såg på henne med ömhet. Det gjorde fruktansvärt ont i honom att behöva se henne plågas. Varligt lyfte han henne från stolen.

Han kunde känna hennes fuktiga kind mot sin och förstod att hon hade gråtit. Försiktigt lade han ner henne i deras bädd, för att sedan själv krypa ner intill. Han lade armen om henne och drog henne till sig. Denna maktlöshet är nog ett av det värsta han hade varit med om. Så fort det hade ljusnat skulle han ge sig ut igen.

Det hade nu gått en vecka sen den olycksaliga dagen i skogen. Åter igen hade bygdens folk samlats och finkammat skogarna, men utan resultat. Även länsman hade varit runt på gårdarna och alla uthus hade genomsökts. Just för tillfället låg sökandet nere. Mor Jenny fortsatte att leta planlöst och för varje gång hon gick in i skogen trodde hon att nu skulle hon hitta henne och för varje gång hon kom hem, trodde hon på att finna henne där, men alltid med samma resultat.

Svullnaden i ansiktet hade börjat lägga sig. Foten värkte en hel del ännu, men hon kunde i varje fall ta sig hjälpligt fram. Men tyvärr hade minnet inte kommit tillbaka. Allt var bara ett enda virrvarr i huvudet på henne och han som hela tiden pratade om hur han hade kommit till hennes undsättning och att hon borde vara tacksam.

Men en sak visste hon och det var att hon ville hem. Än så länge hade hon inte kunnat klara det. Att be Erik om hjälp, var inte någon idé. Han hade hittills inte varit det minsta intresserad av att hjälpa henne, snarare tvärtom och det skrämde henne. Han verkade egentligen inte bry sig om hur hon mådde. Något sa henne, att han inte skulle släppa iväg, än mindre hjälpa henne hem. Hon hade ett flertal gånger sagt att han borde ta kontakt med hennes föräldrar, men han vände henne bara ryggen och låtsades inte höra.

Erik var så trött på hennes tjat om att kontakta hennes föräldrar och att hon ville hem. Än så länge hade han inte delgett henne sina planer, men bara hon lugnade ner sig och började tänka klart, skulle hon säkerligen tycka det samma.

Karins påtvingade lugn började tryta. Hon fick inte ens få gå på utedasset ensam. Varje gång hon skulle kissa, följde han med och väntade utanför. En dag hade hon legat kvar i sängen och låtsats vara sjuk för att hon skulle få vara i fred. Men då bestämde han sig för att hålla henne sällskap, i sängen.

"Du har förmodligen rätt. Det är lika bra att jag kliver upp", sa Karin och reste sig hastigt.

Erik förstod inte att hans sällskap var ovälkommet, utan blev glad över hennes snabba tillfrisknande. Så glad att han bestämde sig för att det skulle ätas lite extra gott, pannkakor.

Erik knuffade upp ytterdörren och gick med raska steg ut på gården. Han visste att det fanns en burk sylt nere i jordkällaren och den skulle passa bra nu. Här skulle det ätas pannkakor, det var han säker på att hon kunde ordna.

Karin satt olycklig kvar på sängkanten. Vad i hela friden skulle hon ta sig till? Hon såg på Erik som sprang över gården och kom helt plötsligt på att dörren var öppen och nyckeln satt kvar. Han hade varit så rädd för att hon skulle försvinna, så han hade hela tiden varit noga med att låsa sen hon klarade av att gå.

Skulle hon hinna? Hon hörde Erik slamra med något en bit bort. Utan att tänka en extra gång, rusade hon rakt mot dörren. Olyckligtvis såg hon inte skorna som stod på mattan inför dörren. Förtvivlat försökte hon hitta balansen och ryckte tag i ett handtag på en besticklåda. Tyvärr gled den med och föll i golvet med ett fruktansvärt skrammel. Förtvivlat såg hon på besticken som låg utspridda över köksgolvet.

"Va fan!" ropade Erik och rusade argt in i köket. "Tänkte du sticka vad?" skrek han hotfullt.

”Jag snubblade på dina skor, skulle se om du behövde hjälp”, sa Karin förskräckt.

Erik vände sig om och låste dörren och stoppade nyckeln i byxfickan.

”Tror du jag är dum va!?” röt han.

Erik satte sig ned vid köksbordet och såg argt på henne. Karin som låg på golvet, kämpade för att komma upp. Efter ett flertal försök insåg hon att hon behövde hans hjälp, men aldrig i livet, att hon tänkte be honom, så hon satte sig tillrätta på golvet och lät det hela bero.

”Du kanske inte ljög ändå? För hur skulle du kunna ta dig någonstans med den där?” sa Erik och pekade på hennes fot. Han reste sig från stolen och räckte henne handen, samtidigt som han drog den till sig. Karin stålsatte sig för vad som skulle komma. En våg av skräck och äckel for genom henne. Han hade inte gjort något försök att närma sig henne förut. Hon var rädd för hur hon skulle reagera. Han skulle förmodligen inte acceptera ett nej. Han kanske skulle göra henne illa. Men efter att ha tryckt näsan intill hennes hals och sniffat, hade han hastigt släppt henne. Hon kvävde den djupa suck som undslapp henne. Hon ville inte på något sätt visa att han hade ett övertag.

Det värsta för stunden var att Erik var tvungen att åka iväg. Bonden skulle bli vansinnig på honom om han inte lämnade tillbaka vagnen som bestämt. Förra gången hade han inte hunnit i tid eftersom han hade blivit tvungen att köra två gånger. Han var tvungen att lämna hemmet för någon timme. Skulle hon kunna ta sig ut? Självklart skulle han låsa, men fanns det andra alternativ? Erik såg sig omkring. Kunde hon smita ut genom något fönster? Han såg på henne. Inte skulle hon kunna ta sig ut den vägen, tänkte han och ruskade på huvudet. Fönstret var för litet och hur skulle hon klara sig med den skadade foten! Han kunde lugnt åka iväg, det var inget att oroa sig för.

Karin såg lättad Erik lämna gården. Han hade inte berättat vart hans skulle, enbart att han skulle vara borta en liten stund. Innan han hade åkt hade han sett misstänksamt på henne och vandrat runt i huset för att sedan ruska på huvudet. Hon satt på sin plats vid köksfönstret, förtvivlad över sin situation. Hon saknade dem där hemma, varför kom de inte och hämtade henne? Skrämd av situationen innan, visste hon inte ens om hon skulle försöka våga ta sig därifrån. Han kanske bara skulle bli borta i tio minuter eller tänk om han stod gömd någonstans? Men hon insåg att det här var kanske hennes enda chans! Hon var helt enkelt tvungen att göra ett försök. Den enda möjlighet hon kunde se, var att hoppa ut genom ett fönster. Ja hoppa, snarare pressa sig igenom. Det allra största fönstret gick tyvärr inte att öppna. Så hoppet stod till det lilla fönstret i köket. Efter några kraftiga ryck, fick hon av hasparna, men det hade förmodligen inte varit öppet på länge, för det satt ordentligt fast. Hon kände svetten rinna från hårfästet. Tiden började bli knapp. Äntligen for det upp med en skräll. Det hade börjat att skymma. Hon tog ett kliv upp mot fönstret och skulle precis försöka ta sig ut, när hon hörde Erik en bit därifrån.

Hon hoppade ner igen och började stappla runt i köket. Vart skulle hon ta vägen? Hon hörde Erik komma allt närmare och helt plötsligt befann han sig på trappan utanför dörren. I panik slet hon upp dörren till städskrubben och klämde in sig bland alla trasor och borstar. Till sin förskräckelse såg hon att hon inte hade fått igen skrubbdörren ordentligt. En smal springa var öppen och kunde när som helst glida upp. Genom springan såg hon Erik. Hans ansikte var rött av ilska och besvikelse. Hon såg honom gå fram till fönstret och hur han ruskade på huvudet och muttrade något om att det var omöjligt. Karin hörde hans flåsande andetag och en rysning for genom hennes kropp. Något klättrade på hennes ben. Karin blev tvungen att bita sig själv i handen för att inte skrika. Hon sänkte blicken och såg en spindel klättra uppför hennes ben och in under hennes klänning. Hon kände paniken växa och för ögonblicket trodde hon att allt var slut.

Till Karins stora lättnad såg hon att han försvann ut ur huset. Hon lyssnade efter hans fotsteg och när hon inte hörde dem längre, passade hon på att göra sig fri från alla städattiraljer och smita ut ur skåpet. Hon skyndade det fortaste hennes fot tillät till fönstret för att kunna bedöma sina förutsättningar att rymma. Tydligen hade han trott att hon hade smitit ut genom fönstret, för hon kunde se honom skynda ner mot skogskanten. Förbaskat! Nu vänder han tillbaka igen, men till sin lättnad såg hon att han vek av mot utedasset. Nu hade hon sin chans. Så länge han var på dasset, kunde han inte se framsidan av huset, hon hade helt klart sin möjlighet nu.

Karin puttade försiktigt upp dörren. I samma stund hörde hon en duns. Var han redan på väg tillbaka? Hon bet ihop och trotsade den onda foten och tog trappan i ett kliv och rusade runt hörnet på huset och sprang det fortaste hon kunde.

Erik gick tillbaka och såg att ytterdörren var öppen. Förvånad såg han dumt på dörren, för att sedan bli rasande. Hon hade lurat honom. Han snurrade ett snabbt varv, men kunde inte se henne. Hon kunde ju inte ha hunnit så långt, han hade ju varit här nyss och då hade dörren varit stängd.

Erik höll andan och lyssnade. Var det inte ett ljud intill skogskanten?

"Jag hör dig! Tro inte att du skall kunna smita iväg så där!"

Helt plötsligt såg han en bit av hennes klänning.

"Jag ser dig!", sa han och skyndade sig fram det fortaste han kunde.

Karin försökte lugna sina andetag. Hennes hjärtslag skulle förmodligen avslöja henne, tänkte hon i panik. Karin hörde Erik ropa en bit därifrån att han kunde se henne. Hjärtat bultade vilt. Hon kröp ihop och försökte göra sig så liten som möjligt i den lilla grunda gropen. Eriks ansikte dök upp rakt över henne och mötte hennes blick, trodde hon. Hon hörde hans flåsande andetag och vågade inte se. Han böjde sig över henne och tog tag i tygstycket som hade fastnat i riset som hon hade lagt över sig.

Hon hörde ett ilsket morrande ljud från hans strupe, som fick henne att skälva.

Han stod kvar en stund och verkade fundera på nästa drag.

Karin vågade inte andas. Hennes fot låg galet och den ömmade rejält, men hon vågade inte ens röra ett finger. Orovåckande började hon känna hur något började krypa längs med benen. Hon var rädd för allt vad småkryp innebar, men hon var dock ännu mera rädd för mannen som stod här intill.

Förlusten var enorm för Erik och det innebar en stor frustration. Hur kunde han låta henne smita och varför hade hon rymt? Han som hade tagit hand om hennes så väl.

Erik såg på tygstycket han hade i handen och kände ilskan bubbla. Vad skulle han göra nu? Han såg hela sin plan gå om intet. Ja kan inte jag få henne, då skall minsann ingen annan få henne heller. Han stoppade ned klänningsfliken i byxfickan och gick moloken iväg.

Karin låg kvar länge innan hon vågade röra på sig. Tänk om han satt kvar och spanade och lurade henne till att avslöja sitt gömställe?

Försiktigt lyfte hon på täcket av ris och sträckte på den ömmande nacken efter att ha suttit så obekvämt. Hon såg sig omkring, allt verkade lugnt.

Knak!

Herre gud, vad var det? Hon försökte urskilja konturer där i mörkret, men kunde inte se något oroväckande.

Efter en spänd väntan andades hon ut, det hände inget mer. Hon rätade ut benen och reste sig på stela ben. Fy vad foten sprängvärker, men inte ett ljud kom över hennes läppar.

Hon såg sig omkring. Det verkade inte finnas någon given stig härifrån, allt var bara skog.

Det borde ju ha funnas en stig men hon kunde inte hitta någon där i mörkret.

Ja det var väl bara till att hoppas på det bästa då, tänkte hon och skyndade sig iväg så gott det gick med sin ömma fot. Det hade hunnit bli natt, när hon äntligen lyckades ta sig fram till en väg. Trots den ömma foten och den enorma tröttheten, kände hon en otrolig glädje och lättnad över att snart vara hemma igen. Men nu var hon tvungen att sätta sig ner en stund för att vila men någon minut senare somnade hon.

Erik kom fram till huset där Karin bodde. Hela vägen hade han hållit sig på säkert avstånd från vägen, så att ingen skulle se honom. Men det var inget anmärkningsvärt med det. Han hade blivit allt mer folkskygg under de sista åren och försökt undvika människor. Att skaffa sig ett jobb var inget för honom, han hade aldrig förtjänat ett ärligt öre. Det enda ärliga var det han hade fått ärva efter sin farfar och det ville han se till att behålla. Av en tillfällighet hade han hört några prata om tjuvar i trakten och han var väl inte helt oskyldig, men det han hade tagit var för sin egen överlevnads skull. Han hade aldrig rensat, nej endast tagit för att stilla sin hunger.

Allt var tyst och stilla vid huset, inte en själ syntes till. Han gick ett varv och spanade in genom alla fönster, men det var likadant där. Efter en hastig blick omkring sig, skyndade han fram till ytterdörren. Hunden hade de tydligen inte kvar heller, för hon skulle genast ha hört honom och börja skälla. Han stoppade in handen i håligheten under taket på verandan och halade fram en nyckel. Erik hade koll på de flesta av nycklar som gömdes på alla dess mest konstiga ställen och det var man tvungen att ha om man skulle leva som han.

Nyckeln gled runt och dörren gick upp. Erik hade aldrig varit inne i huset, men han kunde direkt känna en behaglig atmosfär. Kaffepannan stod ännu på spisen. Han behövde inte känna på den för att förstå att den var varm för han kände doften av nykokt kaffe. Han gick genom det lilla rummet och hoppade till av att ha sett något i ögonvrån, men konstaterade att det endast var sin spegelbild han hade sett. På en blåmålad stol hängde en kofta. Han tog den och tryckte näsan i den och kände doften av Karin.

"Du luktar gott..."

Han kastade en blick genom fönstret och såg mor Jenny komma gående uppe på vägen.

"Förbaskat, det var inte bra..." muttrade han. "Jag som lämnade nyckeln kvar i dörren."

Snabbt försvann han in i Karins kammare.

"Hur kunde jag glömma att låsa?"

Erik hörde henne prata för sig själv för att sedan tystna. Han hörde hennes steg gå fram och tillbaka mellan de olika rummen. Tänk om hon misstänkte något? Han såg dörrhandtaget sakta tryckas ned till Karins kammare. Dörren gled sakta upp och han blev stående mellan dörren och väggen.

"Karin, är du där? Nej, det hade varit för bra för att vara sant Jag börjar nog bli tokig", sa mor Jenny och suckade.

Kammardörren stängdes och Erik vågade åter andas. Tänk om hon hade knuffat lite hårdare, då hade dörren slagit i hans näsa. Han såg på klänningen han hade stått och tryckt sig emot där bakom dörren, men nej, den skulle bli alldeles för bökig att ta med. Erik fick syn på en kartong som stod på bordet. Han öppnade den och kände en triumf när han förstod vad som fanns i kartongen. En brudkrona. Tog han den så kunde de väl inte gifta sig? Det kändes lite fel att ta den, för egentligen brukade han inte stjäla dyrgripar, men hon skulle få tillbaka den en dag, en dag när hon hade beslutat sig för att återvända till honom. Som tur var hade han stora byxfickor, den borde få plats där i. Han letade igenom kartongen ifall han skulle ha missat något, men det såg inte ut att vara något mera av värde. Han såg sig runt en sista gång och kände även genom hennes sängtäcke. Böcker? Om de ligger under hennes kudde, måste de innehålla något viktigt, tänkte han och slet åt sig dem.

Med fulla byxfickor gick han fram till fönstret och lirkade upp fönsterhakarna så tyst som han förmådde. Han klev upp på fönsterbrädet och hoppade ut. Han såg mor Jenny sitta vid köksbordet och gråta och han visste ju mycket väl varför hon var ledsen, men inte brydde han sig om det.

Väl i trygghet i skogen igen, stannade han upp. Han kände sig nöjd. För nu kunde hon inte gifta sig med Lars, inte utan en brudkrona väl?

Han förstod att Karin inom kort skulle befinna sig hemma hos sina föräldrar igen och det var inte mycket han kunde göra åt det. Hon skulle säkerligen inse sitt misstag och då kunde han med glädje få återlämna kronan till henne. Han kunde känna sig lugn för tillfället.

Karin vaknade med ett ryck. Hon frös så hon skakade och det värkte i hela kroppen. När hon kom på var hon befann sig och hörde någon komma körande mot hennes håll, blev hon livrädd och skyndade sig in i skogen och gömde sig bakom några träd. Det kunde ju vara han, Erik. När hästvagnen blev synlig kunde hon andas ut, det var inte han. Hon stapplade fram från sitt gömställe och ställde sig mitt i vägen, sedan blev allt svart.

Drängen Anton hade vaknat ur sin slummer och närapå kört på henne. Var kom hon ifrån?

Han klev ner från vagnen och gick fram till kvinnan, som närapå hade kunnat hamna under hans vagn och såg undrande på henne.

”Hur är det fatt?”

Han såg hennes bleka ansikte och det trassliga håret och förstod att något inte var som det skulle. Hennes pupiller försvann för ett ögonblick och han tog tag i henne i sista stund, innan hon föll ihop.

Ett svagt mumlande av hennes namn kom över hennes läppar och han förstod att hon var den försvunna flickan. Åter igen blev hon lagd på en vagn, men den här gången var det annorlunda, hon skulle få åka hem. Hem...

Det var förmiddag och det hade börjat regna. Drängen Anton hade kommit till Barlingbo och körde in på den lilla vägen ner till hennes hem. Han försökte ruska liv i Karin men misslyckades, så han tog henne i famn och bar henne in.

”Karin, du har hittat henne?!” stammade mor Jenny fram.

”Ja, kan du tänka dig. Jag höll på att köra på henne...”

”Men kära nån. Var hittade du...?”

”Skulle vi kunna lägga ner henne någonstans?”

Mor Jenny nickade ursäktande och visade honom vägen in till hennes kammare.

När Karin låg varmt nerbäddad i sin säng, såg Anton på mor Jenny och klappade henne på axeln.

”Jag hittade henne vid Lilla Vede.”

”Stackars Karin. Vad i hela friden har hon varit med om?”

”Du får nog snart veta, låt henne sova lite först bara.”

Mor Jenny nickade och stängde dörren försiktigt in till kammaren.

”Vi måste få tacka dig ordentligt sen så småningom. Min make är inte hemma just nu och jag vill att han skall vara med.”

”Äsch, det var väl inget märkvärdigt med det. Hon råkade hamna i min väg bara”, sa Anton förläget.

”Vi är dig evigt tacksamma.”

Anton tackade och lovade att komma tillbaka några dagar senare.

Mor Jenny satt på sängen vid sin dotter. Hon kunde inte se sig mätt på Karin. Hon hade saknat henne så oerhört. Men något hade hänt, det syntes tydligt. Hennes ansikte var delvis täckt av en gul färg som tydde på ett äldre blåmärke. Åh, Herre gud, vad hade hon råkat ut för? Det gjorde så ont inom henne att någon kanske hade brukat våld mot Karin.

Ett gnyende hördes från Karin.

"Älskade Karin, vad har hänt?"

Karin såg på henne med frånvarande ögon och gled in i sömnen igen. Mor Jenny förstod att frågorna fick vänta. Men vad gjorde det, hon var iallafall hemma igen.

Eftermiddagen kom och det blev kväll. Hemma hos Åke och mor Jenny åts det kvällsmat medan Karin fortfarande sov.

"Borde jag gå in och försöka få i henne något?" frågade mor Jenny och hoppades på ett ja från sin make.

"Är det någon idé?"

"Jag kan försöka..."

Åke nickade och mor Jenny hällde upp lite varm nyponsoppa i en mugg.

Hur än mor Jenny försökte locka Karin, gick hon bet. Så hon försökte istället få av henne de smutsiga kläderna och det gick bättre. Hon strök henne över håret och fick syn på såret som dolts av det trassliga håret.

"Men Herre gud!"

I samma stund hon sa det, fick hon syn på hennes fot som var svullen och röd.

"Åke! Vi måste få hit en läkare", sa mor Jenny och kämpade mot gråten.

Åke såg med bekymrad min på Karin och nickade.

"Jag ger mig iväg med en gång."

Träd och åter träd överallt. Grenar som ville fånga henne. Rötter som slingrade sig likt ormar som försökte få henne fast.

Karin sprang det fortaste hon kunde. Hon kände hans flåsande andetag i nacken. Paniken skrek i hennes kropp. Karin letade efter ett gömställe men hittade inget. Hon hörde honom banka hårt på något, gång på gång.

Hon vaknade av att hon skrek och hennes andetag var ansträngda och de ömmade rejält, men det avtog vartefter hon kom på var hon befann sig. Hon kom hem igår, eller var det i förrgår? Det var mörkt ute och höstens piskande vindar härjade.

Helt plötsligt for Fönstret upp och stängdes med en enorm kraft.

Hon satte sig käpprakt upp i sängen. Ljudet från drömmen fanns kvar. Hon sträckte sig efter strömbrytaren till sänglampan.

Fönstret blåste upp med en skräll igen. Den hårda vinden kunde lätt slå sönder fönstret, men det hade tack och lov klarat sig. Hon reste sig från sängen och blev genast påmind om den ömma foten, men nu var den lindad med ett mjukt bandage. En stark varm känsla av tacksamhet gentemot sin mor for genom Karin.

Karin stängde fönstret och kröp i sängen igen. Hon försökte somna om, men hon låg vaken länge efter det. Tankarna var ett enda virrvarr. Hur hon än försökte reda ut det som hänt, så gick hon bet. Först framåt morgontimmarna somnade hon igen.

Trappan ned till salong "Hår & Klipp" hade blivit något av en uppsamlingsplats för löv som virvlade omkring och det vittnade om att hösten hade brett ut sig allt mer. Nora var en av Monicas stamkunder, så de hade lärt känna varandra väl. Väggarna i salongen var nymålade med stora blommor som skiftade i vitt och silver och de nya stolarna var av svart skinn och fick det hela att verka riktigt glamoröst.

"Ja, så var den här sommaren över då", sa Nora och suckade.

"Ja, och den gick lika fort som vanligt. Jag reser förresten till Kanarieöarna i november", sa Monica och log.

"Vilken lycka", sa Nora avundsjukt.

"Men jag har å andra sidan jobbat hela sommaren."

"Har du det? Ja då förstår jag."

"Det har varit en riktig bröllopssommar."

En telefonsignal ekade i salongen. Monica lade ifrån sig saxen och försvann in på sitt kontor.

Nora passade på att se sig runt i salongen. Hon hade verkligen satsat på förnyelse och det hade blivit så fint. Helt plötsligt fastnade Noras blick på en anslagstavla. Eftersom Monica ännu pratade i telefon, reste hon sig och gick dit för att titta. Oj så många bröllopsfoton.

"Ja du är så välkommen så."

Monica återvände från kontoret och log.

"Du har gjort riktigt fint." sa Nora och log tillbaka.

"Jag känner mig faktiskt riktigt nöjd. Det var jobbigt att flytta runt på allt under målandet, men det var helt klart värt besväret."

Nora kom att tänka på fotot hon hade i väskan och plockade fram det.

"Vem är det?" undrade Monica.

"Jag önskar att jag visste."

Monica såg frågande på Nora.

Nora berättade om fotot och om brudkronan som helt plötsligt hade dykt upp hemma hos henne i en "loppislåda". Monica lyssnade intresserat och tittade på fotot igen.

”Det påminner helt klart om någon...” sa Monica osäkert.

”Ja?”

”Nej, jag kan inte komma på det just nu. Kan jag få låna fotot, skall undersöka en sak?”

Nora tvekade en aning, men insåg att hon var tvungen om hon skulle ha en möjlighet att komma vidare.

När hon en timme senare klev ut från salong ”Hår & Klipp”, hade solen brutit igenom de gråa molnen. En promenad genom innerstadens gator och sedan vidare till biblioteket kändes helt perfekt. En enorm lust att fördjupa sig i lite litteratur till en kopp kaffe och kaka blev kännbar och varför inte?

Dörren stod fortfarande öppen sen Karin försvann när han kom tillbaka. Erik kände sig lite skamsen. Tänk om någon hade gått in, det hade han inte velat. Syltburken de skulle ha haft till pannkakorna låg slängd i gräset och han kände en stark besvikelse. Nu skulle det inte bli några pannkakor. Han gick runt i huset och såg förödelsen efter sitt letande efter henne, men det fick vara. Han påmindes om sakerna han hade i fickan när han satte sig med en duns på en köksstol. Han reste sig igen och plockade fram brudkronan och böckerna han hade tagit med sig. På bordet stod ännu kaffekopparna kvar efter att de hade druckit tillsammans och han kände hur ilskan tog över.

"Fan!"

Han svepte med kraft iväg kopparna så de for in i väggen.

Varför gjorde hon så här mot mig? Har jag inte varit snäll mot henne kanske?

Erik såg på brudkronan och insåg vad det var han hade gjort. Han hade stulit hennes brudkrona. Nu kunde hon inte gifta sig, eller skulle han sälja den? Men vid närmare eftertanke var det bättre att återlämna den när hon väl bestämde sig för att återvända till honom.

Han bestämde sig för att lägga undan den tills vidare. Han måste ha ett säkert gömställe och det hade han.

Han skulle bli tvungen att gömma den tills det blev dags och han hade det perfekta gömstället. Hans farfar brukade gömma hemligheter där, inte ens hans farmor kände till det.

Erik flyttade på sängen och satte sig på golvet. Han kände försiktigt längs med springorna. Han hade aldrig öppnat den själv, men farfar hade visat honom det en gång. Han trodde sig ha hittat det rätta stället och lirkade in en knivspets. Den ville inte ge vika, det måste vara fel ställe. Han fortsatte att treva sig fram och snart satt han där med luckan öppen. Stelbent reste han sig och gick och hämtade bytet.

"Där ligger du bra i väntan på den rätta stunden", sa han och lade tillbaka luckan.

När Karin vaknade, var det långt in på dagen. Magen skrek av hunger och en envis huvudvärk dunkade i hennes huvud.

"Hur är det med dig?" frågade mor Jenny och strök henne över håret.

"Jag mår inget vidare. Allting snurrar och dunkar och sen är jag hungrig också", sa Karin matt.

"Jag hämtar ett glas mjölk och en smörgås till dig. Ligg kvar så länge."

"Det behöver du inte säga två gånger, jag tror inte att jag skulle klara av att stiga upp just nu."

Mor Jenny försvann ut i köket och återvände strax därpå med en bricka.

"Kan du sätta dig upp?"

Karin försökte sätta sig upp och med lite hjälp och kuddar till stöd bakom ryggen gick det bra.

"Orkar du berätta?"

Karin försökte tänka tillbaka till den dagen de hade plockat svamp, men kunde inte minnas någonting. Hur hon än försökte anstränga sig, så var det svart.

"Det enda jag minns är när vi drack kaffe i skogen..."

"Ja?"

Eriks ansikte fastnade helt plötsligt på hennes näthinna.

"Nej!"

"Förlåt, jag menade inte..." sa mor Jenny förskräckt och ångrade sin fråga.

"Det är inte det...", sa Karin och ruskade på huvudet. "Jag minns ingenting."

"Gjorde någon dig illa?" frågade mor Jenny med tårar i ögonen.

Karin kände med handen över ansiktet och kunde ännu känna en stickande ömhet.

"Något måste ha gjort det, annars skulle jag väl inte se ut så här?" sa hon uppgivet.

Hon visste inte varför hon inte ville nämna Erik, men det var inte han som hade skadat henne, det var hon säker på. Något måste ha hänt mellan hennes minnen. Hon klarade inte av sin mors frågor just nu. Hon behövde få vila. Hennes tankar kanske skulle klarna om hon fick vara ifred.

Mor Jenny började gråta. Karin visste inte vad hon skulle göra. Hon såg på sin mor med stora sorgsna ögon och ville så gärna trösta, men för stunden klarade hon inte av det. Hon hade inga svar att ge. Hon kände sig smutsig, men hon visste inte varför. Mor Jenny böjde sig fram för att ta henne i famn, men Karin kunde inte så hon drog upp filten och vände sig om. Mor Jenny satt kvar en liten stund en aning sårad med handen på hennes axel för att sedan resa sig och lämna kammaren.

2008

"Tyvärr kom jag ihåg fel", sa Monica och suckade.

"Ingen fara. Jag får fortsätta att leta vidare. Kanske blir det så att gåtan förblir olöst och då är det så", sa Nora och såg på brudkronan som stod placerad i hennes bokhylla.

"Det finns åtskilliga modeller, brudkronor alltså. Jag har ärvt fem gamla fotoalbum med just brudfoton och det är verkligen mycket intressant."

Nora suckade och lade på telefonluren. Allt såg verkligen mörkt ut och då tänkte hon inte bara på gåtans lösning, utan även på att dagarna hade blivit mörkare, hösten hade verkligen gjort sig påmind. Dagar och nätter hade blivit kallare och längs med gatorna i Roma stod alla träd nästintill nakna.

På Smutrongården var allt som vanligt. Vilmer hade under en kortare tid blivit allt sämre och var nu mestadels sängliggande och sonen Ola satt vid hans sida sen några dagar tillbaka. När Nora gick hem på kvällen hade hon en känsla av att det nog skulle vara för sista gången hon hade sagt godnatt till honom och när hon återvände till Smultrongården nästkommande dag, förstod hon att hon hade haft rätt.

Vilmer hade lugnt och stilla somnat in strax efter midnatt. Konstigt nog hade hon vid ungefär samma tidpunkt drömt om honom. Hon hade följt honom till tåget. Han skulle ut och resa. Hon hade stått kvar så länge tåget var synligt, för att sedan lugnt gå hem till sitt.

Personalen på avdelningen var något dämpad denna eftermiddag. Vilmer hade varit en favorit, alltid glad och med ett skämt i bakfickan, så nu kändes det tomt. När de sista spåren efter Vilmer hade plockats bort, tog det inte lång tid för någon ny att flytta in.

Maria Andersson hade varit på besök tillsammans med hemtjänsten. Hon var änka och hade inga barn. Hon ville inte flytta in på ett hem, men insåg att hon inte skulle kunna klara sig själv. Någon hade sagt att hon ansågs vara en fara för sig själv. Lite väl magstarkt att säga så, tyckte Maria.

Hon hade glömt spisplattan på en gång och det hade blivit så galet att det hade tillkallats brandkår och sen var det ett brinnande ljus hon hade glömt, men alla kan väl glömma? Det pratades även om att hon skulle ha gått ut mitt i natten, iklädd endast nattlinne och kappa och att hon hade gått vilse. Hon hade inte ett enda minne av att hon skulle ha gått bort sig, så hon hade varit ordentligt upprörd. Polisen skulle då ha varit ute och sökt efter henne och ha funnit henne kraftigt nedkyld, så hon hade hamnat på lasarettet. Vad hon kom ihåg, hade hon aldrig legat på lasarettet. Jo, som ung hade hon gjort det, men inte på väldigt många år. Att hon var glömsk det visste hon. Det berodde på en hjärnskada från ungdomen, men den hade hon levt med i all sin tid.

"Här bli jättebra för dig", sa kvinnan som följt med Maria till Smultrongården.

"Jag har det jättebra där jag bor nu", sa Maria sorgset.

"Jag vet. Men du behöver ha människor runt dig och jag kan inte stanna hos dig hela tiden."

"Hela tiden?"

"Du vet vad jag menar och jag kommer och hälsar på dig."

"Ni pratar så mycket strunt så man vet inte vad som är sant..."

"Nu åker vi in till Visby igen så du får fundera", sa kvinnan och hjälpte Maria med kappan.

"Hejsan! Det här är Maria Andersson förstår jag. Jag heter Irene och jobbar här."

Maria nickade och räckte fram sin hand.

"Då flyttar du in här till månadsskiftet då?" sa Irene och log.

"Vi får se", sa Maria och log tillbaka. "Jag skulle nog kunna få bo hos min moster Edit."

"Din moster?"

"Ja, hon bor på fastlandet."

"Men snälla Maria. Din moster är gammal och bor själv på ett hem."

Edit på ett hem? Ja så var det ja, hur kunde hon glömma det?

Mot Marias vilja flyttade hon ändå in på Smultrongården den sista oktober.

Det var kväll och Nora hade gått av sitt arbetspass. Fy så kallt det är, tänkte hon och huttrade. Det var riktigt mörkt denna kväll och dessutom hade ytterlampan gått sönder, så det var med osäkra steg hon gick ut mot vägen. Usch, tänk om jag är på väg att bli sjuk. Maria, den nyinflyttade, hade blivit sängliggande för att hon var illamående och vem vet, det kunde vara magsjuka hon hade.

Nora tänkte på Maria och kunde inte låta bli att tycka lite synd om henne. Hon hade kommit motvilligt med en personal från hemtjänsten. Dessutom hade hon inte fått med sig så mycket av sina saker, så hennes rum hade sett väldigt tråkig och tomt ut. När kvinnan från hemtjänsten hade åkt iväg, ändrades Marias humör och hon verkade riktigt uppåt, men framåt kvällen hade hon insjuknat och blivit riktigt ledsen. Hon hade kräkts och gråtit om vartannat, men innan nattvakten hade kommit hade hon hunnit krypa i säng och somnat.

Nora såg sitt hus på avstånd och insåg att hon hade glömt att tända en lampa för hunden. Stackars henne, nu har hon suttit där i mörkret och hon som är mörkrädd. Hon tittade in genom fönstret och kunde urskilja en yvig vit päls.

"Ja du gumman, nu är matte hemma igen."

Barlingbo 1948

Karins minne ville av någon anledning inte komma tillbaka. Det enda hon kunde minnas var Erik och det gav henne kalla kårar. Hon hade berättat om honom tillslut och det behövdes inte mer, alla såg honom som den skyldige till hennes mardröm, så det tog inte lång tid tills han blev omhändertagen och Karin kunde andas ut. Det var skönt att kunna vistas ute, utan att behöva vara rädd. Men nog fanns det något som gnagde inom henne, något som inte hade kommit upp till ytan än, men hur hon än försökte komma på vad, gick hon bet. Var det verkligen han som hade skadat henne, helt säker var hon inte, men om det nu inte var han, vem var det då? Doktorn hade ordinerat vila och arbete, så mycket hon orkade. Sen skulle säkert minnet återvända vartefter.

Karin stod vid fönstret och blickade ut. Aldrig hade hon väl förundrats över hur vackert det kunde vara med snö. Solens strålar lekte över det vita täcket och fick det att glittra likt de små kornen på hennes bokmärken. Ett spår löpte diagonalt över trädgården, förmodligen från en hare. Det såg så skönt ut och hon skulle verkligen behöva lite frisk luft. Buskar och träd stod blickstilla, så det kunde väl inte vara så farligt för henne att gå ut en liten stund? Med yllekappa, skinnskor och mössa på, tog hon de första trevande stegen ut i det vita landskapet. Hennes andedräkt bildade ånga och hon kände kylan bita i hennes kinder. Hon fortsatte längs stigen upp mot stora vägen och njöt av den friska luften. Helt plötsligt befann hon sig uppe vid den stora vägen. Vad gör jag nu? Allt ser så konstigt ut, var är jag? Hon snurrade ett varv på stället och kände sig än mer förvirrad. Så konstigt, hur kom jag hit? Jag vill hem!

Med tårarna rinnande utför sina kinder, förstod hon att något var fel. Hon tvingade sig själva att andas lugnt och koncentrera sig på omgivningen. Där är det ju, vårt hus, mitt hem. Hon torkade tårarna och skyndade hem.

Dagarna gick och Karin blev allt mer okoncentrerad och irriterad. Mor Jenny var förtvivlad. Karin kunde inte alltid få ihop tillvaron och det ställde till problem. På nytt kontaktade de doktorn som även denna gång gav samma svar.

"Ni måste ha tålamod. Dels efter skadan hon fått och dessutom har hon upplevt något traumatiskt och det kan innebära en lång läkningsprocess."

"Men hur...?"

"Om ni märker att hon får andra fysiska problem, som kräkningar, svimningar eller feber..."

"Vi ska ha tålamod."

"Ja just det. Tveka inte att ta kontakt med mig igen om ni är oroliga."

"Tack!"

Det närmade sig jul och förberedelserna betades av en efter en. Medan mor Jenny tappade upp vatten för att salta ur lutfisken, satt Karin vid köksbordet och gjorde julgranskarameller. På en bricka låg vackra prydnader tillverkade av kristyr med änglabokmärken.

"Jag är trött, jag går och lägger mig en stund!" ropade Karin.

"Gör du det, du har varit jätteduktig och så fina de blev sen", sa mor Jenny och såg beundrade på hennes karameller.

"Du behöver ingen mer hjälp just nu då?"

"Nej, det är dags för en kaffepaus."

Älvsjö 1948

Lars klämde oroligt på paketet han hade i fickan och vandrade fram och tillbaka inne på tågstationen i Älvsjö Han kände sig orolig. Brevet han hade fått från Karin hade varit osammanhängande och han hade inte förstått, vad det var hon egentligen menade. Han hade känt sig tvungen att åka hem över julen, fast han så väl behövdes där som mest nu. Det hade varit kluvet, men något hade tydligen hänt där hemma på Gotland och han hade en stark känsla av att det inte var åt det positiva hållet. Han tyckte att tiden hade gått fort och han hade haft det väldigt bra. Visst hade han haft långsamt efter Karin ibland, men oftast hade han inte haft tid till att grubbla. Det hade till och med varit så bra, att när han fick erbjudandet om att flytta dit så hade han inte sagt nej. Men han tvivlade starkt på att Karin skulle vilja följa med.

Han satte sig ned på en bänk och såg sig omkring. Det var en riktigt trevlig tågstation, upplyst av en massa lampor som hängde i taket. Människor rusade fram och tillbaka och verkade stressade. Själv började han bli hungrig. Han såg på kön framför kiosken och funderade på om han skulle unna sig något. Nej, han vågade inte röra pengarna, tänk om han skulle bli sittande någonstans och pengarna inte skulle räcka till.

Snart skulle han befinna sig på Gotland igen och det kändes skönt. Tågresan skulle ta ungefär två timmar om allt gick som det skulle, sen var det båtresan med Tjelvar. Det hade börjat att blåsa upp, så ville det sig illa skulle båtresan bli inställd och han skulle bli tvungen att stanna i Nynäshamn, men än så länge såg det ganska bra ut.

Hemma hos Karin satt de alla runt det dukade kaffebordet. Visserligen var kakorna tänkta till jul, men lite kunde man väl unna sig. Lars var så hjärtligt välkommen och mor Jenny gjorde allt som stod i hennes makt för att de unga tu skulle må så bra som möjligt. Karin satt vid hans sida och allt verkade vara som det skulle, förutom blickarna som utbyttes mellan Karin och mor Jenny.

När kaffet hade druckits upp och artighetsfrågorna hade blivit ställda, bestämde sig Lars och Karin för att ta en promenad i det vackra vädret. När de kommit utom synhåll från hemmet, stannade Lars helt plötsligt och tog Karin i sin famn. Hon kröp villigt in i hans famn och suckade tungt. Stammande började hon berätta om det hon hade varit med om. Han stod tyst och lyssnade, inte en endaste gång avbröt han henne. Först när hon hade varit tyst en god stund, tog han till orda.

"Vad händer nu då?" frågade Lars

"Vad menar du?"

"Hur blir det med oss?"

Hon såg upp på honom med sorgsna ögon.

"Jag vet inte, just för stunden har jag svårt att känna något. Jag vet inte heller vad som kommer att hända med mig", sa Karin tyst.

Lars vände bort blicken. Han ville inte visa sig sårad eller besviken. Han tänkte på ringen som låg i hans ficka.

"Det kanske kommer att kännas bättre så småningom..."

Han nickade till svar. Han klarade inte av att säga något, han var rädd för att rösten skulle brista.

”Kan vi fortsätta att träffas?”, frågade Lars.

”Självklart. Vi kommer alltid att vara vänner.”

Det var väl inte riktigt det svaret han hade önskat.

”Jag måste gå nu, måste gå hem”, sa han utan att avslöja hur besviken och ledsen han var.

”Ja det börjar bli kallt.”

Efter ett snabbt farväl, såg hon honom vända och gå. Inte en endaste gång vände han sig om.

Med tårarna rinnande nerför kinderna såg hon honom försvinna bakom krönet. Varför hade allt blivit så svårt? Visst älskade hon honom, men hon ville inte belasta honom med sina problem.

Stora snöflingor började falla ner på hennes kind. Hon vände ansiktet upp mot stjärnorna och bad en tyst bön om att allt skulle bli bra en dag.

Karin skyndade med snabba steg in till sin kammare så att henne mor inte skulle hinna komma med några jobbiga frågor. Hon kastade sig på sängen med näsan ner i kudden så att hennes hjärtskärande gråt inte skulle höras. Men visst hade mor Jenny hört och visst hade hon sett hennes rödgråtna ögon. Det gjorde så ont i henne när hon hörde hennes gråt inifrån kammaren, men bestämde sig för att låta henne vara ifred. Det hela var sorgligt, men väntat. Även om hon hade hoppats på det bästa.

Britts önskan hade gått i uppfyllelse. Hennes besvärjelser hade gjort nytta. Lars och Karin hade äntligen fattat att de inte var ämnade för varandra. Hon hade lidit mycket, men hade det nu gått vägen må det vara värt det. Hennes besatthet över att återfå Lars hade fått henne att göra saker hon annars inte skulle ha gjort. En gång hade mor knackat oroligt på hennes dörr. Hon hade då övat på att läsa sina egenkomponerade besvärjelser och i extas blivit allt mer högljudd utan att hon hade märkt det. Britt hade tystnat tvärt och kastat in alla sina saker under sängen. Modern hade berättat för fadern om sin oro över dotterns humör och utåtagerande men han hade bara likgiltigt ryckt på axlarna. Senare på kvällen hade fadern gått in till Britt och funnit henne liggande på sängen, läsande en kokbok.

"Hur är det med min lilla prinsessa?", sa fadern och log. "Skall du lära dig att baka kakor till din far?"

"Nu tog du mig på bar gärning", sa Britt och log tillbaka.

Han satte sig ned på hennes sängkant för att få ett svar på sin fråga, men svaret uteblev.

"Jag har funderat på lillstugan. Den står ju tom. Skulle det kunna vara något för dig?"

I samma stund hade han kunnat bita sig i tungan. Varför satt han där och erbjöd henne den, det hade han ju inte tänkt.

Jäntungen hade alltid haft en otrolig förmåga att kunna få sin vilja igenom. Men nu var det sagt och han kunde väl inte gärna ta tillbaka sitt erbjudande.

"Jag skulle inte kunna tänka mig något bättre faktiskt", sa Britt och kramade honom.

Med en sammanbiten min, stängde han dörren in till hennes rum. Hur skulle han kunna förklara det här för mor? Han orkade inte med hennes menade blickar just nu.

Naturligtvis blev hon besviken över hans agerande, men en del av henne tyckte att det skulle bli skönt att få ut henne i stugan, för Britts saker låg utspridda överallt. Nu skulle hon kanske få lite plats, för det som var hennes.

Sagt och gjort. Britts saker flyttades ned till stugan, som låg i nedre delen av trädgården. Från vägen var den knappt synlig på sommaren doldes den nästan till fullo av doftande vildrosor.

Första kvällen hade Britt somnat som ett litet barn, trött efter allt arbete med flytten till stugan. Dagen därpå var hon tvungen att agera.

Lars skulle snart resa tillbaka till fastlandet så det fanns ingen tid för henne att förlora. Han hade det säkert jobbigt nu när Karin hade nobbat honom, men då skulle hon finnas till hands. Hon skulle finnas där som den stöttande vänliga kvinna hon var. Britt hade noga förberett sig med att göra sig så vacker som det bara var möjligt. Hon kunde inte se sig mätt på sig själv, så nöjd var hon över resultatet.

"Ja du min kära vän", sa hon till sig själv och log mot sin egen spegelbild. "Nu är det din tur."

Britt såg den klädda granen genom verandafönstret och kände sig nervös. Hon tog ett djupt andetag och knackade på dörren.

"God Jul!" sa Britt och räckte fram korgen hon själv hade plockat ihop med godsaker.

"Britt...?" sa Lars förvånat.

Britt hade förväntat sig att han skulle bli betydligt gladare än vad han såg ut att bli och kunde inte låta bli att känna sig en aning besviken. Men i samma stund kom hon på att hon skulle vara den älskvärda kvinnan som ställde upp när tiderna var svåra.

Lars mor dök upp bakom Lars och sken upp vid åsynen av Britt.

"Kom in! Inte skall du stå där och frysa. Jag har precis satt kaffepannan på spisen", sa hon och log mot de båda.

Britt stampade snön från skorna och klev in.

"Så trevligt...", sa Lars tveksam och tog emot hennes kappa.

"Ni kan gå in och sätta er, vi kommer snart och håller er sällskap", sa hans mor och ignorerade Lars strama min.

”Det var längesedan...”, sa Britt och satte sig intill Lars i soffan.

Lars nickade. Han hade ingenting att säga till henne. Det senaste utspelen hon hade gjort mot honom och Karin hade förstört allt dem emellan.

”Du skall tillbaka till fastlandet igen?”

”Jag har inget som håller mig kvar här längre...”

Lars mor kom in med kaffekoppar och ställde dem på bordet.

”Så du säger...”, sa hans mor bekymrat.

Britt gjorde allt för att få möta hans blick, men tyvärr, han höll den envist sänkt. Hon såg nervöst på klockan och såg att den hade hunnit bli mycket. Nu skulle hon bli tvungen att gå hem i mörkret, ensam.

”Du kan väl följa henne en bit på vägen, det börjar trots allt bli mörkt.” ropade hans far.

Britt såg Lars tveksamma blick och kände sig sårad.

”Självklart gör du det”, sa hans mor och tog brickan från bordet.

Britt tackade artigt och log rart. Hon drog en suck av lättnad. De hade förmodligen förlåtit henne för gamla synder.

Snön knarrade under deras fötter där de gick sida vid sida.

”Jag beklagar det som har hänt...”

”Jaså?” sa han och höll blicken envist fäst på marken.

”Självklart, så självisk är jag inte.”

”Ingen fara. Jag vill verkligen inte prata om det.”

”Jag tycker att du och jag förtjänar en ärlig chans till”, sa Britt och stannade.

”Tycker du?” sa Lars förvånat och såg på henne för första gången denna dag.

”Karin förstörde för mig förra gången”, sa hon och log sorgset.

Lars såg på henne och kliade sig i huvudet. Han hade inte den minsta lust att umgås med henne igen och skulle förmodligen inte få det senare heller, tänkte han. Britt tolkade hans tystnad som positivt och tryckte sig lätt mot honom. Hon mötte hans blick och log förföriskt. Han tog tag i hennes armar och puffade henne från sig.

”Jag tycker nog att jag har följt dig tillräckligt långt. Du klarar förmodligen att gå den sista biten ensam”, sa Lars och vände sig om.

”Så du tänker bara gå så där?” sa hon argt och började rabbla osammanhängande.

En rysning for längs ryggraden när han förstod vad hon försökte göra. Att han skulle vara rädd för henne var befängt, men nog verkade hon vara rätt galen.

“Ja gå du bara!” skrek hon och kastade en hård snöboll rakt i huvudet på honom.

“Aj! Du är helt enkelt inte klok!” skrek han och skyndade sig därifrån. Han hade haft det på känn redan från början att något skulle bli fel och det visade sig stämma.

Vintern hade varit lång och man började längta efter ljus och värme.

Karin hade så sakteligen börjat acceptera sin situation och det vardagliga började fungera allt bättre. Men minnet av vad som hade hänt den där olycksaliga natten hade ännu inte kommit tillbaka. Hundvalpen Trixi som busade runt i hennes kammare, var hennes älskling och vän. Det var så skönt med en hundvän för han ställde aldrig några jobbiga frågor, utan fanns där alltid för henne oavsett hur hon såg ut och hur hon mådde. Kanske var hon inte så glad över honom just för tillfället, för han hade fått tag i fållen på hennes brudklänning.

"Fy!" sa Karin bestämt.

Trixi släppte genast tyget och rusade glatt iväg till nästa utmaning.

Karin synade klänningen uppifrån och ned. Det var nog faktiskt dags att plocka ner den, tänkte hon. Varför skulle den hänga där? För gifta sig det var inget hon hade i tankarna över huvud taget just nu. Hon var så nöjd med det hon hade, Trixi, mor och far. Mor Jenny hade väl ännu sina förhoppningar om att hon skulle bli bättre och komma till sans, även om inte minnet skulle återvända, men hon hade mått mycket bättre under den senaste tiden och ändå hade hon inte haft en endaste tanke på giftermål.

Yyyyyyl!

"Trixi, var är du? Men lilla gubben så du ställer till det", sa hon och ställde upp den omkullvälta stolen

Hon lyfte upp den lilla valpen för att trösta, men då började den sprattla intensivt, så hon satte ner han på golvet igen och vips for han iväg för att hitta på nya bus.

Nu får det vara nog, tänkte hon och hämtade kopplet från kroken på väggen.

"Kom hit!"

Trixi gick fram till Karin lätt hukande och fogade sig för kopplet runt halsen.

"Fy vad jag är trött på det här slasket!", muttrade Karin.

Trixi som trodde att hon var irriterad på honom, såg på Karin med oroliga ögon.

De vek in på en skogsstig strax intill deras hus. Hon böjde sig ned och kopplade loss hunden. Trixi skuttade glatt iväg. Karin fnissade, han påminde väldigt mycket om en kanin, där han skuttade fram. Hon gick tyst försjunken i sina tankar.

Hon hade egentligen bara en endaste önskan och det var att hennes minne skulle komma tillbaka. Allt det andra hade återställts. Hennes fot fungerade precis som den skulle och skadorna hon hade fått i ansiktet, hade läkts och försvunnit. Det fanns inte ens något ärr. Man skulle väl kunna tycka att hon var återställd och kunna fortsätta som förut, men det gick inte, luckan hon hade i sitt liv störde hennes sinnesfrid.

Vov vov vov!

"Var är du, varför skäller du så hemskt?"

Hon fortsatte mot Trixis skällande men kunde inte se honom någonstans.

"Hundrackare", sa Karin missnöjt.

Hon fick syn på honom en bit bort, stående hysteriskt skällande.

Hon hann fundera en flyktig tanke om att hon kanske inte borde rusa fram, men styrde ändå stegen åt Trixis håll."

"Varför skäller du så?" sa Karin och andades ansträngt efter att ha sprungit.

Hon såg åt det hållet han envist höll blicken riktad mot och kippade efter andan.

"Här har jag... jag känner igen..."

Karin kände marken gunga under sina fötter och hur träden snurrade allt fortare runt henne.

"Hjälp..."

Hon visste inte hur länge hon hade legat där, men hon vaknade av någon slickade henne envist i ansiktet.

"Trixi?"

Karin såg upp mot träden och hoppades på att de hade stannat.

Då fick hon syn på räven och hjärtat började bulta vilt.

"Dig har jag sett förr", sa hon och satte sig upp.

Hon försökte minnas. Vad var det för något som helt plötsligt hade gjort sig påmint. Hon visste att hon hade sett den förut. Men var? Men hur hon än försökte, kom hon inte längre än så.

Hon reste sig upp och borstade bort smutsen från sina kläder. Vilken tur hon ändå hade haft, för hon kunde lika väl ha ramlat i den stora vattenpölen som bredde ut sig strax intill stigen. Tänk vad blöt hon skulle ha blivit. På vägen hem kunde hon inte släppa tanken. Hon hade faktiskt för första gången kunnat känna något som berörde det som hade hänt tidigare. Kanske skulle minnet komma tillbaka trots allt.

Karin plockade fram den gamla vackra kartongen och ställde den på bordet. Nu skulle klänningen plockas bort, det var dags att gå vidare. Hon vek ihop den så fint hon kunde för att sedan lägga ned den i kartongen. Hon såg på den en sista gång, för att sedan stänga den med en suck av lättnad. Karin stoppade in kartongen högst upp i sin klädkammare och där skulle den sedan få ligga i många år.

Även kartongen med brudkronan stod ännu kvar på bordet. Den borde ju faktiskt sändas tillbaka till moster Edit, så det var lika bra att få det gjort det med.

Karin lyfte locket och tittade ned i den tomma kartongen. Den var tom! Hon tog ur tyget den hade varit inlindad i och ruskade på det.

"Men vad...?"

Hon letade under bordet, under sängen, bakom gardinerna...

"Det måste vara mor som..."

"Nej! Ligger den inte i kartongen?" frågade mor Jenny oroligt. "Jag har inte rört den. Tänkte att du kanske skulle ändra dig så småningom."

De letade i hela huset och tillslut fanns det inga fler tänkbara ställen att leta på.

"Var är den, hur har den kunnat försvinna?" jämrade sig mor Jenny.

"Någon måste ha varit här inne och tagit den. Det kanske är Britt?"

"Äsch! Du pratar strunt. Inte kan hon väl ha gjort det?"

"Jag är inte så säker på det", sa Karin tyst.

"Kommer du ihåg första natten efter det att jag hade kommit hem igen?"

"Visst gör jag det."

"Fönstret i mitt rum var öppet. Jag vaknade mitt i natten av att det stod och slog i vinden."

"Vad säger du? Menar du att någon skulle ha varit här inne?"

"Jag vet inte. Jag var alldeles för omtöcknad för att tänka klart efter allt som hade hänt."

Mor Jenny kom att tänka på den gången hon hade glömt att låsa och fick dåligt samvete. Eller kunde det ha varit så att någon hade varit inne i huset den gången? Åh Herre gud! Hur skulle hon kunna tala om det här för Edit?

"Kan vi inte vänta lite med det, den kanske kommer tillrätta?"

"Tror du det? Ja vi får väl hoppas på det", suckade mor Jenny och satte sig ned.

Karin fortsatte att leta medan mor Jenny gav sig av till den lilla lanthandeln "Dunbodi" i Dalhem. Snön var nu borta och det gick utmärkt att cykla igen. Saker och ting hade tagit slut i skafferiet, så det var dags att fylla på förråden igen.

Mor Jenny frös så hon skakade när hon kom fram. Hon var så stelfrusen om näsan och om händerna så att hon nästan inte kunde hålla i styret när hon klev hon av cykeln. Några gubbar från bygden trotsade den kyliga vinden med att sitta på bänken och prata om den jobbiga vintern som gått. De var högljudda och att det inte var riktigt nyktra, förstod mor Jenny mycket väl. Hon kände till två av dem. En kallades "Snusk-Arne". Han brukade gömma sig, för att sedan stå och lurpassa på unga flickor. Egentligen var han ganska oförarglig, men för dem som råkade ut för honom med byxorna nedhasade till knäna var det väldigt obehagligt. Hon låtsades att hon inte såg dem och skyndade sig snabbt förbi. Hon vände sig om i all hast och såg att snus rann längs mungipan på en av dem och kände sig illamående.

"Du ser frusen ut! Skall jag värma dig?" ropade en av dem och log ett tandlöst leende.

Hon skyndade sig upp för trappan och steg in i värmen.

"Goddag! Välkommen in i värmen! Kan jag hjälpa till med något?" undrade mannen bakom disken.

Mor Jenny tog upp sin nota och läste direkt från den. Varorna plockades prydligt ner i hennes medhavda korg och handlare Holmberg frågade sedan om hon var nöjd så.

"Har ni märkt något av alla dessa stölder som har skett häromkring?" frågade mor Jenny.

"Jag läste om det för en stund sedan i dagens tidning. Det är säkerligen ett tiotal gårdar som har blivit drabbade", sa herr Holmberg och hälsade med en vinkning i förbifarten på en annan kund.

"Så många?" flämtade mor Jenny.

"Vem vet, det kanske är ännu fler. Alla kanske inte har märkt av det än."

”Så otrevligt!” sa mor Jenny oroligt.

Hon misstänkte att det kunde vara det som hade hänt hemma hos dem också. Tänk om någon hade varit inne i huset, samtidigt som hon hade varit där?

Mor Jenny tackade och tog korgen på armen och gick ut igen. Gubbarna satt fortfarande kvar på bänken, men var nu inne i en hetsig diskussion och pratade högt och brett, så de märkte henne inte, när hon tyst gick ned och hämtade sin cykel.

På vägen hem tänkte hon på det som hade hänt. Hon kände sig plötsligt rädd och kastade en skrämd blick omkring sig. Tänk om någon kanske helt plötsligt skulle hoppa fram och ge sig på henne!

Hon hade visserligen inte hört talas om något överfall, men det kunde säkert ske det med.

När mor Jenny kom hem, var fadern redan hemma. Han hade arbetat färdigt för dagen och var hungrig.

Köttgrytan som stått och puttrat på spisen var färdig, så de satte sig till bords. Mor Jenny och Karin kastade en blick på varandra och bestämde att de var tvungna att berätta.

”Det kan vara så att vi har blivit bestulna.”

”Vad säger du?”

”Brudkronan är försvunnen”, sa Karin och såg på sin far.

”Menar ni att någon har tagit brudkronan? Har ni verkligen inte lagt den någonstans och sen glömt bort var?” frågade fadern tveksamt.

”Vi har letat och jag kan egentligen inte i min vildaste fantasi förstå varför vi skulle ha lagt den någon annanstans!”, svarade mor Jenny lugnt.

De såg på varandra.

”Det är nog tyvärr så”, sa mor Jenny och började gråta.

”Tjuvar här? Det är ju inte klokt!”

"Hur har de kommit in?"

Karin berättade om natten då hon hade vaknat av att fönstret hade stått och slagit.

"Men det är ju länge sedan!" sa fadern fundersamt.

"Jag tittade i kartongen idag som först. Jag hade tänkt skicka tillbaka den", sa Karin och kände tårarna bränna bakom ögonlocken.

"Det finns bara en sak att göra och det är att prata med länsman och det så fort som möjligt", sa fadern och reste sig från bordet.

"Fy vad hemskt, då kommer alla att få veta och de kommer att se oss som offer", sa mor Jenny uppgivet.

"Vi har inget val. Det är ju inte vi som har gjort något fel", sa fadern kort. "Dessutom är det ju fler som har drabbats."

Mor Jenny var förtvivlad. Det värsta var inte att alla skulle få veta, nej det var att berätta för Edit. Hur skulle hon ta det? Men hon var tvungen och det så fort som möjligt, helst innan det kom ut i tidningen. För då skulle Edit få reda på det bakvägen och det skulle inte vara bra.

Smultrongården 2008

Fönstren var putsade och adventsljusstakarna stod färdiga i väntan på att få tändas till den kommande helgen. I dagrummet doftade det saffran. Berit, en av personalen på Smultrongården, hade bakat tillsammans med några av de boende. De hade bakat saffransbullar som nu låg på avsvalning under färggranna bakdukar. Julmusik spelades på stereon och allt andades hemtrevnad.

Maria, den nyinflyttade hade blomstrat upp och gick nöjt omkring och pyntade i sin lilla lägenhet. Hon hade inte så mycket julsaker, så personalen hade gått igenom alla gömmor och plockat ihop av det de hittat.

Hon hade tacksamt tagit emot pyntet och hennes ögon hade strålat av lycka. Maria hade alltid sett fram mot högtiden med glädje, så nu pyntade hon med ljusstakar, glitter och tomtar.

Vid kvällsmaten pratade de om julen. En del kom inte ihåg om de någonsin hade fått något julkort medan andra mycket väl kom ihåg och tyckte att det var en av de stora händelserna när man fick en julhälsning i brevlådan.

En del hade sparat korten som minne och ville väldigt gärna visa upp dem, så det bestämdes att de gemensamt skulle titta på dem under morgondagen.

De pratade även om pepparkaksbak, julstjärnor och tomtegröt. Även Maria hade tagit med sig några julkort till den gemensamma visningen. Hon läste högt och tydligt julhälsningen och de andra nickade instämmande. Någon tackade även för hälsningen.

"Det kortet fick jag 1978 från moster Edit."

"Jag hoppas att hon har förlåtit mig", sa Maria sorgset.

Hon såg upp på de andra, som såg frågande på henne.

"Ursäkta!" sa hon och reste sig från bordet. "Jag går in till mig, jag måste vila."

"Vad hände med henne nu då?" sa någon och tittade på kortet hon hade lämnat efter sig.

"Strunt i henne. Vill hon inte vara med, får hon väl skylla sig själv."

"Nu lämnar vi det för en stund. Jag häller upp lite kaffe till er. Det skall väl bli gott!" sa assistenten Stina glatt.

"Lite julmusik måste vi väl också ha", sa Berit och skrattade.

Stämningen ändrades tvärt och alla blev åter glada.

Stämningen var för tillfället på topp och alla verkade nöjda och glada, så då passade Nora på att titta in till Maria. Hon satt på sin säng och bläddrade i ett fotoalbum.

"Kan jag komma in en stund?"

"Javisst."

Nora slog sig ned bredvid Maria som gladeligen lade albumet emellan dem.

"Jag tycker mig känna igen den där kvinnan."

Hon såg på det åldrade kortet föreställande en äldre kvinna sittande vid ett trädgårdsbord intill ett stort äppelträd.

”Det är moster Edit”, sa Maria glatt och log.

”Hon påminner mig om någon, men just nu står det stilla i huvudet”, sa Nora och log tillbaka.

”Du kan väl berätta för mig, när du kommer på det.”

”Det skall jag gärna göra.”

Nora klappade Maria vänligt på axeln och talade om att hon var tvungen att gå ut till de andra, för de undrade säkerligen vart hon hade tagit vägen.

”Du kan väl komma ut till oss snart igen?”

”Jag kommer om en liten stund”, sa Maria och bläddrade lugnt vidare.

Visby 1954

Karin stod och beundrade sin nya bostad. Hon hade flyttat in i en liten vindsvåning med kokvrå i norra Visby. Hyran hade väl varit lite väl i överkant av vad hon klarade, men hyresvärden hade föreslagit henne att hon kunde få hjälpa till med vissa sysslor, så skulle hon nog kunna sänka den en aning.

Med ett litet startkapital från sina föräldrar och med sin lön skulle hon få det att gå runt. Det skulle bli knapert, men hon var så glad över att få en egen bostad. Eventuella problem sopade hon för tillfället under mattan. Hon kanske kunde få högre lön så småningom om hon visade sig duktig.

Den ena damen hon skulle jobba hos var väldigt misstänksam och Karin fick vara väldigt noga med att visa vad hon hade uträttat. En gång hade hon fått vända sina fickor ut och in för att visa att hon inte hade tagit något med sig. Hon hade även synat hennes händer och tänder för att se att hon inte led av vitaminbrist och att gå med fläckiga kläder var otänkbart. Karin hade helst velat slippa vara där, men för tillfället hade hon inget annat val.

Den andra damen däremot var väldigt trevlig och snäll. Det hände att hon kunde få ta med sig av gårdagens matrester och det gjorde henne väldigt tacksam. Hos den trevliga damen bodde även en barnfamilj som inneboende. Så det hände att hon även fick jobba som barnflicka. Visst tyckte hon om barn, men dessa var ena bortskämda rackarungar, men det gav henne lön och det var det viktiga.

Det var fredag och hon skulle gå till affären för att handla några varor. De två minsta barnen, Nils som var fyra år och Göran som var sex år, skulle gå med. Karin hade helst velat få gå själv, men gett efter för barnens tjat. Framme vid disken tog hon fram rullen med sytråd som hon hade fått med sig. Det var viktigt att det skulle vara av samma kulör, så hon stod länge och väl och jämförde färger. Tillslut var hon tvungen att bestämma sig och hon kunde bara hoppas på att det blev rätt. Hon plockade ner varorna i korgen och sträckte sig efter en Gotlands Allehanda.

"Jag vill ha denna också", sa Karin och såg sig omkring. "Var är pojkarna? Såg du vart de tog vägen?"

Expediten ruskade på huvudet.

Förbaskade rackarungar, tänkte hon irriterat.

"Nils, Göran!"

Hon kan ju inte komma hem utan barn, det skulle allt se ut det.

Helt plötsligt kom pojkarna komma springande i full fart mot henne och efter dem en äldre man hyttande med sin käpp.

"Jädrans ungar, vänta bara tills jag får tag i er!" skrek han.

Karin hade sinnesnärvaron med sig och knuffade in pojkarna bakom sig för att sedan möta upp herr Jacobsson som närapå höll på att springa omkull henne

Han blev förvånad över hennes reaktion och kom av sig.

"Vad har hänt?" sa Karin.

"De har stulit äpplen från min gård", sa herr Jacobsson och pekade med käppen mot pojkarna. "Dessa barn behöver inte stjäla. De får allt de behöver hemma", sa Karin strängt och såg på pojkarna som helst undvek hennes blick.

"Jag är säker på att det var dessa slynglar..."

"Är det sant? Har ni gjort det?" sa hon och vände sig om mot dem.

"Vilka odågor, nu stack de iväg", muttrade herr Jacobsson.

"Nu kommer ni genast hit!" ropade Karin.

"Vi har inte gjort något", sa Göran och såg envist ner i marken.

"Kom hit med dig!" sa herr Jacobsson argt.

Karin nickade till Göran att lyda.

Herr Jacobsson tog den ena handen om Görans nacke, medan han kände efter med den andra i hans byxfickor.

Han grymtade något till svar, när byxfickorna visade sig vara tomma.

Herr Jacobsson såg bistert på Nils, men backade vid åsynen av hans rödgråtna ögon och snoren under hans näsa.

Karin mötte herr Jacobssons blick och nickade åt pojkarna att börja gå hemåt.

Rak i ryggen med korgen på armen, vände hon på klacken och följde efter pojkarna.

När hon rundade hörnet vid nästa husknut, såg hon till sin förtret sex fina röda äpplen ligga snyggt instoppade under en buske.

Förbaskade ungar. Där lurade de mig allt, tänkte hon.

Nils och Göran styrde stegen in mot busken, när hon fick syn på Anderssons ungar komma springande emot dem i full fart. De hade det inte lätt, en fader som var alkoholist och en moder som hade "fått en knäpp i huvudet" efter sista barnet, som gjorde att hon inte klarade av att ta hand om barnen, sades det.

De flesta tyckte synd om dem, men ingen hade vare sig ork eller lust att hjälpa dem, så barnen sprang allt som oftast vind för våg och hittade på hyss. Karin plockade av pojkarna äpplena, för hon tyckte inte att de var förtjänta av dem. Däremot skulle Anderssons ungar kunna få dem, tänkte hon.

Utan något tecken på tacksamhet, slet de åt sig äpplena och sprang skränande därifrån. Vad månde de bli av dessa barn som inte har någon hyfs?

"Det här skall jag minsann berätta för far", sa Nils argt.

"Det skall vi inte alls det...", sa Göran och tänkte på vad fadern skulle göra om han fick reda på att de hade stulit.

"Ja gör ni det", sa Karin och fortsatte obekymrad gatan fram.

Det var kväll och Karin hade gått och lagt sig. Hon borde sova, men irriterande nog ville inte sömnen komma och hon visste mycket väl vad det var som gnagde. Det var en liten notis i dagens tidning som hon hade råkat läsa hemma hos familjen Berglund. En man hade flutit i land för en tid sedan ute vid Själsö. Eftersom han hade legat i vattnet under en längre tid, hade det varit svårt att identifiera honom, men nu var det klart och det visade sig vare en man vid namn Sven Olsson. Bland hans kvarlevor hade man funnit sådant som troligtvis var stöldgods. Att han hade drunknat och hade stöldgods på sig, var väl egentligen inte så intressant om det inte hade varit så att vissa fynd hade visat sig vara från den tiden då de hade varit utsatta i Barlingbo. Det fanns även ett litet foto på den drunknade i tidningen.

Mycket märkligt. Karin kunde inte påminna sig att hon någonsin hade mött honom, men ändå fanns hans ansikte på hennes näthinna.

"Nej, det här går inte...", sa hon och gäspade stort.

Hon kände hur sömnen sakteligen började komma och snart sov hon gott.

Hon visste inte hur länge hon hade sovit och hur mycket klockan var, men än var det mörkt.

Hjärtat bultade hårt och fort och hon kände sig yr.

"Jag visste det, jag har mött honom..."

Hela hennes förlorade historia rullade upp likt en film i huvudet. Hon höll händerna om huvudet och kände sig illamående.

"Jag gick vilse..."

Hon mindes hur hemskt det hade varit. Rötterna som hade kedjat fast hennes fötter och grenarna som hade gripit efter hennes hår.

De hade varit två män där i mörkret och de hade tänt en ficklampa, tänkte hon. Jag blev tvungen att fly.

Hon tänkte på flykten tillbaka in i skogen och hur männen hade hunnit ifatt henne. Hon hade ramlat.

Hjälp, han slår ihjäl mig!

Det kändes som om hjärtat skulle stanna. Där har vi honom, det är mannen på fotot, han som hade drunknat.

Karin mindes hans blick och hur en annan röst hade skrikit att han skulle slå ihjäl henne. De hårda slagen med stenen hade ekat genom skogen och hon hade svimmat av ren förskräckelse. Hon hade vaknat och hela hennes kropp hade skrikit av smärta.

Hon mindes att hon hade ramlat och slagit sig.

Erik!

Han blev dömd för misshandel. Han hade förnekat hela tiden att han skulle ha skadat henne och det var tyvärr sant, insåg hon nu. Hur skulle hon reda ut det här? Det han hade gjort mot henne var hemskt, men han hade inte skadat henne. Var det något hon skulle göra nästa dag, så var det att berätta att berätta för sina föräldrar och även för polisen, för det här var inget hon kunde bära själv.

När hon äntligen föll i sömn denna fullmånenatt var det med många oroliga drömmar.

Karin gick längs vägen till föräldrahemmet efter att ha stigit av vid järnvägsstationen i Barlingbo. Hon njöt av den kalla friska luften och drog den långa schalen ett extra varv runt halsen. På händerna hade hon de nya vantarna som hon hade köpt på marknaden i Visby. Hon hade tagit med lite godsaker och hoppades på att de skulle uppskatta det. Hon såg den lilla telegrafen och blev påmind om sitt senaste samtal med moster Edit. Det var med sorg i hjärtat hon hade gått därifrån.

Hemma på gården var allt sig likt. Prydliga högar av löv låg på gården i väntan på att forslas bort och de sista äpplena från träden låg i en trälåda på marken. De rykte hemtrevligt från skorstenen och Karin kunde inte motstå att dra in ett extra andetag för att få känna doften av rök. Hon lättade lite på schalen och knackade på dörren.

"Välkommen hem! Inte behöver du knacka", sa mor Jenny och drog henne intill sig.

"Har du väntat länge?"

"Ja i flera dagar", sa mor Jenny och skrattade.

"Det är jätteskönt att vara hemma igen. Dagarna går så fort att jag inte hinner med allt jag vill göra. Det var väl så du sa?"

"Vadå?"

"Att ju äldre man blir, desto fortare går dagarna."

"Ja det är sant."

Karin ställde korgen med godsakerna på bordet och mor Jenny tittade nyfiket där i.

"Till er."

"Det är så tomt utan dig", sa mor Jenny med tårar i ögonen.

Fadern som hade stått en aning bakom, klev nu fram och gav henne en kram han också.

"Det är faktiskt riktigt tomt utan dig. Nu har jag plats för mina saker helt plötsligt", sa han och skrattade bullrande.

Vi kaffet berättade Karin om sitt nya liv inne i Visby och modern lyssnade intresserat.

"Det verkar gå bra för dig", sa modern och strök Karin över handen. "Ja just det ja, Lars är här på besök i Barlingbo just nu."

"Jaså?"

"Han bor vid sina föräldrar."

"Jag tror inte att det är någon bra idé", sa Karin tyst.

"Kanske inte, ja du väljer ju själv."

Karin klippte av samtalet för att istället berätta om hur vissa delar av minnet hade kommit tillbaka.

"Tänk om brudkronan skulle kunna komma tillrätta?" sa mor Jenny sorgset.

"Borde de inte ha hört av sig i så fall?" sa fadern och lade sin hand på Karins hand.

"Ja det borde de nog ha gjort", sa mor Jenny uppgivet.

Fadern lovade att ta kontakt med polisstationen, men Karin insåg att även hon skulle bli tvungen att lämna en redogörelse. Det kändes otroligt skönt att ha sina föräldrars stöd.

"Men Herre gud, så fel saker och ting kan bli. Nu har ju den där stackars Erik suttit inlåst helt oskyldig!" sa mor Jenny förskräckt.

"Nåja! Så synd var det inte om honom. Har du redan glömt vad han har gjort?" sa fadern och slog näven lätt i bordet.

Karin stod utanför polishuset och andades in den friska luften. Efter att ha suttit inne på polisstationen under nästan en timme, kändes det otroligt skönt och befriande. Hon visste nu att hennes berättelse hade överlämnats i de bästa händer och nu kunde hon bara hoppas och vänta på att allt skulle lösa sig. Hon såg på klockan, inte ens halv tolv. Hon skulle nog hinna göra ett besök på biblioteket.

Romakloster 2008

Det var lördag morgon och snön hade bildat ett tjockt vitt täcke över hela samhället. Hon satte fötterna på det kalla golvet och slet åt sig tofflorna.

"Molly det är dags att gå ut", sa hon och tog på sig morgonrocken.

Molly sträckte på sig och reste sig motvilligt från bädden.

"Jag vet, det är kallt, men vi går och lägger oss igen när vi har varit ute. Matte är förresten ledig idag."

Nora fick puffa hårt på dörren några gånger innan den gav vika och for upp.

"Men gud vad det blåser och så mycket snö det har samlat sig utanför dörren."

Molly tog några kliv ut i snön och tittade bestört på Nora.

"Jag vet att du inte tycker om snön, men gör det du skall, så går vi in igen."

Morgonrocken fladdrade i vinden och piskade upp snö på hennes ben.

"Usch! Jag tycker inte om kyla", sa hon sammanbitet och öppnade dörren för Molly.

Hon tittade på termometern inomhus som visade endast sexton grader.

"Jag tyckte väl att det kändes väldigt kallt när jag klev ur
sängen. Att jag alltid glömmer bort att sätta i nya lister till
fönstren. Vilket slarv", sa hon förebrående till sig själv.
"Kom så går vi upp och lägger oss en stund till, du får ligga
i mattens säng."

Hon tog med sig en bok att läsa, men när väl Molly och hon
hade lagt sig tillrätta, blev hon så trött att hon somnade ifrån den.

*Hon såg sig förvirrat omkring. Var är jag? Mitt i rummet stod
ett jättestort bord och på bordet låg det en massa memorykort.
Det var trångt runt bordet, för alla ville vara med och spela.*

*Hur skall jag få plats? tänkte Nora och försökte pressa sig
emellan.*

"Karin det är din tur", sa en äldre man med glasögon.

Nora tog ett kort.

*"Fy! Nu tog du fel kort", sa någon och daskade till hennes
hand.*

*Nora försökte nå ett kort på andra sidan av bordet, då hörde
hon helt plötsligt Edits röst.*

"Inte där, du har svaret mycket närmare dig än du tror."

*Nora såg förvånat på Edit, men lydde och tog det närmaste
kortet.*

Nora lyfte kortet och såg på det.

"Men det är ju..."

"Ja just det", sa moster Edit och nickade.

Karin? Varför hade han kallat henne Karin?

"Det är ju brudparet på fotot", sa Nora och kände sig yr.

*"Du måste hitta det andra, då hittar du svaret på din gåta",
sa mannen med glasögon och log.*

Hon vaknade med ett ryck.

”Så konstigt...”

Förbryllat försökte hon samla tankarna efter sin märkliga dröm. Ville den berätta något för henne?

Molly rörde sig under täcket och tittade fram.

”Nu är det dags för lite frukost, eller hur?” sa Nora, ännu väldigt förbryllad.

”Vänta nu...” Kan det verkligen stämma? Ja! Visst var det så! Det var ju där hon hade känt igen kvinnan på fotot. Hos Maria.

Hon kravlade sig ur den sköna sängvärmen och konstaterade åter att golvet var i kallaste laget.

Det var inte första gången nattens drömmar hade löst mysterier åt henne, men hon hade ingen lust att gå till jobbet på en ledig dag för att ta reda på det, så hon bestämde sig för att låta det bero till på måndag.

Klockan var halv ett och hon satt i sin bil på parkeringen utanför Sara och Melkers bostad och väntade på dem. De hade sedan länge bestämt att de skulle besöka mormor och morfar. Noras mor Agneta var duktig på att baka och varför då inte göra det tillsammans? Melker ville göra det tillsammans med Nora, men hon var, enligt henne själv, urusel på det och hade nu Melker ärvt gammelmormors intresse för det, då ville inte Nora vara den som skulle förstöra intresset genom att visa upp fula pepparkaksgubbar.

Hon såg dem komma gående från hyreshuset och bestämde sig för att gå emot dem. Melker vinkade glatt med en påse pepparkaksformar. Nora såg honom säga något till Sara och började springa mot henne. Helt plötsligt hörde hon ett skrik och hur påsen med formarna for upp i luften för att sedan sprida ut sig över marken.

Nora skyndade sig fram och såg den lilla isfläcken han så olyckligt hade råkat trampa på.

"Aj!" skrek Melker, medan tårarna började rinna.

"Ojoj, hur blev det här nu då?" utbrast Nora och blåste på hans händer. Ett litet sår hade slagit upp i pannan och det började blöda. Melker började helt plötsligt skratta åt eländet. Det gjorde visserligen ont men åsynen av alla formar som låg utspridda såg väldigt komiskt ut.

"Det var inte så farligt, eller hur?" sa Sara och började plocka ner dem i påsen igen.

"Ja Herre gud, så det kan bli. Tur i oturen alltså", sa Nora och tog Melkers hand för säkerhets skull.

Melker fick olycksfallskudden och plockade själv fram vilka plåster han ville ha till sina sår och lyckligtvis hade hon de rätta, de med superkrafter. Nora kastade en blick i backspegeln och kunde se en nöjd Melker med plåster i pannan.

"Då åker vi till Slite nu då", sa Nora och startade bilen.

På andra sidan vattnet i Nynäshamn, stod en man och rökte nervöst. Han var irriterad och arg över att behöva ta hand om sådant han trodde han lagt bakom sig, men ack så han bedrog sig. Men han var tvungen, kunde inte riskera något. Hans liv hade blivit alldeles för bra för att han skulle vilja förlora det. Det hade gått flera år nu, han trodde verkligen att faran var över. De hade gått skilda vägar som vänner och lovat varandra på heder och samvete, att de aldrig skulle försätta vare sig själv eller den andre i knipa.

"FAN!" Så går han och ramlar i sjön och till råga på allt flyter han iland. "Jävla typ, hur fan kunde han vara så klantig?"

Lars-Ove hade satt kaffet i halsen när han hade sett Svens fula tryne i morgontidningen.

"Vad är det med dig?" frågade Märta förskräckt.

Han såg beklagande på Märta, hans fästmö sen en tid tillbaka, och bad om ursäkt.

"Jag satte i halsen, ingenting annat."

Märta såg lite skeptiskt på honom och slet till sig tidningen och bläddrade snabbt igenom den, för att sedan kasta den tillbaka till honom igen.

Lars-Ove tänkte på sakerna de hade funnit i samband med att han hade flutit i land. Tänk om det var något som kunde knytas till tidigare brott och till honom själv. I artikeln hade det stått att det var goda möjligheter till att lösa tidigare brott. Vad skulle han ta sig till?

Det hade även dykt upp nya vittnen. Vem kunde det vara? Den enda han kunde komma på var den där jäntan som hade dykt upp där mitt i natten. Först hade han varit säker på att hon var död, men sen hade fanskapet som kallat sig kompis, erkänt att han inte hade klarat av det.

Tänk om hon skulle känna igen honom? Det hade varit väldigt mörkt, men hon kunde ju faktiskt ha sett en skymt av honom också.

Han måste helt enkelt ligga steget före. Han var tvungen att göra något.

Lite lugnad över att ha fattat sitt beslut, fimpade han sin femte cigarett. Han gick in igen, tog av sig morgonrocken och kröp ner i sängen igen bredvid Märta.

Hon hade diskat och skurat hela dagen och nu hängde kopparbunkarna skinande rena på väggen i köket. Dessutom luktade det såpa efter att ha skrubbat golvet riktigt rent. Något som däremot inte var så fina, det var hennes händer. Så röda och nariga som de var nu, hade de nog aldrig varit tidigare. Hon hoppades på att få sluta lite tidigare denna dag, för hon ville väldigt gärna själv hinna förbereda lite inför jul. Kerstin, den äldre av damerna, hade bara kastat en snabb blick in i köket och ryckt på axlarna. Men Karin började bli van, hon verkade aldrig vara nöjd med något hon gjorde. Medan däremot Emeli hade slagit ihop händerna i ren förtjusning och överöst Karin med beröm.

"God Jul Karin! och ett stort tack för året som har gått", sa Emeli och räckte Karin två paket.

"Men inte ska väl!" sa Karin och log.

"Det ena är lite godsaker och det andra är en liten julgåva från oss. Det har hon verkligen gjort sig förtjänt av", sa Emeli och klappade Karin på axeln.

"Vi får hoppas att de passar. Det var Kerstin som envisades med att du skulle ha dem", sa Emeli och blinkade.

Karin såg förvånat på Kerstin som såg lite besvärad ut.

"Nu skall du gå hem. Du behöver väl också lite tid för att julpynta?"

Karin neg som en liten flicka och tog emot presenterna.

”Ja då säger vi så. Se till att skynda sig i väg nu.”

”Ta nu vara på sig i jul. Du kanske skulle kunna tänka dig att posta ett julkort åt oss på vägen hem?” undrade Emeli.

”Visst kan jag göra det”, sa hon och tog emot kortet.

Så fort hon hade kommit ut på gården, ångrade hon sig. Temperaturen hade sjunkit och visade på tio minusgrader. Att gå förbi brevlådan blev för henne en rejäl omväg och hon visste sen tidigare hur mycket hon brukade frysa om fötterna. Fast hade hon lovat, var det bara för henne att skynda sig iväg.

Det var mörkt och stora snöflingor började falla så tätt att hon inte kunde se någon längre bit framför sig. Karin stannade vid postlådan nere på Strandgatan och stoppade i det färggranna kortet. Hon rörde på tårna och försökte att hålla cirkulationen igång.

”Oj, så halt det har blivit!”

Hon kämpade för att hålla balansen och insåg att hon hade valt helt fel skor. Varför hade hon envisats med att ta dessa, de hade ju inget under sulan som kunde greppa. Men vädret hade inte varit detsamma när hon gick iväg i morse, utan snarare tvärtom. Hon bestämde sig för att gå upp mot S:t Hansgatan och vidare till Stora Torget. Allt var öde, inte en själ syntes till. Den stora skolan reste sig majestätiskt mot den snötäckta himlen och såg nästan skrämmande ut. Hennes fötter kanade hit och dit när hon försökte skynda på sina steg. Promenaden hem verkade just då evighetslång. Hon kom upp till Stora Torget och det var lika öde där. Vilken väg skulle hon ta nu? Hon bestämde sig för att vägen förbi S:t Maria domkyrka var den som blev kortast och styrde stegen ditåt. I ett och annat fönster hängde det vackra röda pappersstjärnor och i andra stod det ljusstakar pyntade med mossa och ljus. Hon kom in i gränden som ledde fram till kyrkan och såg de höga tornen resa sig mot himlen.

"Oj..."

Vad var det? Hon hade skymtat något i ögonvrån, som försvann lika snabbt.

Äsch! Jag måste inbilla mig, det finns ju ingen där, tänkte hon och ruskade av sig olusten.

Hon hann bara gå några steg, så såg hon åter en rörelse bakom sig, men den försvann lika fort igen.

Karin skyndade på sina steg, det fortaste hon kunde utan att halka och det var svårt bara det, men nu hade hon även saker i famnen och det gjorde det än osäkrare om hon skulle ramla.

Plötsligt såg hon något röra sig snett bakom sig igen. Hon kände pulsen slå så hårt i halsen att det gjorde ont. Vem var det och varför skulle någon följa efter henne? Var det en tjuv? Tänkte han slå ner henne om tillfälle gavs? Hon hade minsann läst om tjuvar som gett sig på oskyldiga människor. Skulle det bli hennes öde nu? Men det kändes så fel man kunde inte vara elaka mot varandra i juletid. Hon hörde en duns bakom sig. Hade han ramlat omkull? Karin kände paniken komma krypande och när hon hörde en mansröst svära, började hon springa. Hon kom runt hörnet och var utom synhåll för sin förföljare, när hon fick syn på en lysande ljusstake inne i ett skjul. Vilken tur, porten var öppen och det vara bara att gå in...

Hon tryckte sig intill väggen och höll andan.

"Tack..." viskade hon till ljusstakens sken. Hon kom ihåg den gången hennes mormor hade berättat om vad ljusstakarnas sken betydde. "Kom hit, här kan du söka skydd".

Karin vred om nyckeln till skjulet och klev in. Hon stängde dörren försiktigt, för att inte avslöja sitt gömställe. Från hörnet där hon stod hade hon fri sikt, men däremot hon själv var helt dold i mörker. Ljusstakens sken speglade sig i det

frostiga glaset. Helt plötsligt syntes en gestalt utanför, en man.
Han stod stilla, som om han väntade på någon. Mannen vän-
de sig om och tryckte händerna runt ansiktet mot rutan för
att kunna se in. Hans blick såg ut att se rakt på henne. Hade
han sett henne? Hon bet sig i läppen för att inte skrika. Hon
blundade och höll andan, väntade på vad som skulle ske, men
inget hände. Hon öppnade ögonen. Han var borta. Skräcken
över att ha blivit förföljd, fick henne att stå kvar. Tänk om han
stod kvar där ute och väntade på henne? Nej hon vågade inte
gå ut, inte än...

Fy så hon frös. Känseln i tårna hade nästan försvunnit och
hon fick svårt att hålla balansen. Hon satte sig på en bänk
inne i skjulet och drog av sig skorna. Hon blåste i sina händer
och gned de kalla fötterna för att återfå cirkulationen.

Tack snälla ni för presenterna, tänkte hon och öppnade
ett av paketen. Hon visste mycket väl vad det innehöll och
behövde dem nu.

Hon kände det mjuka varma garnet om sina fötter och
njöt. Tänk så väl de hade kommit till pass, yllesockorna.

"Nej nu måste jag gå hem", viskade hon och satte på sig
skorna. Känseln hade börjat att komma tillbaka och värkte
som bara sjutton. Skakande av köld och rädsla, tog hon några
steg stapplande mot dörren och öppnade den. Det hade slutat
att snöa. Hon såg sig omkring och fick syn på spåren utanför
och kände en kall kåre längs ryggraden. Hon följde spåren
med blicken så långt hon kunde och insåg att han troligtvis
hade stannat ganska länge, eftersom hennes spår sen tidigare
var borta. Hade han inte uppmärksammat dem? Tydligen
inte. Hon skyndade längs gatan och snart kunde hon se taket

på sitt hem. Hon höll sig nära husväggarna i dunklet och sprang den sista biten hem. Väl inne sjönk hon ner på golvet och lät tårarna rinna. Vem var han och vad ville han henne? Eller var det bara en simpel tjuv som hade sett henne som ett lämpligt offer? Hon fick av sig de blöta kläderna och kröp i säng. Hon frös så hon skakade. Inte ens de extra filtarna fick henne att känna sig varm. Till slut somnade hon trots allt och sov till nästkommande dag.

Hon sträckte sig njutningsfullt och kastade av sig högen med filtar som hade gjort henne kokhet.

"Varför...?"

Hon såg på högen med filtar och blev påmind om vad som hade hänt kvällen innan.

Det kan inte ha varit någon som var ute speciellt efter henne. Det måste ha varit en ren tillfällighet, tänkte hon och satte sig upp.

Ju mera hon tänkte på det desto mer insåg hon att så måste det vara, en ren tillfällighet. Riktigt otrevligt. Hon bestämde sig för att låta det bero. Det var inte bra att skrämma dem där hemma.

Nu fick det vara färdigbakat för denna jul. Skulle det finnas plats till lite annat smått och gott också fick hon vara nöjd. Hon hade bara en frys och den var dessutom ganska liten, men i vanliga fall behövde hon inte ha större än så, för det var ju bara hon och Molly som bodde här, men lite extra till jul och årsdagar brukade det bli. Den kommande julen innebar mycket jobb och det var visserligen inte helt fel, för storhelgerna gav lite extra i kassan.

Hon lyckades plocka in alla bakverk likt ett pussel i frysen och kände sig nöjd.

"Dags för kvällsdusch", sa hon och såg trött på Molly.

Nora såg på klockan och insåg att det fick bli en snabbdusch. Klockan hade hunnit bli mycket och det var arbetsdag i morgon.

Nora stoppade in de sista i diskmaskinen och satte igång den. Lugnet bredde ut sig på Smultrongården då de flesta hade lagt sig till middagsvila. Hon torkade händerna omsorgsfullt och trevade efter fotografiet i fickan. Alldeles strax skulle hon kunna gå in i Marias rum för att titta i hennes fotoalbum. Tänk om det skulle visa sig att det var samma foto?

”Då går vi iväg en liten stund”, sa Marias väninna Maj-Lis och vinkade glatt åt Nora.

”Ha det så trevligt”, sa Nora och log.

Dörren for igen efter de två damerna och Nora skyndade sig in i Marias rum.

Albumet låg kvar på hyllan under soffbordet. Nora satte sig i soffan och lade albumet på bordet framför sig. Hon kände hjärtat slå fortare för varje sida hon vände.

Pip pip!

Larmet!

Hon reste sig från soffan men lät albumet ligga kvar.

Hon öppnade dörren in till den boende som hade larmat för att stänga den lika snabbt igen. Vi måste verkligen göra något åt det där larmet, det var rena turen att han inte vaknade av att jag öppnade, tänkte Nora och skyndade sig tillbaka till Marias rum.

Nora bläddrade fram och tillbaka och började känna sig irriterad. Hon visste mycket väl att hon hade sett ett foto som påminde om det hon hade. Hur noggrant hon än synade alla korten, hittade hon det inte.

Hon hörde dörren öppnas vid entrén och såg på klockan. Hur kunde klockan ha gått så fort?

Nora reste sig från soffan och slog ihop albumet.

”Nej men...?”

Med en pust från albumet som slogs igen, for ett kort ut på golvet.

”Där är det ju!”

Hon tog upp kortet och stoppade det i fickan med lite dåligt samvete. Maria skulle få igen det så fort som möjligt.

”Tjänare!”

Nora såg förvånat på flickan med det långa mörkbruna håret.

"Hej!"

"Finns det en tant här som heter Karin? Hon skall nyligen ha flyttat in."

"Karin? Nej", sa Nora och ruskade på huvudet.

"Konstigt? Kan hon bo på övre våningen?" sa flickan och såg sig omkring.

"Du får gå upp och prata med dem. Jag kan ha fel", sa Nora och såg Maria och hennes väninna Maj-Lis komma gående på parkeringen.

Flickan försvann ut och i nästa stund öppnades dörren igen och de båda kvinnorna kom in. De hälsade glatt i förbigående och försvann in på Marias rum.

Nora laddade kaffebryggaren och satte sig ned vid köksbordet.

Nora stirrade som förhäxad på korten. Visst var det samma! Moster Edit, tänkte Nora uppspelt. Äntligen började mysteriet klarna. Det var verkligen konstigt att brudkronan hade hamnat hos henne. En brudkrona är ju inget man kastar. Det är ju ett värdeföremål som kanske skall gå i arv.

Lite senare samma dag satt hon vid sitt köksbord. Hon fingrade oroligt på lappen hon tidigare hade skrivit och velade om det skulle vara det rätta att ringa till "moster Edit". Adressen hon hade fått tag i var till ett ålderdomshem. Tänk om hon skulle förvirra och ställa till det på något sätt. Molly tryckte sitt huvud under hennes arm och upplät ett missnöjt ljud.

"Är det dags?"

Molly fortsatte att puffa på hennes arm.

"Du har rätt! Vi går ut en sväng."

Regnet öste ner. Det finns inget dåligt väder bara dåliga kläder, tänkte hon. Hade Molly bestämt sig för att det var dags då var det så.

Lars-Ove hade varit tvungen att "spela" med i julspektaklet trots att han inte alls hade haft lust till något julfirande över huvud taget detta år. Det hade varit mycket som stod på spel för hans del men det visste ju inte de andra. Han hade misslyckats totalt då han hade varit över till ön. Han hade sett henne av en ren tillfällighet på en julmarknad i Visby. Först hade han varit lite tveksam. Det var ju trots allt flera år sedan. Men när han fick syn på ärret vid hennes tinning var han övertygad. Det hade krävts tålamod och lång väntan. Till slut hade han lyckats kartlägga hennes vanor och arbetsplats.

Visbys gator hade varit glashala denna kväll och dessutom hade han ramlat och slagit armbågen. Det hade gjort fruktansvärt ont. Hade det inte varit för henne hade han skrikit av smärta men hade lyckats bita ihop. Han hade sprungit efter henne men någonstans på vägen hade hon försvunnit. Han hade stannat och sökt efter gömställen men gått bet. Hon hade gått upp i rök. Arg över sin förlust höll han på att störta omkull igen. Tillslut hade han blivit tvungen att ge upp. Det som hade sett ut som en lätt uppgift hade nu blivit väldigt svår för han hade lovat Märta att komma hem nästkommande dag och han vågade inte göra annat. Han skulle bli tvungen att återvända hit igen men visste inte när. Han hade varit tvungen att ljuga om varför han skulle resa till Gotland. Han hade sett hennes tveksamhet och fått dåligt samvete. Men när hon väl hade sagt ja försvann det och naturligtvis ville hon ha något i utbyte och det var att han skulle delta i julfirandet med ringdans och lek utan att sura. Han lovade och redan nästa natt satt han på färjan på väg till Gotland.

Märta hade varit besviken över hans dåliga deltagande i julfirandet. Hon hade gått och lagt sig utan att prata med honom. Han tyckte själv att han deltagit så mycket han hade kunnat, men tankarna hade varit på annat håll och det hade väl avspeglat sig i humöret förstås. Märtas föräldrar hade ett företag, "Mäklarstudion". Han som tidigare aldrig hade haft ett vettigt jobb, visade helt plötsligt på en enorm säljartalang och de hade tagit emot honom med öppen famn. Han ville verkligen inte förlora sin möjlighet till ett drägligt liv. Om Märta skulle få veta hur hans tidigare liv hade sett ut skulle hon säkerligen kasta ut honom ohörd. Han hade visat sig så duktig, att han eventuellt skulle få en högre befattning inom firman om han och Märta skulle gifta sig.

Lars-Ove bestämde sig för att inte oroa sig mer för stunden. Han kunde ändå inte påverka situationen just då.

Han lyfte på täcket och fick syn på hennes mjuka kropp. Tänk om han skulle förlora henne? Det bästa som någonsin hade hänt honom. Han måste tillbaka till Gotland. Nästa gång skulle han minsann undanröja alla bevis.

Morgonens solstrålar klättrade sakta uppför lakanet till Märtas ansikte. Hon såg nöjd ut där hon låg. Lars-Ove följde hennes ansiktsdrag med ögonen och fick tvinga sig själv att inte väcka henne. Tänk att hon hade fastnat för honom. Han tänkte på kvällen innan och böjde sig fram, för att känna doften av hennes hud.

Hon tog ett djupt andetag och lade armen om hans rygg.

"Godmorgon älskling", sa han och kysste hennes hand.

"Godmorgon. Är du redan vaken?"

"Jag drömde så underbart. Det var stört omöjligt att somna om..."

"Vad drömde du om?"

"Om oss och vår underbara stund i gårkväll."

"Ja!" sa hon och tryckte sig mot honom.

"Vad är det som är så viktigt på Gotland?" sa Märta och tog en tugga på sin smörgås.

"Det är lite oavslutade affärer och du vet ju hur viktigt det är att man har ett gott anseende bland kunder", sa Lars-Ove och log.

"Ja det är viktigt! Du har väl ingen affärsverksamhet där längre?"

"Nej det har jag inte. Men tänk om det skulle sprida sig att jag struntar i att avsluta mina affärer korrekt? Det går inte för sig."

Märta kände sig besegrad och fick motvilligt låta honom återvända till Gotland ännu en gång.

Visby 1954

Blåsten piskade trädens grenar mot rutan och gav ifrån sig ett gnisslande ljud. Termometern visade på tio minusgrader. Karin vaknade ofrivilligt av det otäcka ljudet.

Fy så kallt, tänkte hon och svepte en filt om sig. Hon kände på elementet men det visade sig vara varmt. Hon drog ifrån gardinen och såg ut i mörkret. Hur mycket är klockan egentligen? Den visade sig vara tre på morgonen. Hon kröp ner i sängen igen.

Usch så konstig jag känner mig. Håller jag på att bli sjuk?

Karin frös så hon hackade tänder. Hon väntade en stund för att se om det skulle bli bättre men inte blev hon bättre inte.

Hur hon skulle göra? Hon hade lovat att ta hand den stora korgen med smutstvätt hos familjen Berglund. Åter igen gjorde hon en kraftansträngning med att sätt sig upp i sängen men något fick henne att lägga sig ned igen. Huvudet snurrade och hon hade svårt att fästa blicken. Jag tror bestämt att jag har feber, tänkte hon oroligt.

”Åh! Herre gud, hur blir det nu?” jämrade hon sig.

Hon måste meddela familjen Berglund men hur skulle det gå till?

Karin kastade en blick genom fönstret och fick syn på Lina, grannes tös. Utan att tänka på kölden vräkte hon upp fönstret på vid gavel och ropade.

Lina nickade glatt när hon förstod att hon skulle få betalt.

"Du måste fråga hemma först", sa Karin med bestämd röst och drog sedan igen fönstret.

Lina var tillbaka efter ett par minuter och tog emot brevet till familjen Berglund.

"Jättesnällt! Du får betalt när du kommer tillbaka", sa Karin och log trött.

En halvtimme senare stod Lina åter vid hennes dörr.

"Fru Berglund hälsar att hon skall krya på sig", sa Lina och strök med tröjärmen under näsan.

Ett snörvlande hördes när Lina drog in luft och blottade den stora tandgluggen samtidigt som hon sträckte fram sin hand mot Karin. Hon hade hittat tio öre i en burk och den räckte hon fram till Lina utan att vidröra hennes lortiga hand. Karin tackade för tjänsten och talade om för Lina att det var dags att gå. Innan hon gick talade hon om att hennes mor lät hälsa att hon gärna fick göra flera ärenden om så behövdes.

"Kan tänka mig det", sa Karin och log matt.

Hon kröp ner i sängen igen för att försöka somna om, kanske skulle hon må bättre när hon vaknade nästa gång. Hon tänkte på dagen innan då hon och väninnan hade varit på bio. De hade varit på Röda Kvarn och sett söndagsmatinén, Anderssonskans Kalle. De hade ätit massvis av godis och hon hade skrattat så hon närapå hade kissat på sig. Salongen hade varit fullsatt och hon kom att tänka på mannen som hade suttit bakom henne. Han hade hostat något så förskräckligt. Tänk om han hade smittat henne? Karin tänkt på färden hem efter bion och kunde inte låta bli att dra på mun trots att hon kände sig sjuk. Hon hade åkt på pakethållaren på Anitas cykel. De hade kiknat av skratt där de tagit sig fram skumpade över kullerstenarna.

"Jaja, den ungdomen!" sade någon de for förbi. Uppe på Öster vid Irisdals blomsteraffär stannade de och gick åt var sitt håll.

Några dagar senare var Karin åter på benen. Febern hade försvunnit ganska fort, det enda som höll i sig var den jobbiga rethostan. Familjen Berglund var jätteglada över att hon åter var tillbaka och det förstod hon mycket väl när hon såg tvättkorgen som nu hade svämmat över.

Tvättmaskinen hade gått varm hela dagen och hela tvättstugan var full av kläder och lakan som hängde på tork. Klädstrecken löpte kors och tvärs och gjorde det svårt att komma fram, så Karin blev tvungen att krypa därifrån.

Karin andades in den kalla luften ute på gården och kände hur luftrören snörptes samman i en kramp och hon blev tvungen att kippa efter andan. Hennes hostattack varade så länge att hon blev yr och blev tvungen att sätta sig ned på en bänk. Hostan lättade något och hon bestämde sig för att gå in.

Vad var det? tänkte hon och såg mot porten som stod öppen ut mot gatan. Hon kände en isande kåre längs ryggraden. Hon ville inte tänka tanken, men visst hade hon sett honom förut? Hur hon än försökte bortförklara händelsen var hon säker. Det var samma man som hade följt efter henne strax före jul. På darriga ben gick hon fram till porten men naturligtvis fanns det ingen där. Det fick inte vara så, hon som äntligen hade börjat att slappna av. Hon kom att tänka på de gånger då hon hade känt sig iakttagen och intalade sig själv att hon var paranoid. Kanske var det inte så enkelt. Men varför skulle någon vilja hålla uppsikt över henne? Om det hade varit enligt Anitas teori om att någon skulle vara intresserad av henne, borde väl denne person ha gett sig till känna nu? Men hon själv hade väldigt svårt att det var så.

Hon stängde porten noggrant och gick sedan in i huset. Karin stod kvar i farstun en stund för att samla sig. Hon ville inte visa sin oro. Doften hängde ännu kvar från brödbaket sen tidigare på dagen. Hon var inte speciellt duktig på att baka bröd, men det här receptet hade etsat sig fast och hon skulle nog kunna baka det med förbundna ögon. Ungarna hade varit vrålhungriga denna eftermiddag när de kom hem från skolan och de hade jublat vid åsynen av brödet. Det hade gjort henne väldigt glad och varm i hjärtat. Hon kom minsann ihåg de gånger hon själv hade kommit hem från skolan och hela köket, ja hela huset, hade doftat underbart av nybakt.

Eleonore, familjens tolvåriga dotter hade suttit kvar länge vid köksbordet denna dag och småpratat medan Karin stökade undan disken. Karin log vid tanken på att hon själv kanske en dag skulle ha en dotter. Hon skulle anstränga sig till max för att det barnet skulle få så fina barndomsminnen som det bara fanns möjlighet till. Ja vem vet vad livet kan föra med sig, tänkte hon.

Hon stod utanför familjen Berglunds port och skulle gå hem för dagen. En olustig känsla spred sig i kroppen, när hon tänkte på det som hade inträffat tidigare under dagen. Hon bestämde sig för att gå en annan väg hem. Det skulle bli något längre men då slapp hon de mörka gränderna. Känslan över att någon skulle följa efter henne började bli allt mera plågsam. Hon bestämde sig för att gå en annan väg istället för gränden mot domkyrkan. Hon kastade en blick över axeln och mycket riktigt, visst var det någon där i dunklet i en port, eller var det bara inbillning? Hennes hjärta började bulta allt hårdare och hon bestämde sig för att fly in i tobakshandeln som låg framför henne. Hon kastade en blick ut genom fönstret och ångrade sitt beslut. Det var mycket folk där ute och hon borde kunna klara sig undan där. Affärsinnehavaren såg frågande på henne och hon kände sig dum. Klockan vid dörren klämtade åter igen och en man kom in och ställde sig bakom henne. Hon såg sig omkring och bestämde sig för en Hemmets Veckotidning. Egentligen hade hon inte råd, men det kändes så dumt att lämna affären utan att köpa något. Det luktade tobak och parfym. Tobakslukten kunde hon mycket väl förstå, men var kom parfymdoften ifrån? Det fanns inga flaskor vad hon kunde se.

"Var det bra så?" sa mannen och räckte henne tidningen.

"Det är bra tack!" sa hon och lämnade jämna pengar.

Karin tittade hastigt ut genom fönstret innan hon öppnade dörren. En man med rockkragen uppfälld och kepsen nerdragen så man endast kunde skönja nästippen skyndade förbi utanför.

"Hur är det?" frågade affärsinnehavaren och såg på Karin.

"Åh! Förlåt. Allt är bara bra!" sa hon och öppnade dörren för att skynda ut.

Att en man går med kepsen nerdragen och kragen uppfälld är ju inget konstigt. Det är ju kallt, tänkte hon och skyndade på sina steg.

Väl hemma igen blev hon sittande med ett glas mjölk och njöt av det nybakta brödet hon hade fått från familjen Berglund. Den inköpta tidningen låg framför henne och hon försökte koncentrera sig på texten men det gick inte så bra. Hon visste inte vad hon skulle tro.

Var det verkligen någon som följde efter henne eller var det inbillning? Efter det som hände henne för några år sedan hade mycket "spökat" för henne. Hon försökte åter igen ge tidningen en chans men insåg att det var hopplöst och bestämde sig för att gå och lägga sig istället.

Månen stod högt på himlen och hela staden tycktes sova. Utanför en port i Visby stod Lars-Ove. Han vågade inte tända sin ficklampa, någon skulle kunna råka se honom. Han fick inte väcka någon uppmärksamhet. Denna kväll hade han tur, porten var olåst. Han trevade sig upp för trapporna i mörkret så tyst han kunde. Högst upp, på tredje våningen hittade han en dörr utan namnskylt. Lars-Ove visste att det var där hon bodde. Han hade haft uppsikt över henne under en tid. I natt var han tvungen att slå till. I morgon var han tvungen att åka tillbaka till Nynäshamn. Det hade blivit allt svårare med bortförklaringar. Märta hade blivit allt mer misstänksam och tyckte att det fick räcka med resor till Gotland. Så han var tvungen att få det gjort i natt. Risken att Märta skulle kasta ut honom var överhängande och allt tycktes hängda på en skör tråd. Han fick helt enkelt inte låta allt gå förlorat. Det han planerade att göra nu i natt var något han aldrig ens hade tänkt tanken på att göra. Vid ett tidigare inbrott hade han blivit påkommen och stuckit ner en man med kniv, men det var inget han hade tänkt göra, det bara blev så. Mannen hade överlevt, men hade haft svårt för att lämna ett signalement, så han hade klarat sig.

Men den här gången var han tvungen. Han orkade inte leva med osäkerheten. Tänk om hon helt plötsligt skulle minnas? Han trevade i rockfickan och hittade repet. Svettpärlor bröt ut i pannan och det blev helt plötsligt tungt att andas. Lars-Olof plockade fram de små verktygen han hade tagit med sig och tände ficklampan. Det var svårt att jobba med en hand. Han blev tvungen att hålla fast lampan under hakan. Försiktigt förde han in det lilla spetsiga föremålet i låset och kände sig fram. Lättad kände han hur den hakade tag och kunde sedan även föra in det andra verktyget. Med skakiga händer jobbade han under tystnad med svett rinnande ner över nästippen.

Helt plötsligt ekade barngråt i trappuppgången och strax därefter kunde han höra snabba steg skynda fram.

Han skakade med handen och tappade fästet.

Jäklar nu måste jag börja om, tänkte han irriterat.

Det blev åter tyst och Lars-Ove fortsatte sitt mödosamma arbete med låset.

Klick!

På darrande ben reste han sig från golvet och andades nervöst. Han tänkte på uppgiften han hade framför sig och kände blodsmak i munnen.

Lika bra att få det gjort, tänkte han och tryckte försiktigt ned handtaget.

Inte nu igen, tänkte Karin och suckade tungt efter att ha blivit väckt av barnskrik. Hon vände sig om på andra sidan och lade kudden över huvudet. Det hade varit så den senaste veckan och hon kunde inte låta bli att känna sig lite irriterad. Men förvånansvärt nog blev det inte mer än så och hon kände söm- nen åter igen komma smygande. Någonstans mellan dröm och verklighet insåg hon att något var fel. Något höll på att hända. Hon kände en isande kyla längs ryggraden och hjärtat började bulta hårt. Hon satte sig upp i sängen och lyssnade spänt, medan hennes blick letade sig ut i rummet med hjälp av månens sken. Usch! Så spöklikt allt såg ut. Hon hörde ett svagt risslande ljud som verkade komma från ytterdörren. Någon höll på att bryta sig in, tänkte hon panikslaget. Karin insåg att hon var i fara och reste sig ljudlöst från sängen. Var skulle hon gömma sig? Hon gick skräckslagen runt i lägenheten och försökte hitta ett lämpligt ställe men alla verkade för små eller för synliga.

Klick!

Karin ställde sig bakom köksdörren. Det enda stället som kunde erbjuda henne någon form av skydd. Hon hörde dörren öppnas och slet åt sig stekpannan från spisen.

Hon hörde hans tunga andetag och kände sig illamående. Det knarrade lite lätt i golvet för varje steg han tog och hon kände svetten rinna nerför ryggen. Hon kramade stekpannans handtag hårt och gjorde sig redo till försvar. Tack vare månens sken kunde hon se hans gestalt genom dörrspringan. Hon såg honom plocka fram något ur sin ficka, men hon kunde inte se vad. Hennes ben darrade när hon såg honom närma sig hennes säng. Vad skulle han göra? Mannen stod stilla några sekunder, för att sedan böja sig fram över sängen.

Utan att tänka sig för rusade Karin fram och slog honom så hårt hon förmådde i huvudet med stekpannan. Mannen vände sig sakta om för att sedan vackla och falla ner i hennes säng.

Herre gud! Jag har slagit ihjäl honom, tänkte hon och såg förskräckt på stekpannan och kastade iväg den över golvet. Vad skall jag ta mig till? Tänkte hon och gick planlöst fram och tillbaka i lägenheten.

”Åhhhh...”

Vad var det? tänkte hon och skyndade fram till sängen.

Hon såg hur han rörde sig och kände panik. Hon skyndade ut i köket och tog flaskan med svart vinbärssaft.

"Helvete...", sa mannen svagt och försökte vända sig om.

"Försök inte med det!" sa hon och slog honom i huvudet med saftflaskan.

Men vad gör jag? Han lever och jag försöker åter igen att ta livet av honom. Hon böjde sig fram och såg på hans ansikte. Vem är han? Jag har aldrig sett honom förut. Men nu fick det var nog. Är det han som har skrämt mig halvt från vettet under den senaste tiden? Jag tänker aldrig finna mig i att vara ett offer. Ingen har rätt att göra så här mot mig, tänkte hon. Fy vad det såg ut! Den röda vinbärssaften hade runnit ut över honom och liknade nästan ett blodbad. Hon tog repet som mannen hade haft med sig och bestämde sig för att knyta ihop hans händer. Det var lättare sagt än gjort, men efter en kraftansträngning lyckades hon få händerna bakom hans rygg med repet prydligt runt hans handleder. Återigen jämrade han sig och såg argt på Karin medan han försökte resa sig upp. Karin blev osäker på sin knut om hans händer och började skrika hysteriskt. Hon rusade mot ytterdörren medan han stapplande kom efter. Hon mötte hans blick och slet tag i badrumsdörren, vilket hon med all sin kraft knuffade rakt mot honom. Alldeles för sent upptäckte han hennes manöver och for baklänges i golvet. Blod började sippra ur hans näsa och mun och hon blev tvungen att svälja flera gånger för att inte kräkas. Var det här hennes verk? Ja det såg inte bättre ut. Han hade fått sig en rejäl omgång stryk.

Plötsligt var hennes lilla lägenhet full av folk. Hon förstod ingenting. Var kom de ifrån? Hon knep sig själv i armen för att konstatera att det var verklighet och inte någon dröm. Hon stod där mitt på golvet i sitt nattlinne, medan folk rörde sig än hit och dit.

"Hur är det med dig?" frågade kvinnan med det gråtande barnet från våningen under.

"Va? Med mig?" sa Karin och kände sig helt plötsligt så kraftlös.

Någon lade en filt över hennes axlar och ledde henne ner till våningen under.

"Du kan ligga här i natt", sa kvinnan och tryckte milt ner henne i soffan.

"Men jag kan väl ligga i min säng?" sa Karin.

"Vi tycker inte att du skall vara ensam just nu."

"Jag är så trött...", sa Karin och började gråta.

"Jag förstår det. Drick lite varm mjölk med socker i så kan du sova sen."

Karin drack upp sin mjölk och lade sig tillrätta i soffan.

"Jag vet inte vem han är...", sa Karin och gäspade.

"Vi tar det i morgon."

Morgonen därpå vaknade hon av doften från nykokt kaffe. Med en kraftansträngning öppnade hon ögonen och såg sig omkring. Hon suckade tungt vid minnet från natten innan. Hur hade det gått med alltihop? Hon hade ju bara lämnat lägenheten.

"Hallå, är du vaken?" frågade kvinnan och öppnade en liten springa vid dörren. På armen bar hon ett litet barn som tittade nyfiket på Karin.

"Ja tack! Jag vaknade precis", sa Karin och gäspade. Det lilla barnet började skratta.

Karin tittade frågande på kvinnan.

"Av någon anledning tycker hon att det är roligt när någon gäspar", sa kvinnan och log varmt mot barnet.

Karin kunde inte motstå frestelsen och gäspade en gång till och denna gång ännu ljudligare. Det lilla barnet kiknade av skratt.

"Det var inget vidare det där som hände i natt", sa kvinnan och satte sig ."Vill du prata om det?"

Karin tänkte på det som hade hänt och började gråta.

"Jag vet inte vem han är och vad han vill mig", sa Karin och suckade djupt. "Jag kom att tänka på en sak. Jag ber tusen gånger om ursäkt, men vad heter du?"

"Jag heter Anna och det här är Conny", sa hon och nickade mot barnet.

"Jag ber verkligen om ursäkt, det var inte min mening att vara nonchalant..."

"Ingen fara", sa Anna och lade armen tröstande om Karin.

Plötsligt ringde det på dörren.

Anna reste sig mödosamt från stolen med barnet på armen och gick ut för att öppna.

"Ja godmorgon! Vi kommer från Gotlands Allehanda. Vi söker en Karin Andersson."

"Nu får ni ge er! Som jag sa tidigare så får hon söka upp er, när hon känner sig redo", sa Anna irriterat och stängde dörren med en smäll.

Karin såg frågande på Anna.

"Du är väldigt intressant efter det som hände i natt."

"Vad?", sa Karin och flämtade. Hon hade väl aldrig hört på maken. Hur hade det kunnat sprida sig så fort?

Karin reste sig från soffan och gick fram till fönstret. Hon öppnade en liten glipa vid gardinen och såg ut. Mycket riktigt. Där stod en reporter och en fotograf.

”Är de inte riktigt kloka? Vad handlar det om egentligen?”
sa Karin bestört.

Karin klädde på sig och tackade sedan för omtanken. Det
var dags för henne att gå hem. Hon tvekade någon sekund
innan hon öppna dörren och gick in. Usch! Luktade det inte
lite konstigt? Allt såg ut som vanligt så hon bestämde sig för
att fortsätta in. Tänk vilken kalabalik det hade varit där för
några timmar sedan. Hon ryggade till vid åsynen av sin säng.
Hade hon inte vetat att det var vinbärssaft, kunde man myck-
et väl ha trott att det var blod. Hon drog undan sängkläderna
med ett kraftigt ryck och rullade ihop dem till ett bylte. Skulle
hon kasta dem? Nej det kunde hon inte göra. Sängkläderna
hade hon fått i present hemifrån och hon visste att de hade
varit dyra. Hon tog med sig byltet och gick trapporna ner till
källaren för att lägga det i blöt i en zinkbalja i tvättstugan.
Förhoppningsvis skulle vinbärssaften lösas upp.

Akebäck 2009

Hade det inte varit för mäklarens skylt hade man aldrig kunnat ana att ett litet torp skulle finnas där. För det som en gång hade varit en stig var numera helt igenvuxen. Mäklaren hade lämnat bilen utmed vägen och blivit tvungen att gå till torpet som låg ungefär en kilometer rakt in i skogen. Det hade inte varit något större intresse för det lilla torpet i Akebäck, men tillslut hade någon fattat tycke och ville ge det en chans.

Det lilla torpet hade stått tomt länge. Under tidigare år hade det hyrts ut. Ägaren hade varit dit på ett fåtal besök men hade inte klarat av att bo där ensam, så han hade återvänt in till gruppboendet i Visby igen. Efter den gången han hade åkt dit för misshandel och frihetsberövande av Karin, hade han aldrig varit helt ensam. Han hade även för en kort tid hamnat på ett fängelse för unga män. Men de hade ansett honom botbar så han hade flyttats till en gård. Där hade han jobbat som dräng mot att familjen hade tagit emot honom och försett honom med mat och husrum. Han hade skött sig klanderfritt och blivit en vän till familjen. Åren gick och helt plötsligt en dag fick han ett brev av husbonden. Erik var fri! Han hade inte misshandlat Karin. Borde han ha blivit bitter? Men faktum var att hans liv hade vänts till det bättre. Han tyckte sig aldrig ha blivit dåligt bemött efter det. Hur skulle det bli för honom nu? Vad skulle hans frihet innebära? Vad skulle han ta sig till? Han visste ju inte av något annat liv så Erik blev kvar på gården. Men åren gick och i mitten av åttiotalet ansåg godsägaren att han inte orkade bruka gården längre. Ingen av hans tre döttrar hade några planer på att ta över. Gården såldes och ingen ville ha en dräng med på köpet, så det blev för Erika att packa och flytta. Som tur var hade han kvar sitt lilla torp i Akebäck. Erik flyttade dit, men väl där mådde han fruktansvärt dåligt och magrade till nästan oigenkännlighet. Erik vaknade tidigt denna höstmorgon. Det var kallt, men veden var slut och han hade inte orkat hugga mer. Det hade varit så med det mesta sista tiden. Han kröp ner under filten igen. Vad skulle han upp och göra? Han kunde lika väl ligga här och dö.

Det knackade på dörren.

Erik såg sig yrvaket omkring. Vad var klockan och vem i hela friden störde honom så här dags?

"Det är jag - Edvin!"

"Husbonden?" ropade Erik och satte sig upp på sängkanten.

"Får jag komma in?"

Erik drog på sig ett par byxor och skyndade fram för att öppna.

"Hej! Jag ville bara se hur du har det?"

Erik var så glad över att se sin husbonde att tårarna bröt fram.

"Hur mår du? Är du sjuk?" frågade Edvin och såg bedrövat på Erik.

"Sjuk?"

"Du har magrat..."

"Ja det är nog så..."

Edvin ruskade förfärat på huvudet när han satte sig i bilen. Tänk att han hade haft det på känn, men inte att det skulle bli så här illa. Han tänkte åka direkt in till socialkontoret. De måste göra något. Kanske fanns hon kvar, den där kvinnan han hade haft kontakt med angående Erik?

Det tog inte lång tid innan de hörde av sig från socialkontoret och två veckor senare flyttade Erik in på ett nystartat gruppboende på Jungmansgatan på Gråbo.

Men en helt vanlig morgon flera år senare på gruppboendet hade han fallit ihop vid frukosten och hans liv gick inte att rädda. Ingen arvinge hade funnits till huset så det beslutades att det skulle säljas.

Jörgen och Mattias lyckades ta sig fram till torpet skumpande i sin bil. De hade bett en bonde att mot betalning röja undan för stigen till torpet och så hade också gjorts.

Det var verkligen ett trevligt litet ställe med perfekt avstånd till Visby, tänkte Jörgen. Mattias som nyligen hade blivit invigd i Jörgens planer var väl inte så väldigt förtjust. Jörgen hade stora planer. Han ville hjälpa sin nyfunna vuxna son, som så väl skulle behöva en egen bostad så småningom. Nåja! De hade känt varandra i fyra år. Mattias hade varit sexton år när modern på sin dödsbädd hade berättat om fadern. Varför i hela friden hade hon inte berättat om honom tidigare? Nu skulle han aldrig få svar på sina frågor och det tyckte han var väldigt elakt. Han ville verkligen inte känna agg mot sin mamma men i det här fallet hade han svårt för att förlåta henne. Saknaden av henne hade varit jättestor och han hade känt sig övergiven.

De sociala myndigheterna hade varit i kontakt med honom och pratat om fosterhem. Han hade inte lyssnat så mycket just då, sorgen hade tagit alldeles för stor plats. Men när hans saker började plockas ner i kartonger och de skulle bege sig till fosterhemmet kom han på vad som höll på att hända.

"Jag vet vem min pappa är", sa Mattias och satte sig i bilen.

"Jaså?" sa socialsekreteraren och såg misstänksamt på honom.

"Jag ljuger inte."

"Men varför har du inte nämnt det förut?"

Mattias ryckte på axlarna och stirrade ut genom bilrutan.

"Har du något telefonnummer eller adress till honom?"

Mattias fick tag i lappen och räckte henne den.

Hon kastade ett snabbt öga på den för att sedan stoppa ner den i sin ficka.

"Måste jag åka dit...?"

"Du kan inte vara här ensam."

Mattias suckade tungt, men ansåg det hopplöst att protestera.

Allt hade visat sig vara bättre än han hade räknat med och dessutom hade de varit snabba på att söka upp fadern som hade tagit emot honom med öppen famn.

Nu stod de alltså här, far och son. Likheten de emellan var slående. Båda var närmare en och nittio långa med fyrtiofemmor i skostorlek. Även ansiktsdragen var lika. Men därefter upphörde likheten. Jörgen var ljus i hy och hår, medan Mattias hade blivit mörk efter sin mor. Jörgen synade golvet som hade fått fuktskador efter ett inbrott, eftersom ett fönster hade lämnats öppet, så det blev till att byta hela golvet.

"Det här måste vi byta ut!" sa Jörgen och såg på Mattias.

Mattias nickade. Han ville inte verka alldeles för ointresserad eftersom Jörgen faktiskt hade ansträngt sig. På något sätt måste de ju lära känna varandra. Det förstod Mattias mycket väl, men det var lite svårt det där med att bli för nära. Man visste aldrig vad som skulle ske i framtiden och allra helst nu framöver. Han skulle inte orka med att bli sviken igen. Han hade gått i terapi för att bearbeta sin sorg och även fadern hade funnits med som ett stöd. Jörgen hade säkert velat finnas med mer, men han var inte redo för att utlämna sig så pass än. Men det kändes skönt att han fanns där.

"Ja det är mycket som måste fixas", sa Jörgen och klappade Mattias på axeln. "Men du skall inte flytta in i morgon, så vi har tid på oss."

Mattias såg tveksam ut. Skulle han verkligen bo där ensam?

"Nåja! Vi får väl se hur du tänker när allt är klart. Vill du inte bo där då, så är det ok, men vi kan väl se det som ett roligt projekt vi har tillsammans?"

Mattias nickade. Det kanske var just det som var meningen. Det kanske inte var Jörgens mening att överge honom, efter att han hade ordnat bostad till honom, tänkte Mattias och kände sig helt plötsligt glad. Det kunde nog bli roligt trots allt.

"Vilket fynd!" sa Jörgen och drog åt spännremmarna över släpkärran.

"Ja verkligen!"

De körde ut från parkeringen vid "Snicken" med kärran fullastad med klickgolv.

"Ja det vi tjänande in på det, räckte ju till ett fönster också", sa Jörgen nöjt.

Det var ännu tidig förmiddag men termometern närmade sig redan tjugofyra grader. Solen sken från en molnfri himmel. Det såg ut att bli en perfekt dag för arbete.

När golvet hade lastats av på verandan var det dags för en paus tyckte de båda. De slog sig ned i det höga gräset med kaffetermos och en låda med smörgåsar.

"Herre gud! Man kan nästan tro att man befinner sig mitt i ett insektsbo", sa Jörgen och tog en klunk kaffe.

"Usch! Jag tycker inte om insekter..."

Mätta och belåtna sträckte de ut sig i det gröna gräset.

"Skall vi strunta i att jobba? Vi kanske skulle ta oss en blund här istället?" sa Jörgen och gäspade.

"Sova här bland alla kryp?" sa Mattias och grinade illa.

"Du har rätt! Vi skall bryta golv idag. Det blir spännande!"

Det var inte att bara börja bryta golv inte. Alla gamla inventarier som hade ingått i köpet skulle plockas undan. Först hade de sorterat allt, men vid en närmare eftertanke fanns det inget de ville ha kvar. De knuffade fram släpkärran till dörren, så de lätt kunde kasta allt skräp på vagnen.

Två timmar senare efter mycket slit var huset tömt och de kunde börja med golvet.

"Det skulle vara roligt att få veta lite historia om huset", sa Jörgen och såg sig omkring.

"Varför det?"

"Historia har alltid intresserat mig"

"Men huset är väl inte så gammalt?"

"Huset är byggt 1912 och inte behöver det vara så väldigt gammalt för att ha något att berätta", sa Jörgen och hämtade kofoten från släpkärran.

"Ja det är sant."

Jörgen lyckades få in kofoten mellan två brädor och tog i med all sin kraft. Men det visade sig sitta hårdare än så. Efter ett hårt dagsverke återstod endast ett fåtal golvbrädor inne i sovrummet.

"Min kraft börjar ta slut", sa Jörgen.

"Min med. Vill du att vi skall sluta för idag?"

"Vi gör färdigt det här!" sa han och tryckte i med hela sin kraft.

Jörgen tappade fästet och for hjälplöst i golvet med kofoten under sig.

"Vad hände?" sa Mattias förskräckt och rusade fram till Jörgen som låg och kippade efter luft.

"Åh fy fan..." jämrade sig Jörgen och började hosta våldsamt.

"Satt den löst?" sa Mattias och tittade under plankan som låg löst ovanpå.

"Hjälp mig upp", flämtade Jörgen och försökte sätta sig upp.

Men Mattias hade fått syn på något som hade legat under golvet och hörde inte Jörgen.

"Vad är det här?" sa Mattias och räckte byltet till Jörgen som med stor möda hade lyckats sätta sig upp.

"En skatt?" sa Jörgen och började hosta igen.

"En brudkrona? Måste vara några ungar som har lekt. Ingen vuxen skulle väl lägga en äkta krona under golvet?" sa Jörgen och lade byltet på golvet. "Jag tror vi slutar för idag. Min ork tog slut här och nu."

Efter att ha kopplat av släpkärran och rullat in den bakom stugan begav de sig hemåt. Det enda man kunde höra inne i stugan var en fluga som surrade envist mot ett fönster. Kvar på golvet låg kronan, halvt dold av tygstycket det hade varit inlindat i under femtio års tid.

Nora kände sig förbryllad där hon satt med telefonluren i handen. Mycket märkligt. Moster Edit hade väl ingen systerdotter som hette Maria? Men hon hade ringt till rätt person det visste hon, för det var telefonnumret från Marias pärm. Nu förstår jag ingenting. Hade hon blivit senil? Hon kanske inte kommer ihåg? Men det stämmer inte heller, för minnet brukar behålla det från förr. Det är närminnet som ryker först. Hur skulle hon komma vidare nu då? Hon kanske skulle prata lite med Maria?

Hon skulle kunna göra det enkelt för sig, genom att ställa ut brudkronan i loppisen och strunta i alltihop. Men hon visste att det inte skulle fungera, hon skulle aldrig tillåta någon att köpa den. Hela den här historien hade tagit mycket energi och hon hade sett fram emot att kunna få ett avslut.

Senare samma dag jobbade Nora kvällsskift. Det var kväll och de flesta var på väg att gå till sängs. Maria satt på sängkanten i nattlinne och de pratade om ditt och datt. De hade tittat i hennes album och Nora hade försökt att ställa frågor, men fick hela tiden fått samma svar. Så Nora ansåg att hon inte skulle komma längre just då. Hon hade gärna velat berätta om samtalet med Edit, men tyckt att det var fel tillfälle. Edit hade trots sin ålder verkat väldigt redig och klar i huvudet och varit tvärsäker på att hon inte hade någon systerdotter vid namn Maria. Däremot hade hon pratat om Karin.

Maria satt försjunken bland sina fotografier. Det gråa långa lockiga håret hade delvis ramlat ur sin knut och hängde som en retfull lock på hennes kind. Nora kunde för en stund föreställa sig henne som ung och nog var likheten slående från kvinnan på kortet. En tanke for genom hennes huvud. Tänk om det skulle det kunna vara så enkelt? Tänkte hon och plockade ut pärmen med hennes uppgifter från medicinskåpet.

2804283216 Karin, Maria, Stina Eriksson. Karin!

Nora stirrade fånigt på pärmen.

”Jag ser att du heter Karin också”, sa Nora och log mot Maria.

”Det har jag gjort hela tiden så vitt jag vet”, sa hon och skrattade. ”Men jag är inte så förtjust i det namnet”, sa Maria och bläddrade lugnt vidare i albumet.

Hur hänger det här ihop? Ja hon måste ha bytt namn helt enkelt, tänkte Nora nöjt.

Nora gick fram till Maria och gav henne en kram och lovade att återkomma.

Hon var så glad. Tänk att hon hade haft svaret här på Smultrongården hela tiden.

Hon skulle bli tvungen att ringa tillbaka till Edit och hon kunde inte låta bli att undra hur hon skulle ta emot det.

De boende på hemmet kom i säng en efter en och tystnaden bredde ut sig över avdelningen. Nattpersonalen kom och bytte av och Nora kunde äntligen få gå hem för dagen. Så var åter igen en dag gången.

Det hade nu hunnit in i april och det randades vår. I trädgårdarna längs gatorna i Roma hade vårblommorna slagit ut. Någon hängde ut tvättade lakan för att de skulle få suga in våren och några barn cyklade planlöst med sina trehjulingar fram och tillbaka. En stor lurvig hund låg på översta trappsteget vid ingången till ett av husen och värmde sig i solen. Ja det var så där härligt som det bara kunde vara en varm vårdag på Gotland.

Nora som inte började förrän vid lunch denna dag hade satt sig i trädgården för att prova den nyinköpta träsoffan. Den färgsprakande dynan till soffan kändes mjuk och skön till skillnad från den gamla. Hon hade kopplat en extra lång sladd till telefonen för hon tänkte ringa till Edit och samtidigt få njuta av den sköna värmen.

"Hej! Det är Nora från Gotland igen. Jag ber så hemskt mycket om ursäkt om jag stör."

"Hejsan! Inte stör du inte. Det är inte så många som ringer hit nu för tiden", svarade Edit.

"Vilken tur. Jag skulle väldigt gärna vilja få fråga dig om en sak."

"Låt höra", sa Edit nyfiket.

"Jag frågade dig förra gången om du hade en systerdotter som heter Maria."

"Ja det stämmer. Att du frågade det alltså."

"Kan det vara så att du har en som heter Karin?"

"Det stämmer", sa Edit nyfiket.

Nora berättade om fotot som låg i en gammal bok och hur hon sedan hade funnit en kopia hos en av de boende på hemmet.

"Ja...?"

Nora tog ett djupt andetag och berättade om brudkronan.

Nora väntade Edits svar men det uteblev.

"Vart tog du vägen? Hallå!" frågade Nora oroligt.

Inte ett ljud hördes från andra änden. Hade hon lagt på? Nora provade att trycka av telefonen men inget hände. Nora fick en klump i halsen som började växa. Vad hade hon nu ställt till med?

"Hallå!" hördes en betydligt yngre röst i andra änden.

"Vad hände?" frågade Nora oroligt.

"Hej mitt namn är Susanne och jag är från hemtjänsten. Kan jag få ditt telefonnummer, så kan hon ringa upp dig om en liten stund?"

Nora lämnade sitt telefonnummer och avslutade samtalet utan att hon hade fått reda på vad som hade hänt.

På eftermiddagen blev det kaffekalas i trädgården på Smultrongården. De som satt i rullstolar stoppades om med en filt. Det var visserligen varmt i solen men våren kunde vara väldigt förrädisk.

Vikarien Julia hade bakat sockerkaka och den lät sig väl smakas. Nora satte sig bredvid Maria och försökte inleda ett samtal om förr, men hon sade sig inte komma ihåg eller så hade hon ingen lust att prata just då.

Nora bläddrade fram till fotot på brudparet och pekade på Edit.

"Det är min moster Edit", svarade Maria och började berätta samma historia hon berättat ett flertal gånger tidigare och den bestämda sammanbitna minen hon hade för en stund sedan var borta. Nora provade en annan väg in i samtalet och pekade på brudkronan på fotot.

"Vilken vacker brudkrona", sa Nora och log.

"Ja...", sa Maria sorgset.

"Du ser ledsen ut..."

"Den försvann. Helt plötsligt var den bara borta", sa Maria tyst.

"Så tråkigt", sa Nora och tog Marias hand.

"Vi får väl hoppas att den kommer till rätta", sa Nora och beslutade att samtalet fick avslutas där.

"Det tror jag nog inte. Det var så längesedan den försvann", sa Maria och försjönk i sina tankar.

För att avbryta den dystra stämningen tog hon ut ett lösliggande papper ur albumet. Det var en inplastad tavla med en bukett blåsippor med en rosett runt. Rosetten hade nog varit rosa en gång i tiden gissade Nora.

"Så fin!" utbrast Nora.

"Jag fick den en gång från en väldigt god vän", svarade Maria.

"En vän som har betytt väldigt mycket för dig förstår jag, eftersom du sparat den under alla år!" sa Nora och lade tillbaka det i albumet.

”Ja, hon betydde väldigt mycket för mig.” Svarade Maria.

Nora tog ut ett annat papper, en färgglad teckning. Teckningen föreställde två flickor som höll varandra i handen. Under teckningen stod det med spretiga bokstäver Maria och Matilda.

”Det finns inget som är värt mer än en riktig vän”, sa Nora. Maria nickade instämmande.

Några dagar senare när Nora stod på en stege och putsade fönster, ringde det hemma hos henne.

”Hej! Mitt namn är Ann-Katrin och jag söker Nora!”

”Hej! Det är jag det.”

”Du ringde till Edit häromdagen.”

”Det stämmer och vem är du?” undrade Nora nyfiket.

”Åh! Förlåt! Jag är barnbarnsbarn till Edit.”

Vilken historia. Nu hade många pusselbitar fallit på plats, tänkte Nora när hon en halvtimme senare lade på telefonluren.

Brudkronan hade alltså varit försvunnen under ett halvt sekel, för att sedan dyka upp här hemma hos mig, tänkte hon och kände ett lyckorus. Men än visste hon inte hur den hade kommit hit och inte heller var från. Men däremot visste hon när den försvann och vem den rätta ägaren är.

Ann-Katrin hade kortfattat berättat en del om Marias historia och även varför hon hade bytt namn. En rysning for genom Nora. För henne hade det mestadels varit människor med diagnosen ”demens” och visst tyckte hon synd om dem. Ett hemskt öde att drabbas av denna sjukdom. Måtte man aldrig själv hamna i detta helvete. Visst förstod hon att de oftast hade en lång livshistoria bakom sig, men hon liksom de andra i personalen var nog mestadels uppfyllda av sitt eget liv. Men det här var något nytt för henne, att någon annans livsöde kunde engagera henne så pass att hon för stunden nästan glömde sitt eget och det på grund av en brudkrona som på ett eller annat sätt dök upp hemma hos henne.

De hade kommit överens om att inte berätta något för Maria än. De skulle nämligen komma ner till ön framåt sommaren och då skulle de passa på att hälsa på Maria. De hade inte haft kontakt på flera år. Inte för att de inte ville, utan tiden hade bara rullat på och det dåliga samvetet hade tryckts undan.

Det hade varit roligt om moster Edit hade kunnat följa med, men det skulle förmodligen bli svårt. Det var inte bara hennes ålder som stod i vägen, med åren hade hon blivit allt sjukare och i dagsläget var en syreapparat hennes ständiga följeslagare och det skulle bli svårt och jobbigt för de anhöriga att ständigt hålla koll.

Däremot Edits dotter Anna och Ann-Katrin såg fram emot ett besök på Smultrongården. Nora lyfte upp den lilla brudkronan och slöt händerna om den. Tänk vad tomt det ändå skulle bli. Hon hade närapå velat ge upp flera gånger, men den hade inte tillåtit det. Den ville få komma tillbaka till sin rätta ägare, den ville komma hem.

På Smultrongården pyntade man inför den kommande påsken. Några boende hade samlats runt bordet i köket och såg nyfiket på alla färgglada fjädrar och kycklingar. Den stora vackra gula vasen hade plockats fram och nu skulle riset fyllas med grannlåt. Evert, en av de boende, ryckte åt sig en hög med fjädrar och började slita sönder dem. Emelie såg förfärat på Evert och försökte ta dem av honom men han svarade med att spotta på grannen mitt emot. Berit, en av personalen, såg vad som hände skyndade fram.

"Nu skall vi ha trevligt!" sa Berit och såg bestämt på Evert.

"Jag är hungrig!" sa Evert och stoppade en fjäder i munnen.

Ingrid började gråta och ruskade på bordet som satt fast i hennes rullstol.

Någon skyndade fram med en smörgås till Evert och lugnet var återställt.

Telefonens ringsignal ljöd genom dagrummet och Berit fick anse det färdigt med påskpynt. Det var ändå snart dags för lunch och de boende skulle sätta sig till bords. Samtalet drog ut på tiden och Berit stod hungrig och beskådade de andra medan de åt och kände hur magen kurrade.

"Jag går på rast nu!" sa Berit och lade på telefonluren.

"Du ser ut att behöva det..." sa någon och fnissade.

Dörrklockan ringde och Berit gick med tunga steg mot dörren. Det såg ut som om hon skulle bli utan rast idag.

"Hej! Vi kommer från Lövängsgården. Vi skulle få komma på ett studiebesök idag."

"Nej! Jag menar... naturligtvis! Ni är så välkomna", sa Berit och kände sig dum. Hur hade hon kunnat glömma det? Det var ju hon själv som hade bestämt tid med dem.

"Vi kommer visst mitt i maten... och i påskstöket", sa en av besökarna och fnissade.

"Åh nej!" utropade Berit förfärat. "Det var för de boendes skull. Vi hade lite tråkig stämning och jag ville liva upp den lite", sa Berit och tog ur diademet hon hade pyntat med kycklingar och fjädrar. Hon mindes de anhöriga och chefen som hade passerat henne, medan hon hade pratat i telefon och rodnade.

"Det gör väl inget. Trevligt med lite färg", sa en av besökarna och log.

"Ja vi gör allt som står i vår makt för att underhålla", sa Berit och skrattade glatt.

Visby 1955

Arg och ledsen över sin situation, hade hon blivit tvungen att fly. Hela historien om natten hemma vid henne hade tagit onormalt stora proportioner och blivit en riktig skräckhistoria. Hon ångrade rejält att hon inte hade ställt upp på tidningarnas intervju och berättat sin version. Men nu kändes det som om det var för sent. Folk hade redan bestämt sig för vem som var den skyldige och det var tydligen hon. För enligt dem så hade hon troligtvis bjudit upp honom i sin lägenhet och där hade allt gått över styr. Att hon sedan hade kallat honom inbrottstjuv och slagit honom blodig, var riktigt bestialiskt. Varför i hela friden skulle någon vilja bryta sig in hos henne? Hon hade väl inget av värde? En folksamling hade samlats runt huset för att titta, när offret bars ut och visst hade det varit en fruktansvärd syn. Vad de inte visste var att det var mor Jennys saft som hade gjort en sådan åverkan. Hela situationen blev för mycket för Karin. Hon orkade inte med alla människors menade blickar och yttringar. Så det bestämdes i all hast att det bästa för Karin var att få flytta hem till Barlingbo på obestämd tid.

Tiden gick och Karin fick till sist sin upprättelse och journalisterna berättade om mor Jennys svarta vinbärssaft och om Lars-Oves kriminella förflutna. Men ett rykte är och förblir ett rykte och det går inte att sudda ut så lätt. Så Karin bestämde sig för att byta till ett av sina andra namn i stället. Maria blev hennes nya namn.

Det var i början av 1960-talet och ön började vädra morgonluft. Tiden efter andra världskriget hade befolkningen på ön minskat stadigt för att nu i rask takt öka igen. Arbetskraft efterfrågades och det började byggas allt fler bostäder. I folkhemmen sågs det på tv och man kunde nog tänka sig att de stora samtalsämnena på lunchrasterna handlade om "Kvitt eller dubbelt" eller kanske det otroligt populära programmet "Hylands hörna". Kanske trallade man till lärarinnan Cecilia Bruces "Ta en tablett" eller Siwans "April april".

"Maria! Hur är det fatt? Hör du dåligt?" sa Anna med barsk röst och såg undrande på sin arbetskamrat.

"Förlåt", sa Maria och rodnade. Hon hade inte riktigt vant sig vid sitt nya namn än.

"Vi måste sätta fart med att bäddningen. Ronden går strax."

Maria och Anna rättade till det sista överkastet på sal fem och fortsatte till nästa sal.

Den unkna instängda luften slog emot dem när de steg in.

"Här behöver vi släppa in lite morgonluft", sa Anna och öppnade ett vädringsfönster.

De såg sig omkring i den fullbelagda salen och förstod att de blev tvungna att sätta igång med en gång för att hinna innan ronden.

Någon snarkade högt och de bestämde sig för att vänta till sist med den sängen.

"Jag mår illa..." hördes en ynklig röst från en säng längst in i salen.

Maria skyndade sig fram och räckte honom rondskålen som stod på hans bord.

"Karin, är det du?" hördes en svag röst. Maria snurrade ett halvt varv och tittade på den bleka individen i sängen.

"Lars? Vad i hela friden gör du här?"

Anna såg undrande på Maria. Hade han sagt Karin? Men hon bestämde sig för att inte säga något utan fortsatte att skura rent handfatet.

Maria kände hur hjärtat slog extra fort och en rodnad gjorde sig synlig på hennes kinder.

"Hur mår du?" stammade Maria fram.

"Jag mår mycket bättre nu. Jag blev akut opererad i förrgår för en blindtarmsinflammation."

"Det förklarar saken. Jag har varit på barnavdelningen sen en vecka tillbaka."

"Fy så ont jag hade", sa Lars och grinade illa.

"Usch då! Vilken tur att allt gick bra!"

"Jag trodde att jag skulle dö", sa Lars generat.

Anna harklade sig och Maria insåg att det började bli bråttom.

"Förlåt att jag tog er tid", sa Lars och log urskuldande mot Anna.

Maria kände Lars blick i ryggen hela tiden medan de bäddade och gjorde i ordning och hon kände ett visst välbehag.

Hela förmiddagen fylldes av arbete och det närmade sig lunch. Maria som alltid var skärpt och noggrann hade flera gånger kommit på sig själv med att ha tankarna på annat håll. Hon insåg helt plötsligt hur mycket hon hade saknat honom. Hur hade hon lyckats förtränga sin känslor så? Hans ansikte hade förändrats, de mjuka lite barnsliga ansiktet hade fått betydligt skarpare och manligare drag. Det var mycket klädsamt. Åh, vad hon ville gå in och prata med honom. Men hon kunde inte komma på någon bra ursäkt.

Men vid lunchtid fick hon helt plötsligt sin chans. Matbrickorna skulle delas ut till patienterna och då fanns det helt plötsligt en möjlighet. Hans bleka ansikte lyste upp, vilket fick Maria att sätta ned matbrickan alldeles för häftigt på bordet. Mjölk skvätte ut och blötte ned hans filt.

”Förlåt, det var verkligen inte meningen!” sa Maria stammande och började torka med en handduk.

”Det är ingen fara”, svarade Lars och tog tag i hennes nervöst torkande hand.

Hon lät honom hålla den en stund. Hans hand kändes varm och lite sträv. Hon hade mer än gärna velat stanna hos honom en stund, men dörren öppnades och Anna kom in med en matbricka till patienten bredvid Lars. Maria förstod att Anna var fundersam. Kanske skulle hon anförtro sig vid ett senare tillfälle.

Maria drog handen åt sig och rättade till filten.

”Jag ber så hemskt mycket om ursäkt”, sa hon utan att se på Lars.

”Ingen fara”, sa Lars och koncentrerade sig på maten.

Maria kände hans blick i ryggen när hon lämnade salen. Anna såg nyfiket på Marias blossande ansikte men valde att inte kommentera saken.

Dagen fortsatte och det enda hon kunde tänka på var Lars. Hon ville så gärna prata med honom. Varför i hela friden kände hon sig så blyg helt plötsligt? Vad var det för konstiga känslor som rörde sig inom henne? Hon som hade undvikit honom under många år. Det var ju inte så att hon var speciellt blyg för män, hon hade pratat med många...

Maria vaknade upp ur sina funderingar och slet hårsnodden ur det ljuslockiga bångstyriga håret. Hon drog kammen genom håret och drog ihop det till en svans igen. Det gick inte för sig att se ovårdad ut. Det skulle syster Birgit inte tycka om.

Larmet ekade i korridoren och personalen rusade in på sal sex och hon skyndade snabbt efter. En manlig patient hade ramlat och blivit medvetslös. De lyckades med gemensamma krafter få upp honom på en säng och snabbt köra honom ut till undersökningsrummet. Maria hade då blivit ensam kvar i salen för att städa upp. Hon hämtade skurborste och ett spann med såpvatten. Maria kände att nu fanns det en chans. Ville hon absolut prata med honom då skulle hon göra det nu.

Men det visade sig vara svårare än hon hade tänkt sig. Så när hon stammande hade försökt inleda ett samtal hade han visat på att hon skulle sätta sig på sängkanten, vilket hon också gjorde. Nyfikna blickar från de andra sängarna fick dem att inte säga så mycket, men det behövdes inte heller. Det räckte med en blick dem emellan, så förstod de båda två att de båda hade känt en stor saknad. Med ett snabbt löfte från varandra att de skulle ses igen, återvände hon till sin skurborste och hink.

Arbetsdagen var till ända och hon gick med lätta steg upp för den branta lasarettsbacken. Märkligt, den brukar kännas väldigt lång och brant efter en arbetsdag. Har någon slätat ut den? tänkte hon och fnissade.

Maria parkerade cykeln mot staketet vid huset där hon bodde för tillfället. Hon hyrde ett litet rum hos en äldre dam som förmodligen hade hoppats på sällskap. Men Maria var allt som oftast väldigt trött efter de långa arbetsdagarna, så tyvärr hade den äldre damen inte fått sin önskan uppfylld. Men idag skulle hon överraska.

Hon smög in i köket med handen bakom ryggen. Carla hoppade till för hon hade inte hört att Maria hade kommit hem. Hennes hår var uppsatt i en knut och hon hade ett vitt förkläde med broderade rosor på. På bordet låg en trave med strukna linnedukar, vilka hon precis hade vikt ihop.

Carla sken upp när hon fick syn på att det var Maria. Hon räckte fram blombuketten hon hade haft bakom ryggen och gav Carla en kram.

”Till mig?” sa Carla och log.

”De är till dig!” sa Maria och log tillbaka.

”Tusen tack! Så vackra.”

Carla viftade med handen och visade på att hon skulle sätta sig.

Hon drog fram en pall och klev upp på den för att kunna nå vaserna som stod högst upp i skåpet. Carla tog fram en glasvas vilken hon fyllde med vatten.

”Så fint det blev!” sa Carla och satte vasen på bordet vid fönstret.

Hon plockade ivrigt fram sina finaste kaffekoppar och Maria förstod att det här var efterlängtat från Carlas sida. Tänk att så lite kunde betyda så mycket. Hon borde göra sådant oftare, det kändes bra för själen.

Lars blev så småningom friskförklarad och kunde återgå till sitt arbete som arbetsledare på ett bygge. Det var stor efterfrågan på hans yrkeskunnande och det byggdes som aldrig förr, så allt såg ljust ut för honom. Maria och Lars höll sitt löfte till varandra och stämde träff på konditori Norrgatt. Regnet strilade ner så det blev att sitta inomhus. Efter något velande blev det var sin gräddbakelse med bär. Jukeboxen spelade Elvis Presley och det kändes riktigt mysigt. De första blyga frågorna var snabbt överstökade och de kunde åter prata lika ogenerat som tidigare. De var båda överens om att det måste vara ödet som hade fört dem samman igen.

Maria såg ömt på den lilla flickan som satt vid hennes köksbord. Hon skulle så väldigt gärna vilja ta henne i famn, men vågade inte. Matilda skulle bli sju år om någon månad och var väldigt lillgammal. Hennes hår var långt och tovigt och det skulle inte förvåna Maria om det fanns löss. För "flickstackarn" kliade sig våldsamt allt som oftast. Kläderna hon hade på sig var en blandning av för stora och för små och de var förmodligen inte så rena heller.

Matilda bodde i en huslänga en bit längre bort tillsammans med sina föräldrar och tio syskon och de trängdes i en fyrarummare. Maria förstod att de hade problem och att barnen många gånger kom i kläm och det gjorde ont i henne. Men vad kunde hon göra? Det enda hon tyckte att hon kunde göra och som hon också gjorde, var att låta Matilda få komma in till henne när hon kunde och hade tid. Syskonen verkade alltid vara snälla och stod upp för varandra när de gällde. En dag när Maria som vanligt tittade ut genom fönstret mot lekparken, fick hon syn på Matilda. Hon satt där ensam och gungade fram och tillbaka. Hon verkade vara försjunken i tankar och hoppade till när det helt plötsligt stod ett gäng med pojkar runt henne. Maria förstod att de sa något till Matilda för hon ruskade försiktigt på huvudet. Helt plötsligt går den störste av dem fram till Matilda och tar tag i gungan och knuffar henne så att hon ramlar ner på marken. Maria känner sig obehaglig till mods. Skulle hon öppna fönstret och ropa till dem att lämna Matilda ifred?

Hon försökte vrida på vredet till fönstret men det satt fast.

Medan hon ordnar med vredet, ser hon en flicka i tio-års-
åldern stiga fram och sätta foten på Matildas axel när hon för-
sökte resa sig upp. Maria kände sig frustrerad över det knasiga
fönstret och lyckas i ilska få upp det.

"Vad håller ni på med?! skrek Maria argt.

Någon vände sig om och gjorde en ful min åt Maria för
att sedan springa därifrån tillsammans med de andra. Matilda
reste sig gråtande och gick mot Maria som hade kommit ut
på gården.

"Ajaj", sa Maria och såg på såret Matilda hade skrapat upp
på knät." Kom så går vi upp till mig och plåstrar om det."

Maria tvättade rent hennes knä och torkade det torrt.
Matilda såg med stora ögon på henne och log lite försiktigt.

"Nu skall jag följa dig hem. Ingen mer får bråka med dig."

En stark frätande doft av urin slog emot dem när dörren änt-
ligen öppnades.

"Goddag! Jag är..."

Mer hann inte Maria säga innan modern arg hade tagit tag
i Matilda och omilt knuffat in henne i lägenheten.

"Jag ville..."

Dörren for igen med en smäll och Maria fick en otäck
klump i magen.

Hon gick sakta över gården i hopp om att Matilda skulle
komma efter men förstod att det bara var ett önsketänkande.
Livet är bra orättvist. Här går jag och har inga barn, tänkte
Maria och fick modern på näthinnan. Maria tyckte inte om
det hon hade sett. Det lilla barnet hade hängt likt en bärkasse
på hennes arm, medan röken från den hängande cigaretten i
moderns mungipa hade retat den lilles ögon.

Helt plötsligt en dag hade det ringt på hennes dörr.

”Till mig?!” sa Maria förvånad och tog emot den lilla buketten med blåsippor.

Matilda nickade och tog försiktigt ett steg över hennes tröskel när hon vinkade åt henne att komma in.

”Vill du ha ett glas saft och en nybakt kanelbulle?” frågade Maria.

Det blev inte en kanelbulle, det blev tre. Matilda tuggade och svalde medan Maria fyllde på det tomma saftglaset.

”Jag vet något som är riktigt äckligt”, sa Matilda och svalde.

”Vad då?” frågade Maria nyfiket.

”Något som är riktigt starkt och något som vi får i skolan. Det skall vara bra för tänderna”, sa Matilda och grinade illa.

”Vad kan det vara för något?”

Maria kunde inte komma på vad det var. Det måste vara något nytt, tänkte hon.

”Man får inte svälja det. Då kan man få ont i magen”, sa Matilda bestämt.

Matilda hoppade ner från stolen.

”Vad fint du har det”, sa Matilda och såg sig omkring.

”Tycker du?” sa Maria och log.

Matilda fortsatte in i tv-rummet och fick syn på en stickad filt som Maria en gång hade gjort.

”Åh! Så fin! Den måste vara varm och skön” sa Matilda och tryckte den mot sin kind.

”Det är den.”

Den lilla flickan såg nyfiket på lådan med den stora glasskärmen.

”Det är en tv-apparat.”

”Tv-apparat?” upprepade hon. ”Jaså”, sa hon och fortsatte vidare utan att invänta något mera svar. Hon började hoppa runt på ett ben.

”Det kanske är dags för dig att gå hem? Klockan börjar bli mycket och dina föräldrar undrar säkert var du är?”

”Mamma blir jättearg om jag kommer för sent”, sa Matilda oroligt och gick ut i farstun för att ta på sig skorna.

”Hej då!” sa Maria och log.

”Hej då! Får jag komma en annan dag?” frågade Matilda blygt.

”Visst får du det”, sa Maria och vinkade.

Maria väntade vid fönstret för att kunna få en skymt av Matilda, men det tog en evinnerlig tid så hon trodde att hon hade missat henne. Men helt plötsligt hörde hon hur porten öppnades och ut kom Matilda med sitt toviga hår och med sin jacka som säkerligen var två storlekar för stor.

Marias tankar försvann tillbaka i tiden. Hon mindes med stor sorg i hjärtat hur hon två gånger hade blivit berövad det största som någonsin hade hänt henne. Den första gången hon hade varit vid en barnmorska för att fastställa en graviditet hade hon bara varit lycklig. Inte hade hon tänkt tanken på att något skulle kunna gå galet. Men så hände det som inte fick hända. Hon hade varit inne i stan och sett på tyg och mönster till sig själv och till den lilla. Helt plötsligt hade hon fått ont och i panik förstod hon att något var fel.

”Nej nej nej...”, sa hon till sig själv och såg bedrövat på den kvinnliga affärsföreståndaren.

”Hur är det fatt?” sa hon och hjälpte Maria till en stol.

Hon kände helt plötsligt en värme sprida sig från sitt underliv och såg med förfäran hur pallen hon satt på färgas röd tillsammans med hennes kjol.

Maria såg hur affärsinnehavaren blev vit i ansiktet och började gå fram och tillbaka.

"Kan du hjälpa mig att ringa efter min man Lars", viskade Maria.

Affärsinnehavaren tog emot lappen med telefonnumret till Lats arbete och skyndade in på kontoret.

"Det känns som om jag kommer att svimma."

Affärsinnehavaren kom tillbaka efter tio minuter och såg bekymrat på Maria.

"Han kommer med en gång. Kan jag göra något för dig? Vill du ha något att dricka?"

Maria lutade huvudet bakåt mot väggen och kände tårarna komma.

Sen hände allt så fort och Maria hade så här i efterhand lite svårt att redogöra för själva händelsen. Men ambulansmän hade kommit med en bår och hon hade blivit buren ut till ambulansen. Även Lars hade var där och han hade åkt före ner till lasarettet.

Det hade varit jättesvårt att ta in det som hade hänt. Barnmorskan hade sakligt förklarat för henne att vissa foster helt enkelt stöts bort. Att felet inte alls behövde ligga hos henne. Den första tiden hade hon varit otröstlig men när det visade sig att hon åter hade blivit gravid, blev hon först väldigt rädd, men samtidigt glad. Den här gången fick inget gå fel. Hon måste helt enkelt följa alla försiktighetsåtgärder. Men knappt hade hon hunnit tänka tanken så var allt åter förlorat.

Kunde det bero på hennes ålder? Hon var strax över trettio och hon hade minsann hört rapporter om att man inte fick vara för gammal när man tänkte sätta barn till världen, för det innebar betydligt större risker än om hon skulle vara i tjugoårsåldern. I vilket fall som helst orkade hon inte ens tänka på att börja om igen.

Tiden gick och såren läktes. Lars och hon diskuterade aldrig saken, men nog hoppades de varje månad på att det skulle visa ett positivt resultat. Månader blev till år och det önskade resultatet uteblev. Helt plötsligt var allt för sent och hon fick finna sig i att vara barnlös. Hon funderade på att återgå till sitt arbete för det frågades efter arbetskraft, men allt kändes så tungt. Skulle hon verkligen orka vårda andra när hon inte själv mådde så bra? Lars hade däremot stigit i graderna på sitt jobb och tjänade bra. Han tyckte inte att hon behövde återgå till sitt jobb. Det var bra att ha henne därhemma men hon fick bestämma själv.

Maria vaknade upp ur sina funderingar och lämnade fönstret. Matilda hade sedan länge lämnat gården och gått hem till sig.

"Känner du dig redo att arbeta nu då?" frågade läkaren.

"Jag tror det..."

"Tror det?" frågade läkaren och såg på henne över sina glasögon. "Det gick inte så bra förra gången..."

Maria ryckte på axlarna och suckade tungt. Det var sant. Hon hade själv brutit ihop när hon skulle hjälpa en anhörig vid ett dödsfall. Hon hade känt sig stark och lugn, men man hade bara behövt krafsa på ytan så fanns hennes sorg där.

"Vad tänker du på?" frågade läkaren och snurrade en penna mellan sina fingrar.

"Livet kan vara väldigt orättvist..." sa Maria och kände tårarna bränna bakom ögonlocken.

"Du låg inne några dygn på psykiatriska kliniken förra gången. Tror du att du är redo för att arbeta med sjuka människor idag?"

Hon tänkte tillbaka på dygnen hon tillbringat på kliniken och ruskade på huvudet. Hon ville inte vara där, hon hade längtat till vansinne efter Lars. Efter några dagar med lugnande medicin och med ett recept i sin hand hade Lars kommit och hämtat henne. De hade promenerat hand i hand och allt hade känts så bra. Hon kunde verkligen skatta sig lycklig som hade honom. Han hade aldrig sagt ett ont ord till henne och vilket tålamod han hade. När de hade kommit hem hade den störta bukett rosor hon någonsin fått stått på bordet i all sin prakt. Ett litet kuvert var fäst runt en stjälk. Hon lossade det försiktigt och tog ur ett kort med texten "Jag älskar dig".

Maria vaknade upp ur sina tankar och såg på läkaren.

"Jag kanske inte skall ha för bråttom?"

Han snurrade ett kvarts varv på sin stol så att han kunde se ut genom fönstret.

Maria kunde helt plötsligt se något annorlunda i hans profil. De annars så djupa fårorna i hans ansikte tycktes helt plötsligt mycket slätare. Till och med hans nästintill snipiga lilla mun såg helt annorlunda ut?

"Jag tror att det skulle vara bra för dig att ägna dig åt en hobby. Göra något som får dig glad. Gå en danskurs eller varför inte måla i akvarell?" sa han och log ett glatt leende.

"Akvarell? Jag som aldrig har målat?"

"Ja varför inte? Skulle du kunna tänka dig det?"

Hon hade aldrig haft en tanke på att gå någon kurs, men det kanske inte vore så dumt ändå.

Läkare Klintbom såg på sitt armbandsur och skruvade på sig. Han tittade ut på gården och verkade försvinna bort i sina funderingar för en stund. Marias blick drogs rent instinktivt till föremålet som hade fångat hans intresse. På gården kom en ung kvinna i sjuksköterskeuniform gående och han blev pinsamt medveten om att Maria hade upptäckt honom.

"Då säger vi så. Du avvaktar med jobbet ännu en tid och hämtar kraft, så skall du se att det blir bra", sa han och räckte frånvarande fram sin hand.

Maria funderade på deras samtal och kände en enorm lättnad. Tänk att han hade kunnat se hur de var fatt med henne? Hon hade varit inställt på att inom kort återvända till arbetet, men samtidigt haft ångest över hur det skulle gå. Nu skulle hon få ytterligare tid för rehabilitering och det kändes bara bra. Hon kanske skulle söka ett annat arbete? Bara att se lasarettsbyggnaden där nere vid stranden kunde ännu framkalla de fruktansvärda känslor hon genomled den gången och det ville hon aldrig mera vara med om igen. Lars hade flera gånger bett henne att inte ha för bråttom så han borde bli lättad.

Det blev ingen kurs i akvarell. Istället bestämde hon sig för att börja sy och sticka. Lars hade sett bekymrat på henne när hon hade visat upp dockan som skulle få en ny garderob.

"Skulle du inte kunna göra något till dig själv istället eller en tröja till mig?" sa Lars uppmuntrande.

"Åh! Kära du! Du behöver inte vara orolig. Det där med egna barn har jag kommit ifrån. Jag tror bestämt att jag inte har presenterat min nya vän Matilda för dig."

"Matilda?" sa Lars förvånat.

”Matilda bor i en länga en bit bort. Vi har träffats en hel del…”

”Jaså?”

”De är elva syskon och de har det nog inte så lätt…”

Lars nickade och kände sig lättad. Maria kanske var på rätt spår i alla fall.

Marias liv hade fått en mening utöver den vanliga vardagen och hon trivdes som fisken i vattnet. Vissa dagar tillbringade hon och Matilda på biblioteket och helt plötsligt fanns det en anledning till att läsa alla dessa sagoböcker. Andra dagar satt de vid symaskin och gjorde dockkläder.

Maria tittade upp från symaskinen och såg på Matilda som kämpade med att räkna maskorna på sticknålen. Tänk att tösungen hade lärt sig så fort.

”Jag tror bestämt att det är dags för dig att gå hem”, sa Maria och såg på klockan.

”Inte ännu…”

”Jag vill inte att din mamma skall bli arg på dig. Jag måste förresten börja med maten också…”

”Går vi på ”kondis” i morgon?” frågade Matilda och såg på henne med stora ögon.

”Ja, det skall vi. Men se till att skynda dig hem.”

Som vanligt ställde hon sig vid fönstret och tittade efter Matilda tills hon inte syntes längre. Hon kände sig ledsen varje gång Matilda gick hem till sitt. Hon försökte tänka positivt men hon visste att allt hängde på en skör tråd. Fick Viviann för sig att de inte längre skulle få träffa varandra hade hon all rätt i världen att hindra dem. Lars hade försökt att varna henne men hon har även insett att han var väldigt glad för hennes skulle att de funnit varandra. Men varför skulle hon vilja hindra dem? Hon hade väl redan nog med de andra. Matilda hade berättat för Maria om att vissa gånger hade maten inte räckt till och hon hade fått gå hungrig. Dessutom hade hon inte ens en egen säng.

En regnig höstdag i november var Matilda som vanligt hemma hos Maria. Dagen låg öppen för förslag och de enades om att de skulle bli bra med ett bullbak. Medan degen var satt för att jäsa, passade Maria på att läsa ur en av de lånade böckerna från biblioteket. Allt var precis som de båda önskade. Den ena plåten efter den andra blev klar med rykande varma kanelbullar. Åter igen hade tiden gått alldeles för fort och det hade börjat att skymma.

”Så mörkt det har blivit. Jag undrar om det är oväder på gång? Det är bäst att jag följer dig hem.”

Dörren for upp och där stod Matildas mor Viviann.

”Vad fan tror du egentligen?” röt Viviann ilsket. ”Tror du att du kan komma och gå som du vill!”

Maria stod chockad och såg när Viviann slet tag i Matilda och kastade in henne på golvet i lägenheten.

”Tror du att du kan ta mitt barn? Va?” skrek Viviann.

”Nej det tror...”

Vivann böjde sig ner och ryckte tag i påsen med Matildas kanelbullar och motade ner Maria för trappan.

”Ta dina jävla bullar och försvinn härifrån!” skrek hon och kastade bullarna efter henne.

Maria plockade upp påsen. Det gjorde fruktansvärt ont i Maria. Hur kunde hon göra så mot sitt eget barn? Matilda som hade ansträngt sig så för att baka till sina syskon, tänkte Maria sorgset. Hon såg upp mot deras lägenhet och såg en skymt av Matildas rufsiga hår med tårar rinnande nerför kinderna. Maria lyfte handen till en hälsning men helt plötsligt stod Viviann där. Hon vände sig om för att gå. Det var dags att laga mat, Lars var nog på väg hem.

Dagarna gick och Matilda lyste med sin frånvaro. Hon hade varit så ledsen när hon hade berättat för Lars om det inträffade.

”Jag försökte varna dig”, hade han sagt och ruskat på huvudet.

Hon visste mycket väl vad han hade menat. Men varför skulle hon straffas så? Att vara barnlös hade varit ett fruktansvärt straff om man nu kunde kalla det straff? Men det hade känts så och varför fick andra barn i överflöd? Kunde hon då inte få låna ett åtminstone?

Första advent kom och den andra advent kom utan att Matilda syntes till och hon trodde att hennes hjärta skulle brista. Vad kunde hon göra? Skadan var redan skedd och förmodligen skulle Viviann aldrig tillåta att de träffades något mer. Hon hade förlorat sin vän.

Men helt plötsligt en dag stod hon där. Maria hade glatt öppnat dörren för att sedan bestört möta ett par rödgråtna ögon med panik i blick.

”Hjälp mig...”

”Självklart om jag bara kan så.”

”Elias... fastnat... halsen”, hulkade Matilda fram.

”Åh! Herre gud!”

Maria slet åt sig sin kofta och skyndade efter Matilda. Hon visste inte vad som väntade där borta men kunde hon göra något skulle hon absolut försöka. Tänk om han redan hade skadats illa eller ännu värre om han hade dött. Maria skyndade trappan upp och kunde höra vettskrämda skrik inifrån lägenheten.

Barnen stod skräckslagna samlade i ett hörn och grät medan modern desperat bankade lilla Elias i ryggen.

"Det går inte! Han kommer att dö!" skrek Viviann och lämnade över pojken till Maria.

Maria såg på Elias som hade blivit blå i ansiktet av syrebrist.

"Jag tror han har svalt en nöt", sa Viviann uppgivet och sprang ut från köket.

Maria handlade instinktivt och greppade om pojkens fotleder, för att sedan vända honom upp och ned och göra en häftig knyck nedåt, men inget hände. Pojken hade nu tystnat och alla förstod att det var riktigt illa.

Åter igen tog hon tag om hans anklar och vände honom upp och ned och ruskade honom än hårdare. Maria undvek att se på de andra barnen för hon förstod att det såg väldigt våldsamt ut. När nöten sen for ut med ett "plopp" såg alla förstummat på den när den studsade fram över golvet.

Maria slog honom lite lätt på kinden och höll honom intill sig. Hon kände hur andetagen kom tillbaka.

Hon reste sig från bordet med i Elias i famnen och skyndade sig ut i den kyliga decemberluften. Kanske skulle den kalla friska luften få honom att snabbare kvickna till. Elias började hosta och till allas lättnad sedan brista ut i gråt.

I samma stund hörde hon ambulansens sirener och gården fylldes av ett blinkande sken. Vem hade ringt efter ambulans? Maria som hade varit mitt inne i dramat såg nu som först att det var nyfikna blickar från var och vartannat fönster.

"Jag måste få åka med", sa Viviann och slet åt sig pojken.

"Men hur blir det med resten av barnen? Har du någon mer därhemma?" sa en granne bekymrat.

Viviann ruskade på huvudet. Matilda tryckte sig skrämd intill Maria som beskyddande höll om henne.

"Om du kan tänka dig det, så gör jag det gärna!" sa Maria och kramade Matildas hand.

"Kan du tänka dig det, efter allt jag sagt?" frågade Vivianne förhoppningsfullt.

"Självklart! Åk nu med Elias och låt mig ta hand om det här."

Maria kände ett lyckorus spira genom kroppen. Kunde hon få sin chans nu?

Sent på natten hade Viviann återvänt hem med en taxi, men Elias hade blivit kvar för observation. Barnen hade varit glada och ledsna om vartannat och det hade pratats mycket om den förargliga nöten som hade fastnat så illa. Eva, Matildas lillasyster som så oskyldigt hade gett honom den hade lovat att aldrig göra om något sådant och alla hade nog blivit lite klokare efter denna händelse. Viviann hade mycket ångerfylld bett Maria om ursäkt. Nu hade hon förstått att Maria inte vill dem något ont utan tvärtom. Efter den dagen kom Matilda på besök allt oftare hemma hos Maria och livet kändes helt plötsligt mycket lättare.

Våren hade kommit till Gotland och det gröna på marken tog över allt mer från fjolårets ris. Blåsipporna hade gjort sin entré och luften var ljum och skön. Barnen hade slutat skolan för dagen och lekte nu för fullt på lekplatsen utanför Marias lägenhet. Hon öppnade ett fönster och kunde höra glada skratt blandat med fågelkvitter och stadsbrus.

Maria hörde en kort ringsignal på dörren och strax därpå öppnades den och små klampande fötter kom in. Maria hörde ett glatt fnitter ute i hallen och gick Matilda till mötes.

"Vem har vi här då?" frågade Maria glatt.

"Ett blomsterbud!" svarade Matilda och fnissade.

"Åh! Är det blommor till mig?" sa Maria och slog förtjust ihop händerna.

Matilda räckte fram en bukett med blåsippor. Hon hade även knutit en liten rosett av ett rosa sidenband runt buketten. Maria kände mycket väl igen det rosa bandet. Hon hade själv gett det till henne. Tårarna började rinna längs Marias kinder och Matilda såg förskräckt på henne.

"Är du ledsen?"

"Nej min lilla trollunge. Jag är bara så glad över att du finns i mitt liv", sa Maria och kramade den lilla flickan.

"Du vill väl ha lite saft och sockerkaka?" frågade Maria medan hon satte buketten i en vas.

"Det vill jag gärna. Det skall bli jättegott!" sa Maria och hoppade efter Maria på ett ben.

Lars verkade mycket nöjd med situationen. Det var längesedan han hade sett Maria så upprymd och glad. Ibland tyckte han sig komma i andra hand men bara Maria var lycklig så spelade det ingen roll verkade det som.

Det var kväll och de hade druckit sitt kvällskaffe ute på balkongen. Lars hade gäspat flertalet gånger och bestämde sig för att säga godnatt. Nu satt hon här ensam men hade ingen lust att gå och lägga sig ännu. Vilken kväll, tänkte hon. Helt otroligt så varmt det redan hade blivit.

Hon kände försiktigt på de späda blåa blommorna och insåg att de snart skulle missta sin spänst och dö bort. Vissa hade verkligen ett kort liv. Jag måste förbarma mig över dem. Vill så gärna ha dem kvar. Jag kanske skulle torka dem?

Hon gick in till bokhyllan och plockade ut en stor tung bok. Hon öppnade boken och lade i en bit silkespapper. Sedan lyfte hon ur den lilla buketten från vasen och skakade försiktigt av vattnet från stjälkarna. Så där ja, tänkte hon och placerade ut blommorna liknande en bukett på pappret och till sist ett silkespapper över också.

Försiktigt slog hon igen boken. Det kändes inte bra att pressa livet från något levande men hon hade inget val. Hon ville så gärna få behålla blommorna som ett litet minne. Maria såg in i springan mellan bokhalvorna och kunde höra det späda ljudet av blommor som sakta pressades till döds.

Det blev sommar och Lars och Maria njöt av semester. De hade fått låna en stuga på norra Gotland och där hade de haft besök av föräldrar och vänner. Det fanns ingen el men det var bara en spännande utmaning. Vid semesterns slut var de bruna som pepparkakor och kände sig riktigt laddade inför den kommande hösten. Där hemma på Bogegatan var allt som vanligt men allt kändes ändå annorlunda. Tänk att kunna tända taklampan med ett knapptryck eller att kunna spola på toaletten istället för att bara sätta locket på efter att man hade uträttat sina behov på utedasset. Grannen hade lyckats hålla krukväxterna vid liv och posten låg i en snygg trave på köksbordet. Att ta hand om högen av post lockade inte så de bestämde sig för att ta en kopp kaffe ute på den varma balkongen istället. Det var ju den sista gemensamma lediga dagen och då gällde det att njuta av den. På lekplatsen utanför lekte barn. Dock inte så högljutt som det brukade, men det var väl känslan över att sommarlovet snart skulle vara slut tänkte hon. Hon tittade om hon kunde se Matilda någonstans, men hon syntes inte till. De drack sitt kaffe under tystnad. De hade haft en trevlig tid i Fårösund och båda hade nog önskat få stanna ett tag till, men än så länge hade ingen kunnat stoppa tiden.

Hon försökte upptäcka Matilda någonstans men hon syntes inte till. De drack sitt kaffe under tystnad. De hade haft så trevligt ute vid stugan så de hade gärna velat ha kvar stunden en tid till. Men att stoppa tiden var ju en omöjlighet.

Vardagen var här och tankarna på att söka ett jobb kom tillbaka. Hon visste att Lars hade varit nöjd med hennes tillfrisknande och att han nu var tveksam. Han hade bett henne att tänka sig noga för, men han skulle aldrig hindra henne om hon ville söka sig ett jobb. Hon visste att han gärna skulle vilja ha henne hemma och visst förstod Maria honom.

Hon vandrade av och an i lägenheten och plockade lite här och där. Tanken på Matildas uteblivna besök kändes inte bra. Hon skulle visserligen börja skolan nu i höst och då hade hon förmodligen mycket att tänka på, men lite tid kunde hon väl ha till övers för henne?

När åter en vecka hade gått och Matilda inte hade synts till, bestämde hon sig för att göra ett besök hos henne.

Nervöst tryckte hon ringklockan. Hon hörde ett prasslande ljud inifrån lägenheten och hur någon kämpade med att öppna. Dörren öppnades till en liten springa och Elias titta ut.

"Hej på dig Elias!"

"Mamma!" ropade han och sprang tillbaka in i lägenheten.

"Vem är det?" skrek Viviann. "Jag har inte stigit upp, mår inte så bra!"

"Det är Maria. Jag bara undrar bara hur det är med Matilda? Jag har inte sett henne på länge."

Hon hörde en djup suck från Viviann.

"Hur är det fatt? Kan jag komma in?" frågade Maria oroligt.

Det kom inget svar, men hon hörde helt plötsligt dämpad gråt och Maria kände sig tvungen att gå in.

Det luktade fruktansvärt illa och unket i lägenheten och överallt var gardinerna fördragna. Hon stannade upp för ett ögonblick. Det kanske var fel av henne att bara klampa in utan att bli ombedd.

Maria mötte Vivianns rödgråtna ansikte och kände en klump i magen.

"Hur mår du?"

Viviann satte sig mödosamt upp på sängkanten och vaggade av och an.

"Det är så fruktansvärt, så hemskt..." sa Viviann och vred sina händer.

"Vad är det som har hänt?"

"Matilda är död... Hon är död..."

Maria såg på Viviann och kunde inte förstå vad det var hon sa. Skulle Matilda vara död? Hon denna lilla levnadsglada unge? Det kunde inte stämma. Det måste vara fel! Det kändes som om hon hade fått en smäll i huvudet och vacklade.

Viviann tog tag i hennes arm och drog ned henne på sängkanten.

"Det är sant..." viskade Viviann. "Hon blev sjuk i lungorna. Allting gick så fort."

"Det kan inte stämma", viskade Maria.

"Hon tyckte väldigt mycket om dig", sa modern och räckte Maria ett litet paket.

Maria trodde att hennes hjärta skulle brista. Det fick inte vara sant! Tårarna rann ner för hennes kinder. Viviann flyttade sig närmare Maria och lade armen om hennes axlar. Tillsammans satt de där på sängkanten och grät och turades om att snyta sig. Lille Elias som tillslut hade vågat sig fram lade sitt huvud i Vivianns knä och såg på dem fram och tillbaka.

"Ia..." sa Elias och klappade Marias knä.

"Ja...?" sa Maria och mötte den lilla pojkens blick.

”Ia!”

”Ja det är tant Maria som Matilda brukade säga”, sa Viviann och lyfte upp Elias i sitt knä.

”Tant Maria? Brukade hon säga det?” frågade Maria och såg på Elias.

Med tårfyllda ögon log hon milt mot Viviann.

Elias sträckte sin små armar mot henne och hon lät honom komma. Hela pojken var klibbig och ansiktet var randigt av snor. Men för stunden bekom det inte henne, utan hon lade armen beskyddande om honom. Viviann började berätta om den dagen då Matilda inte hade orkat resa sig ur sängen. Hon hade ansett det som trots och argt tagit henne i armen och slitit henne ur sängen. Maria lade sin hand över hennes när hon såg Viviann blekna vid minnet.

”Jag skällde på henne, kallade henne lat...” viskade Viviann mödosamt. Tårarna började åter rinna längs hennes kinder. ”Jag sa att hon var tvungen att ta hand om lillebror.”

Viviann berättade att Matilda hade försökt att resa sig upp, för att bara ramla ihop lika snabbt. Någon hade ringt efter en ambulans, vem, det visste hon inte. De hade känts som en evighet innan ambulansen väl rullade in på gården. Just då hade det sett ganska bra ut. Matilda hade kvicknat till och sett upp på sin mor och sagt till henne att hon inte skulle vara ledsen. Som tur var pappan hemma, för tjugo minuter senare efter det att ambulansen hade åkt, hade de ringt från sjukhuset och sagt att läget drastiskt hade försämrats och att de borde komma dit.

”Min stackars lilla flicka...”

Maria såg förfärat på Viviann.

”Kom ni för sent...?

Det gjorde så ont i Maria och hon fick pressa fram frågan.

Länge satt de där på sängkanten, hon och Viviann med Elias i famnen. Hur skulle man klara av att gå vidare? Åter hade glädjen ryckts undan från henne. Ute på gården blev det helt plötsligt liv och rörelse. En del kom hem från sina jobb medan barnen sakteligen letade sig hem beroende på kurrande magar.

"Oj! Klockan är mycket, jag måste nog bege mig hemåt", sa Maria och insåg att Lars förmodligen redan var hemma och undrade var hon höll hus.

"Jag måste fixa något ätbart till barnen", sa Viviann och suckade.

"Var är din make?" frågade Maria, men ångrade sig lika snabbt.

"Han har stuckit för gott. Han klarade inte av det här med Matilda", sa Viviann uppgivet.

"Kan jag komma tillbaka till dig i morgon? Får jag det?"

"Vill du det?"

"Väldigt gärna!" sa Maria och tyckte att hon var skyldig Matilda det.

På gården mötte hon en dyster skara barn som sakta gick gångstigen fram.

Maria lyfte handen till en hälsning och de tittade sorgset upp på henne. Stackars barn. Inte nog med att de redan har ett elände, nu har de även förlorat en syster. Ja sannerligen... En del drabbas väldigt hårt.

Det hade blivit höst och träden hade antagit en dräkt i färger likt eldens lågor. Nere vid norra kyrkogården i Visby blåste det kallt. Den svarta järngrinden gnisslade missnöjt och fick Maria att huttra. Inte hade den gnisslat så hemskt förra gången. Den kanske ville varna att hon var på väg in? tänkte Maria och drog lite lätt på mun. Fy så kallt det är, tänkte hon och drog kappan tätare om kroppen. Hon gick mot det nybyggda kapellet och sökte med blicken över gravarna. Där ligger hon, tänkte Maria och strök undan en tår från kinden. "Inget vidare att ligga där i den här kölden eller har du det bara bra?" viskade Maria och lade ner en bukett rosor på den lilla jordbädden. Det var svårt att förstå att hennes lilla kropp låg där nere. Förhoppningsvis skulle de väl låta sätta dit en sten eller ett kors så småningom?

"Tack lilla vän för den fina teckningen. Jag skall sätta den inom glas och ram och du skall för alltid finnas i mitt hjärta."

Hon hörde ett prasslande ljud bakom sig och vände sig om. Ingen där? Jag kunde ha svurit på att jag hörde steg, tänkte hon.

"Nu måste jag gå, men jag kommer snart tillbaka."

Maria började gå mot utgången och kände helt plötsligt en ljum vind smeka hennes kind.

Fina Matilda. Ja du kanske finns här med mig ändå...

"Ja min vän. Nu bor du vid havet som du så gärna ville."

Mattias lyfte brudkronan och vägde den i handen. Det såg äkta ut, men vem "tusan" har lämnat kvar något sådant? Det måste vara något billigt kraft, ja inte vet jag. Kanske en maskeradutstyrsel? Han gned den med sin tröjärm och rynkade på näsan. Helt svart.

Skräp, tänkte han och kastade den i skräplådan.

Högen med klickgolv minskade vartefter det nya golvet inne i huset växte.

"Då var det bara golvlisterna kvar då", sa Jörgen och sträckte på sig.

"Vad fint det blir", sa Mattias och såg sig omkring.

"Det har vi gjort bra."

"Är vi nöjda för idag då?" sa Jörgen och gäspade.

"Vi kanske skulle ta en tur till återvinningen."

"Till Visby? Det blir inte med vägen precis. Vi får nog ta det i morgon", sa Jörgen och gäspade på nytt.

De plockade ihop sina verktyg och lade dem prydligt i en hög.

"En skvätt kaffe först? Det finns lite kvar i termosen", sa Jörgen och räckte Mattias en kopp.

"Men hur gör vi med alla grejer på släpkärran?"

"Vi får väl ta med dem hem och dumpa av det i morgon."

"Vid närmare eftertanke så... Jag såg en "loppisskylt" tidigare idag", sa Jörgen fundersamt.

"Jaha?"

"Vi skulle väl kunna göra dem en tjänst och lämna av det som är något att ha i alla fall. Eller hur?"

"Ja, varför inte...?" sa Mattias och nickade.

Idén var bra, men när de kom till Roma hittade de ingen skylt och Jörgen kunde inte riktigt komma ihåg var det var.

"Helvete..." muttrade Jörgen när han förstod att de skulle bli tvungna att rensa kärran eftersom de skulle förbi Granngården och hämta grejer i morgon bitti.

"Stanna bilen", sa Jörgen frustrerat.

"Vadå? Här?" sa Mattias och såg frågande på Jörgen.

Utan att Mattias hann fråga något mera, var Jörgen helt plötsligt ur bilen och lyfte av några kartonger och ställde inför ett staket. Mattias såg nervöst på Jörgen, men helt plötsligt befann han sig inne i bilen igen och de fortsatte upp på stora vägen.

"Var det där du hade sett skylten?"

"Nja... Jag tror det", sa Jörgen en aning skamset. "Men strunt i det. Nu åker vi till affären."

En ettriga ringsignal ekade genom lägenheten. Maria visste mycket väl vem det var som kom. Hon hade minsann sett dem komma över gården. Sorgen efter Matilda kändes ännu svår och den hade varit tung att hantera. Hon hade gråtit floder och Lars hade åter blivit tvungen att se hennes lidande. Han hade bara ruskat på huvudet när hon dyrt och heligt hade lovat att aldrig mera fästa sig vid någon. Det gjorde alldeles för ont att mista någon. Hon orkade inte längre vara ledsen. Hon ville vara glad igen. Kanske skulle hon och Lars kunna resa bort? Ja det skulle kännas underbart. Hon hörde hur porten slog igen och förstod att de äntligen hade gett upp. Hon tittade ut genom fönstret och slogs av likheten, de var verkligen lika sin storasyster Matilda, Eva och Elias.

Eftermiddagen kom och allt kändes helt plötsligt mycket bättre. Lars kom hem och gladdes över hennes humör. Det kändes skönt att ha honom hemma och hon riktigt längtade efter att få delge honom sin idé. Men inget blev som hon hade tänkt.

"Jag har ingen möjlighet att kunna ta ledigt. Jag är ledsen, men så är det."

Maria suckade och tyckte helt plötsligt att mörkret sjönk över henne igen.

"Jag förstår att du är besviken, men jag tror inte att det är den enda lösningen på din sorg", sa Lars och såg allvarsamt på henne.

Maria såg förvånat på Lars. Vad menade han?

"Du kan inte stänga ute alla andra för att du har blivit sårad. Jag råkar veta att det finns två små barn, Eva och Elias som riktigt längtar efter att få komma och besöka dig. Varför inte ge dem chansen?"

Hade hon hört rätt? Var han beredd på att ge det en ny chans?

"Jag vet vad som ligger dig närmast hjärtat och tyvärr har inte vårt liv blivit så. Men det finns de som verkligen behöver dig. Så varför inte?"

Maria såg på sin man som hon älskade så innerligt. Han visste verkligen precis vad hon ville.

Med tårar i ögonen omfamnade hon honom.

"Du måste lova mig att låta sorgen efter Matilda få läka också. Det är viktigt, för ingen kan ersätta henne. Men de här barnen skall få en egen plats i ditt hjärta."

Hon kände hans hjärta slå och tryckte sig än hårdare mot honom. Åh, vad hon älskade denne man!

Dagarna gick och Eva och Elias lyste med sin frånvaro. Hon hade lovat Lars att ta det lugnt och låta allt ha sin gilla gång. Hade hon lyckats avfärda dem så pass att de aldrig mera tänkte komma på besök? Hon fyllde dagarna med andra aktiviteter för att skingra sina tankar. Bland annat hade hon flitigt besökt det nya biblioteket på öster och Solbergabadet. Det var så underbart att få simma sig trött, men ändå kom tankarna ofta till de små barnen. Hur skulle det gå för dem?

Det var en tidig vårmorgon. Naturen hade vaknat och glänste med sin underbara grönska och fåglarna kvittrade och byggde sina bon. Maria tittade sig yrvaket omkring. Vad var det som hade väckt henne ur den underbaraste dröm man kunde tänka sig? Hade fåglarna fört ett sådant väsen att de hade lyckats bryta sig igenom drömridån. En glipa vid rullgardinens ena kant släppte in en svag ljusstrimma. Hon hörde Lars trygga andetag och bestämde sig för att försöka somna om. Hon kröp intill hans rygg och han muttrade något i sömnen. Maria gäspade och kände hur hon sjönk in i sömnen alltmer.

Vad var det? tänkte hon och såg mot fönstret.

Hon skymtade något som fladdrade på baksidan av rullgardinen och tänkte att det måste vara en fjäril. Den hade säkerligen tagit sig in via vädringsventilen. Hon blundade och försökte hitta tillbaka in i drömmen.

Men det var ett fasligt fladdrande. Måste jag verkligen gå upp och släppa ut den? tänkte hon och såg mot ljusstrimman. Men vad är det som händer? tänkte hon och gnuggade sig i ögonen, när hon såg att glipan öppnades allt mer. Det såg ut som om någon eller något försökte ta sig in. Med hjärtat vilt bultande tvingade hon sig att ligga tyst kvar. Det kunde inte vara någon inbrottstjuv, för fönstret var stängt...

Helt plötsligt ändrades skepnaden av fjärilen till ett litet ljusgrönt klot. Maria vågade inte andas. Ljusklotet lyfte sakta från fönsterbrädan och började sväva in i rummet. Hon ville putta på Lars, men hennes händer kunde inte röra sig. Ljusklotet befann sig nu i mitt i rummet och helt plötsligt sprakade hela rummet i ett fyrverkeri av färger. Maria glömde bort att vara rädd för det hela var så otroligt vackert. Ljusklotet återgick till sin gröna färg och närmade sig Maria som nu hade satt sig upp i sängen. Hon höll fram sin handflata och den landade där i. Det gröna ljuset gav värme likt en solstråle och Maria kunde inte låta bli att le. Hon försökte viska Lars namn, men inte ett ljud kom över hennes läppar. Vad höll på att hända? Det enda hon med säkerhet kunde känna var att den hade kommit med vänlighet.

En liten späd röst började tala inne i hennes huvud, med en röst hon mycket väl kände igen.

"Är det du Matilda?", viskade Maria

"Ja, det är jag", svarade rösten.

Matildas fortsatte att prata inom henne.

"Det är fint att du har gråtit och sörjt, men det måste få räcka nu."

Maria såg på det lilla klotet. Pratade det med henne?

"De behöver dig Maria. Du skall inte vara rädd för att älska. Det är den största gåvan du någonsin kan få!"

"Vem behöver mig?"

"Det vet du och det är bråttom. Mina syskon behöver dig."

Ljusklotet lyfte från hennes hand och svävade bort mot springan vid rullgardinen och i ett glittermoln löstes den upp och försvann.

Hon kände sömnen träffa henne med kraft och snart sov hon som ett barn.

Morgonen kom och lekfullt letade sig solen in där det gick. Maria såg sig yrvaket omkring och mindes sin dröm som om den skulle ha varit verklighet. För visst måste det ha varit en dröm? Solen letade sig in och närmade sig hennes hand där den låg på täcket. Hon kände värmen från solstrålen och kunde inte låta bli att le. De må vara verklighet eller dröm, den har i iallafall gett mig det jag behöver.

Det tog emot. Hon visste att hon hade svikit Viviann och barnen genom att hålla sig borta, men det hade varit för att skydda sig själv. Kanske skulle Viviann förstå eller så tänkte hon inte öppna. Hon hade tänkt tanken, men ju längre tiden hade gått, desto högre blev hindret. Maria drog koftan tätare om kroppen och tvingade sig att styra stegen ditåt, men helt plötsligt tycktes hon inte komma fram fort nog. Hon ville verkligen finnas till hands för dem.

❧

Ringsignalen ekade inne i lägenheten, men inget hände. Hon ringde på nytt. Efter tio minuters tystnad bestämde hon sig för att gå hem. Porten slog igen, men hon tvekade. Skulle hon vänta?

"Är det du Maria?" hördes en viskande röst uppifrån fönstret.

Maria såg upp mot fönstret och fick syn på Vivianns bleka ansikte.

"Hur är det?" frågade Maria oroligt.

Viviann vinkade matt att hon skulle komma upp.

Maria rynkade på näsan åt odören som mötte henne. Hon fick kliva över en överfull hink med använda blöjor för att kunna komma in och av misstag nuddade hon den och en svärm av flugor tycktes fylla hallen.

"Är barnen i skolan?"

Viviann började gråta.

"De har flyttat."

"Flyttat?" svarade Maria förskräckt.

"De bor hos min äldsta dotter Lotta. Hon tog dem ifrån mig."

"Allihop?"

"Elias och Eva är kvar hos mig", sa Viviann och nickade mot soffan.

Maria andades lättad när hon såg att de åtminstone fanns där.

"Hur mår du egentligen?" frågade Maria och såg medlidande på Viviann.

Vivianns blick mötte hennes medan hon ruskade uppgivet på huvudet.

"Jag är sjuk, magsår. Det värsta är inte att jag är sjuk och kan dö. Jag är inte så rädd för att död., men vem skulle ta hand om barnen? Jag har ingen till hjälp. Myndigheterna som kommer att ta hand om dem och skulle förmodligen splittra dem. Viviann grät hejdlöst. Maria satte sig ned och lade armen om den tunna späda kroppen. Hon strök med handen över axeln och kunde inte låta bli att rysa av obehag. Hon var ju bara skinn och ben.

"Mamma är det morgon nu?" frågade Eva.

Viviann orkade inte svara, så Maria sträckte fram sin hand mot henne och svarade.

"Har ni ätit någon frukost?" frågade Maria.

Viviann skakade på huvudet. Jag vet inte om det finns något hemma. Eva gick ut i köket och öppnade skafferiet.

"Det finns bröd!"

Eva räckte Elias en brödkant. Elias kröp upp i Marias knä och tog en tugga av brödbiten.

"Men Herre gud! Det är mögligt!" skrek Maria och tog det från Elias.

Elias började gråta och Maria ångrade att hon hade skrikit.

"Det kan vara farligt. Jag blev bara rädd..." sa Maria och kramade Elias.

Eva såg att även hennes bit var grön och lade den ifrån sig.

"Har du några pengar till mat?"

Viviann ruskade på huvudet och såg sorgset på Maria.

Något inom Maria sade att det hade varit bättre för barnen att få komma någon annanstans. Det var inget fel på Viviann, hon var snäll och brydde sig om dem, men hon hade helt klart stora brister.

"Orkar du kliva upp?"

Viviann ruskade på huvudet, men började ändå sakta röra sig uppåt.

"Jag kan ta med mig barnen hem över dagen, så kan du kanske försöka att få lite ordning här?"

Viviann nickade trött till svar.

"Du vill ju gärna ha dem kvar, eller hur?"

"Tänker du..?"

"Absolut inte! Jag tänker inte anmäla. Men då måste vi hjälpas åt, för annars kommer någon annan att göra det. Lovar du?"

Maria kunde ana en viss ljusglimt i hennes ögon och beslöt sig för att göra barnen i ordning för att gå hem till henne.

"Kom nu så går vi!" sa Maria och försökte låta lite gladare.

Elias sprang in till Viviann och kröp in under hennes säng. Maria såg frågande på Viviann.

Viviann böjde sig ner och tittade under sängen.

"Kom Elias. Det är inget farligt. Maria vill bara väl! Jag skall städa här hemma. Ni kan komma hem om några timmar."

Men Elias blev kvar under sängen.

"Mamma är trött och du vet att du inte skall bråka då", sa Viviann irriterat och reste sig upp för att gå ut på balkongen och röka.

Elias förstod sitt bästa och kravlade sakta fram igen.

Maria gick ut i hallen med barnen i släptåg.

"Nu går vi hem till mig och dricker choklad", sa Maria och log.

På gården kastade Maria ett öga mot deras balkong. Hon kunde se Viviann följa dem med en ledsen blick. Måtte hon lyda hennes råd, en förlust för Viviann skulle även innebära en förlust för henne.

Efter att ha druckit varm choklad, föreslog hon dem ett bad, vilket de inte protesterade mot. Hon hade hoppats på att ledsamma tankarna skulle lätta en aning, men när hon tittade in i badrummet bland allt skum, såg hon två små sorgsna barn. De glada skratten hade tydligen fastnat någonstans. Hon bestämde sig för att låta dem vara, det var kanske av vikt att de fick vara ledsna.

"Maria!" ropade Eva helt plötsligt.

"Ja?"

"Får jag låna den där fina tvättsvampen och tvätta mig med?"

Hon såg på sin tvättsvamp som hon sedan länge hade tänkt kasta och log mot Eva.

"Visst får du det! Varsågod!"

Helt plötsligt hände något med barnen och de började prata i mun på varandra om mamma och sina syskon som de saknade så hemskt.

Maria satt mest tyst och lyssnade.

"Dags att gå upp? Vattnet börjar ju bli svalt", sa Maria och räckte dem var sitt badlakan.

"Nu sitter ni här tills ni blir varma, sen klär ni på er. Jag skall laga lite mat åt er, ni kan ju inte gå hem hungriga. Maria hade redan tänkt ut vad hon skulle bjuda på. Något som de flesta barn inte kunde motstå, pannkakor.

Senare på dagen ringde det helt plötsligt på dörren och till Marias glädje såg hon att det var Viviann. Hon kunde tydligt se att något hade hänt. Eva och Elias kastade sig i sin mors famn och Maria kände en djup tillfredsställelse. Helt otroligt att det kändes så underbart att kunna få hjälpa.

Det tog inte så läng tid innan barnen själva sprang emellan hemmet och Maria och allt blev frid och fröjd.

Maria som mestadels hade handlat på Malmros, bestämde sig för att göra ett undantag, så idag skulle hon gå till Bingebyhallen istället och Elias och Eva skulle få gå med.

Oj så mycket folk, tänkte hon och såg sig omkring. Var det så att det var fruarna som gjorde sina inköp, för det verkade mest vara kvinnor där. Vid närmare eftertanke kunde hon inte se någon man alls. Eva höll ett stadigt tag om skärpet till Marias kappa, medan Elias höll i Evas hand. Maria tittade längs med hyllorna, medan barnen gick snällt intill och stundvis höll hon nästan på att glömma att de var med. Av en tillfällighet mötte hon en annan kvinnas blick en bit bort. Marias leende avbröts när hon förstod att blicken inte var vänligt sinnad. Hon fick syn på de andra kvinnorna i sällskapet och hur de pratade och gav varandra menande ögonkast. Vad var de för några? Hon visste helt säkert att de inte var några hon kände. En obehaglig känsla började ge sig tillkänna. Det var så det hade varit när den där olycksaliga händelsen med vinbärssaften hade hänt. En av dem, en kvinna med långt korpsvart hår hade märkt att de var upptäckta och ställde sig nu intill dem, med ryggen mot Maria. Hon försökte ruska av sig obehaget och gick mot kassan. Var det något hon var rädd för, så var det skvaller.

Hon insåg alldeles för sent att hon skulle bli tvungen att gå igenom folksamlingen. Helst hade hon velat vänta, men hur skulle det se ut om hon hade ångrat sig och gått en annan väg? Hon måste inbilla sig. Vad skulle de ha emot henne? Kunde det bero på Viviann och barnen? Så fel av dem i såfall. Men något var fel, för ingen av dem tycktes vilja flytta på sig. Hon kände hur något brände till i ryggen och vände sig förvånat om. Hade någon kastat något på henne? Håller jag på att bli tokig? Hon såg på kvinnorna som stod kvar som tidigare och kunde inte se något anmärkningsvärt. Ingen tycktes lägga märke till henne och kvinnan med det korpsvarta håret stod fortfarande med ryggen mot henne. Hon ruskade av sig den olustiga känslan och plockade upp varorna i kassan.

"Hej! Välkommen hit!" sa expediten och log.

"Tack!"

Väl ute igen försvann den ruggiga känslan och Eva släppte hennes skärp. Hon måste ha misstagit sig, men det hade bränt till ordentligt mellan hennes skulderblad.

"Nu skall ni få er belöning. Det var bra att ni följde med mig. Det måste ni göra fler gånger", sa Maria och gav dem var sin ask med Flintakarameller.

"Vi måste vi gå hem. Jag skall förbereda maten till ikväll."

Barnen nickade glatt och skuttade runt Maria. De visste att Viviann skulle till doktorn och att de skulle stanna lite längre denna dag.

Britt tog en tugga på ett äpple hon försett sig med i affären och gick förbi expediten i kassan utan att säga något. Bara hennes uppenbarelse fick folk att skälva och det var sällan någon ville ge sig i kast med att tillrättavisa henne. De urkorkade hemmafruarna som enbart hade till uppgift att fostra sina snoriga ungar och föda sin make, hade hon inte mycket till övers för, men de kunde vara bra att ha i vissa lägen. Att vissa kallade henne en riktig hemsk häxa tog hon enbart som en komplimang. Hon kände sig redo. Hon skulle hämnas sin värsta fiende, hon som en gång i tiden tog ifrån henne allt. Nu skulle hon inte få komma undan.

Eftermiddagen kom och det hade åter blivit lugnt efter att barnen hade blivit hämtade av Viviann. Maria böjde sig ned och plockade upp dockan hon och Matilda en gång hade sytt kläder till. Hon satte sig på en stol och kom att tänka på händelsen tidigare under dagen. Hur hon än hade velat det, gick det inte att sopa under mattan. De hade pratat om något som kanske hade med henne att göra och det kändes inte bra. Det är aldrig att trevligt att någon pratar bakom ryggen på en.

Tiden gick och snart var hösten åter här. Löven skiftade färg och kunde liknas vid en skogsbrand. Vinden hade friskat till stormbyar under den senaste veckan och båtarna hade fått ställa in ett flertal avgångar. Träd hade blåst omkull med följd att det hade det blivit strömavbrott. Vid förra strömavbrottet hade hennes sockerkaka gått förlorad på grund av att ugnen lade av. Maria spände fast locket till tvättkorgen för säkerhets skull. Hon ville helst slippa att plocka kläder över hela gården när hon skulle gå till tvättstugan.

Det var sent på eftermiddagen och det började mörkna. Lars skulle för en gångs skull komma hem i tid, han hade allt som oftast fått jobba över och det hade hänt flera gånger att hon hade stått där med maten färdig och att han hade ringt och meddelat att han inte skulle komma än. Nu stod "Bondomeletten" i ugnen och hon hade tid att springa ner till tvättstugan och starta en maskin. Tvättkorgen var fylld till bristningsgränsen och det berodde på extrakläder till Eva och Elias. Allt hade gått betydligt bättre än väntat hos Viviann, men det fanns brister och i det fallet tyckte Maria att hon kunde hjälpa till.

Maria skyndade sig så gott hon kunde trots den hårda vinden som ville hindra henne. Hon höll ett stadigt tag i handtagen och till sin fasa såg hon hur locket lossnade och sög med sig det översta lagret av smutstvätt.

"Åh nej!"

Hur i hela friden skulle hon göra nu? Satte hon ner korgen för att hämta det som blåst iväg, skulle förmodligen hela korgen fara omkull.

En äldre herre kom gående från andra sidan gården och uppmärksammade hennes belägenhet. Han kryssade sig fram i blåsten till trädet där hennes behå och Lars kalsonger hade fastnat. Han sträckte sig med käppen i högsta hugg och lyckades fånga klädesplaggen. Han skyndade sig sedan mot henne och räckte fram käppen till henne.

"Varsågod, den här är väl din kan jag tro", sa han och flinade.

Pinsamt rodnande plockade hon av kläderna från hans käpp och tackade. Mannen skyndade vidare och hon lyckades få fatt på de resterande kläderna.

Det luktade starkt av tvättmedel nere i tvättstugan. Som vanligt var golvbrunnen igentäppt och hon kände kväljningar när hon böjde sig ner för att plocka upp det med en sunkig trasa. Hon kunde inte förstå att en del kunde vara så slarviga. Hon fyllde maskinen och började känna en viss oro för att klockan hade hunnit bli mycket och att det var hög tid för omeletten att få komma ut. Hon kastade ett öga ut genom källarfönstret och såg att det hade hunnit bli väldigt mörkt. Hon spolade upp lite vatten och torkade rent efter sig.

Vad var det för oväsen? tänkte hon och försökte se vad som hade orsakat skramlet.

Men hon kunde inte se någon och var det någon som hade tänkt tvätta, så var det ändå för sent, för det var upptaget. Det hade faktiskt hänt att någon hade trängt sig emellan och tagit hennes tvättid. Snäll som hon är, hade hon bara låtit det bero och satt upp en ny tid på tavlan. Hon själv skulle aldrig kunna göra något sådant, men en del är bra fräcka.

Hon hörde dörren slå igen, men det kom aldrig någon? Hon satte den tomma tvättkorgen åt sidan och bestämde sig för att skynda hem.

”Rackarns dörr till att vara trög”, muttrade hon och knuffade ännu hårdare.

”Vad är det med dörren?” sa hon för sig själv och såg dumt på den.

Hon provade att knuffa på den igen, men åter igen samma resultat.

”Hallå! Är det någon där?”

Men allt förblev tyst, nästan kusligt tyst. Hon bultade på dörren i hopp om att någon skulle höra henne. Hon lade örat mot dörren. Visst var det någon där. Hon kunde tydligt höra flåsande andetag.

”Hallå! Kan någon öppna dörren?”

Maria hörde de flåsande andetagen allt tydligare. Varför öppnade de inte dörren?

”Jag hör dig! Varför svarar du inte? Varför har du stängt in mig?”

Maria kände paniken komma krypande längs ryggraden.

”Öppna!” sa hon barskt.

Men inget hände. Hon hörde hur någon rörde sig utanför och steg som försvann allt längre bort. Porten öppnade och hon kunde även höra stegen utanför fönstret. Hon böjde sig fram för att kunna se men möttes då av en fruktansvärd skräll mot rutan.

Maria stod som paralyserad. Vem gjorde något sådant mot henne? Hon lyssnade och kunde höra steg som fortsatte bort i intet. Det här var definitivt inte något skämt, det förstod hon mycket väl.

”Herre gud... maten”, jämrade hon sig. Hur skulle det bli med den? Tänk om det började brinna? Hade Lars kommit hem? Tänk om hela lägenheten blir rökfylld?

Helt plötsligt slocknade lampan och allt blev kolsvart.

"Jaha, det fattas bara det..."

Hon gnuggade sina ögon och försökte få blicken att vänja sig vid mörkret. Det enda hon kunde urskilja var det smala fönstret. Hon försökte intala sig själv att hålla sig lugn. Någon skulle hitta henne. Lars måste ju undra så småningom, men det var inte säkert att han skulle förstå att hon var nere i tvättstugan. Hon visste inte hur länge hon hade suttit där, men det närmade sig säkert en timme när hon hörde röster utanför fönstret. Hon sträckte sig och knackade hårt på rutan. Helt plötsligt bländades hon av skenet från en ficklampa. Strax därefter öppnades dörren och hon förstod att hon var räddad.

"Åh! Lars vad jag är glad över att se dig!" sa Maria tårögd och kastade sig om halsen på honom. Han lade armen beskyddande om henne och de gick båda ut i den friska kvällsluften.

"Tack så mycket för att ni hjälpte mig att leta", sa Lars till skaran av människor som hade stannat utanför.

"Klart vi hjälper till", sa en av männen och gruppen skingrades för att gå hem till sitt.

Lite förvånat såg hon att lägenheten var rökfri. Det enda lukt hon kunde känna var av mat och nu var hon rejält hungrig.

"Jag lät den stå kvar i ugnen", sa Lars och tände ett stearinljus som stod på bordet.

"Sätt dig ner. Jag tar ut den ur ugnen", sa Lars och puttade ner Maria milt på stolen.

"Den är lite "överbakt", men den ser jättegod ut ändå", sa Lars och tog för sig en rejäl bit.

"Vilka rackarungar", sa Lars och såg bekymrat på Maria.

Maria nickade, men det hade inte känts som ett busstreck av några barn. Hon kunde inte förstå varför någon hade gjort något så dumt.

"Vad funderar du på?"

"Jag är inte så säker på att det var barn", sa Maria och mötte Lars blick.

"Det är klart att det är ungar! Inte skulle väl någon vuxen göra så?"

Hon ville inte oroa honom så hon nickade och gav honom ett leende.

Dagarna gick och rädslan över händelsen i tvättstugan bleknade vartefter. Förmodligen hade hon inbillat sig. Allt verkade ju så ologiskt, så det hade säkerligen varit ett busstreck av någon eller några ungar. Regnet öste ned och hon hade krupit upp i soffan med en varm filt och bläddrade lite förstrött i en bok. Det gick inget vidare. Hon hade säkerligen läst samma sida fyra gånger men ändå hade hon inte kommit in i dess handling. Barnen skulle inte komma förrän om två timmar och hon hade redan varit upp sedan länge och började känna sig rastlös. De hade varit hos henne ungefär tre dagar i veckan och konstigt nog kändes det inte alls för mycket, snarare tvärtom. Både hon och Viviann hade känt sig nöjda över situationen och barnen likaså.

Plötsligt ringde det på dörren.

"Kom in!"

Maria skyndade sig till dörren för att öppna, men de var redan inne i hallen.

”Hej på er!”

Elias klev ur sina stövlar och rusade in till leklådan.

”Jag ber om ursäkt för min lillebror. Han är verkligen bedrövlig ibland”, sa Eva och gav Maria en kram. Hon blev varmt i hjärtat. Vilken tur att hon tog steget, att hon vågade tro på lyckan.

”Vill ni ha choklad och en smörgås?” frågade Maria.

”Ja!” ropade de båda i kör.

”Det är så himla gott!” sa Eva och studsade på golvet medan hon klappade händerna.

”Jag ropar när det är klart. Du kan väl gå in till Elias så länge?”

Maria såg ner på gården och suckade. Hela gården såg ut som en enda stor sjö. Varför kunde det aldrig sluta regna, tänkte hon. Hon hörde porten öppnas och lyssnade till stegen som gick uppåt. Det skramlade vid brevinkastet.

”Kommer den redan?”

Hon hörde porten slå igen och lyfte kastrullen med den varma chokladen från spisplattan.

”Vad i...?”

Maria trodde inte sina ögon. Från brevinkastet rann det en svart sörja som påminde om tjärdoft. Kan det ha varit han eller hon som gick i trappan för en stund sedan? tänkte Maria och skyndade sig till fönstret. Men naturligtvis fanns det ingen där. Det här blir allt mer skrämmande, tänkte Maria och hämtade ett spann med varmvatten.

”Vad är det som luktar så illa?” frågade Eva och såg bekymrat på sörjan som rann nerför dörren.

”Ja usch ja! Jag tror att det var någon som busade”, sa Maria och försökte låta obekymrad.

Hon tog bort det grövsta med såpvatten och lade det i ett spann med lock.

”Vilken tur att det inte var så svårt att få bort, men vi måste vädra.”

Maria torkade bort det sista och ställde in spannet i badrummet. Hon måste spara det, måste vi Lars. Ja hon måste berätta om händelserna. Det gick inte att nonchalera det längre.

Men kvällen kom och åter förträngde hon händelserna. Hade han inte viftat bort den första händelsen nere i tvättstugan hade allt känts lättare.

Knuten i magen växte och blev allt större. Hon visste inte om hon började bli tokig, men hon kände sig ofta iakttagen. En vecka senare var det dags igen...

"Jag får fylla på lite mera vatten för ni var verkligen törstiga idag", sa Maria och tömde ur den sista till sina blommor på fönsterbrädan vid fönstret.

Hon höll kannan under kranen när hon hörde porten slå igen. Nej nu fick hon inte bli nojig...

Maria hörde hur det skramlade till i brevinkastet och fick stålsätta sig för att inte rusa dit. Stegen, visst hade hon hört dem förut? Hon tittade ut genom fönstret och mycket riktigt kunde hon se ryggtavlan på en kvinna med långt svart hår.

"Så skönt att du följde med dem hem idag. Jag har haft så fruktansvärt ont i huvudet", sa Viviann och log matt.

"Är det bättre nu då?"

Viviann nickade.

"Vill du komma in på en kopp kaffe? Jag har förstås inget kaffebröd", sa Viviann ursäktande.

Maria nickade och steg in i hallen.

"Jag har inte orkat städa idag."

"Ibland måste man bara få koppla av", sa Maria och såg sig omkring.

Maria satte sig i soffan medan Viviann hällde upp kaffe i två udda kaffekoppar.

"Känner du många i det här bostadsområdet?" frågade Maria och tog en klunk kaffe.

"Nej! Jag har haft fullt upp med mitt eget", sa Viviann och ruskade på huvudet.

"Det verkar vara många hemmafruar här omkring..."

"Ja det stämmer nog, men det är inga jag känner."

"De verkar umgås en hel del. Jag har sett dem tillsammans flera gånger."

"Ja du menar dem..." sa Viviann fundersamt. "Jag vet inte om de bor i området eller vad de är för några, men de brukar aldrig hälsa."

"Jag såg dem inne i affären här om dagen. Jag kände mig lite illa till mods, när de följde mig med blicken."

"Jaså? Ja mig ser de aldrig på..." sa Viviann och såg undrande på Maria.

"Äsch! Glöm det, jag inbillade mig säkert", sa Maria och reste sig från soffan. "Tack för kaffet. Det är dags för mig att gå hem. Kommer barnen i morgon som vanligt?"

"Om det går bra för dig så?"

"Jag vill väldigt gärna att de kommer", sa Maria och vinkade till barnen. "Då ses vi i morgon då."

Barnen vinkade tillbaka för att sedan fortsätta med det de höll på med.

Gruset knastrade under deras fötter där de gick längs grusgången till Matildas grav. Eva som hade pratat oavbrutet bakom henne från pakethållaren hela vägen ner till kyrkogården gick nu tyst och höll sin hand i Marias. Eva såg ogillande på Matildas grav.

”Hur är det?” undrade Maria.

”Graven ser så tråkig ut. Tänk om det kunde ha funnits en liten kulle med blommor på.”

”Det växer inte så mycket blommor så här års, men vi har ju med en liten bukett med blommor som vi kan sätta i vas.”

”Stackars Matilda. Så hemskt för henne när det blir kallt”, snyftade Eva.

”Vet du vad jag tror? Jag tror att Matilda är någon annan stans. Det är bara kroppen som ligger där, men hennes själ är på ett betydligt finare ställe.”

Eva såg tvivlande på Maria, men verkade tycka om det hon sa.

”Då är det ingen mening med att gå hit mer då.”

”Jag tror att hon hör dig oavsett var du är”, sa Maria försiktigt, rädd för att Eva skulle missförstå.

”Jag förstår ingenting...”

”Det är inte så lätt att förstå, eftersom vi inte vet, men man kan välja att tro.”

”Det vill jag, tro alltså”, sa Eva och såg med stora ögon på Maria.

”Usch! Så kallt det blev helt plötsligt”, sa Maria och drog kappan tätare om kroppen.

Hon såg sig omkring med en känsla av att vara iakttagen, men inget verkade konstigt. De såg ut att vara ensamma där.

”Fryser du?”

Eva ruskade på huvudet. Maria kände en isande känsla krypa längs ryggraden när hon såg kvinnan. Hon stod vid en grav en bit bort med ryggen mot henne. Åter igen hade kvinnan med det långa svarta håret dykt upp från ingenstans.

Maria hade helst velat gå där ifrån, men hon hade lovat Eva att de skulle sätta blommorna i en vas på Matildas grav, så hon försökte ignorera den obehagliga känslan. Hade den andra kvinnan sett dem? Hon kanske skulle smyga sig närmare för att se, men hur skulle hon göra med Eva?

”Kan du stanna här så länge med buketten så hämtar jag en kanna med vatten?”

”Tar det lång tid?” frågade Eva.

”Bara fem minuter. Du kan få låna min klocka, så vet du när jag är tillbaka”, sa Maria och räckte henne uret.

”Ja! Då tar jag tid på dig.”

Maria nickade och skyndade bort mot brunnen. Det var inte långt kvar till den mörka kvinnan därifrån. Men hur skulle hon kunna gå närmare utan att bli upptäckt? Maria följde längs väggen på kapellet, men kunde sedan inte gå längre.

Vänd dig om då, tänkte Maria och höll andan. Helt plötsligt började kvinnan tala och hon kände hur hennes blod frös till is.

Det kunde inte vara möjligt. Det fick inte vara möjligt, men hon var säker, det var Britt.

Britt vände sig om och tycktes se rakt på Maria där hon stod, men inget hände. Maria bad en tyst bön om att de fem minuterna inte skulle ha gått än. Hur kunde det vara möjligt? Britt var ju död? Helt plötsligt vände hon sig om och gick åt andra hållet. Maria andades lättad ut.

”Maria!”

”Jag kommer!” ropade Maria och skyndade sig efter vattenkannan.

”Jag orkar inte gå”, protesterade Eva.

”Det går inte att cykla här på Galgberget, du får åka när vi kommit förbi backen.”

Maria försjönk i sina funderingar angående Britt. Visst hade hon brunnit inne i den fruktansvärda branden i Dalhem? Ja hon var nästintill säker. De hade haft minnesstund i kyrkan och Marias föräldrar hade insisterat på att hon skulle gå, men hon hade vägrat. Maria tänkte på gravstenen där Britt hade stått och mycket riktigt hade det visat sig att hennes föräldrar låg där. Hon förstod verkligen ingenting. Varför hade hon låtsats vara död? Så fruktansvärt för Britts föräldrar. De hade efter den händelsen åldrats på mycket kort tid och Maria hade närapå inte känt igen dem.

Romakloster 1949

Britt vaknade med en fruktansvärd huvudvärk. Vad i hela friden hade hon egentligen gjort kvällen innan? Hon satte sig upp och lutade sig mot en trädstam. Aj, aj, aj... Mitt huvud, det gungar så oroväckande. Hon försökte fästa blicken på en punkt nära sig, men kände då en kväljande känsla som hotade att tränga sig upp via hennes strupe.

"Åh fy!" flämtade hon och kastade sig åt sidan för att slippa få magens innehåll spolad över sina kläder. Medan hon halvt hängande över en gren försökte återhämta sig, började minnet från gårdagen klarna allt mer. Hade hon gjort bort sig? Skulle hon behöva skämmas nu? Nej varför skulle hon det, ingen behövde väl bry sig om vad hon hade för sig.

Britt hade mått förträffligt bra där hon vild och galen hade dansat och förlorat vett och sans. Hon hade trollbundit männen på brädgården och de hade bjudit in henne att få ta del av de förbjudna dryckerna. Allt hade varit magiskt och de hade lytt hennes minsta vilja. Fram på småtimmarna, när månen hade lyst som klarast över gården hade det hettat till mellan männen för alla ville ha denna underbara kvinna till sitt sällskap under natten. Hon hade skrattat hjärtligt och lystet slängt med det långa svarta håret medan hon flyttade sig från famn till famn. Hon hade njutit av stunden när giriga händer hade slitit i henne alltmer.

Britt lade sig raklång i gräset för att försöka stilla yrseln. Högt där uppe i eken kunde hon höra fågelsång och hon försökte fokusera på den. Hon kände hur vinden helt plötsligt vände och det började bli kallt. Hon försökte att sätta sig upp på nytt och den här gången kändes det en aningen bättre. Fy så hennes kläder såg ut, tänkte hon och rynkade på näsan. Det blev nog lite för mycket av det goda i gårkväll, men det var ingenting att gräma sig över nu. Gjort var gjort, men de hade tagit sig lite väl mycket friheter när hon inte längre kunde stå på benen själv.

Hon hade vaknat halvnaken framåt morgonsidan, liggande på en hårig arm. Försiktigt försökte hon flytta sig bort, men då grep mannen med de håriga armen tag om hennes ankel. Hon vände sig om och försökte urskilja hans ansikte i det skumma lokalen. Inte ett ord kom från hans läppar, enbart en hög utdragen snarkning. Britt förstod att han hade gjort det i sömnen och lirkade försiktigt upp hans hand. Hon fick syn på sina kläder som låg slängda på golvet och slet åt sig dem. En av männen tittade rusigt upp på henne och viftade med handen att hon skulle komma dit. Nej! Nu fick det vara nog, tänkte hon argt och skyndade sig bort till dörren och slet upp den med ett kraftigt ryck. Tänk att de kunde utnyttja en försvarslös kvinna så. Hon rättade till sin klädsel och slängde igen dörren.

Britt gick med raska långa kliv därifrån men kom inte så långt förrän tröttheten slog till med all sin kraft.

"Jag måste bara få vila lite. Jag lägger mig här..."
Strax därpå somnade hon under den stora ekens krona.

Så småningom hade huvudet klarnat och illamåendet lagt sig och hon kunde ta sig hem. Ingen där hemma hade märkt att hon varit borta, så det var bara för henne att gå och lägga sig.

Modern hade sedan länge sedan gett upp hoppet om att kunna få fason på sin dotter. Det fanns stunder hon hade vädjat till sin dotter om att hon skulle skärpa sig och hon hade lovat bot och bättring, bara för att i nästa stund göra precis tvärtom. Fadern brukade enbart rycka på axlarna och bortförklara det med att det skulle bli bättre så småningom, men det trodde inte hon. På sista tiden hade det bara blivit än värre och hon hade stundvis känt sig rädd för henne. Tiden gick och för Britts del växte hatet mot män som tog sig friheter och mot Karin som hade stulit från henne.

Det var juni och Ann-Katrin och Anna hade precis anlänt till Visby med färja, efter en gungig färd. Påverkade av resan hade de lyckats ta sig ned till bildäck.

"Var parkerade jag bilen någonstans? Kommer du ihåg det?" sa Ann-Katrin och såg olycklig ut.

"Det ser likadant ut överallt", sa Anna och sträckte på sig för att kunna se långt bort.

"Vi får nog gå över till andra sidan", sa Ann-Katrin och tog tag i Annas arm.

De båda kvinnorna stod åter igen på den sidan de först hade stått.

"Åh nej, nu börjar de köra av!" sa Ann-Katrin förfärat.

"Där är den! Jag ser den", sa Anna och pekade.

De kryssade sig fram mellan de körande bilarna så fort de kunde och andades lättade ut när de hade kom fram.

Ann-Katrin vred om nyckeln i tändningslåset och den startade precis som den alltid annars brukade göra.

"Vågar du köra?" ropade mannen som hade dirigerat bilarna och skrattade medan han bankade lite lätt på biltaket.

Ann-Katrin kände rodnaden stiga på kinderna när hon förstod att det endast var de som var kvar på bildäck.

"Det är inget att bry sig om. Låt dem ha roligt", sa Anna lugnande till Ann-Katrin.

"Varför skall alltid sådant hända mig?" sa Ann-Katrin och suckade.

"Du har ännu mycket att gå igenom, tro mig. Du är bara tjugotvå år och livet har bara börjat."

"Varför skall alla jämnt se mig som en omogen tjej?!"

"Nej då, så är det inte. Men du måste försöka lägga band på ditt heta humör."

"Ja farmor!"

Ann-Katrin hade tänkt blunda för sin fadäs och åka därifrån med huvudet högt, men tyvärr blev trycket på gaspedalen en aningens hårt och bilen for iväg med ett ryck, varpå den sedan stannade. Åter möttes hon av muntra miner, men den här gången kunde hon inte själv låta bli att dra på mun.

Det var många år sedan de hade varit på ön. Ann-Katrin trodde att hon hade varit kanske tretton eller fjorton år. Det hade varit till den årliga hund-utställning i juli och det hade varit mycket folk med färjan. Deras Cockerspaniel Ella med sin fina stamtavla skulle också delta, men tyvärr när det blev deras tur att springa runt i ringen, ville inte Ella alls. Men skam den som ger sig hade Anna tänkt och tvingat med sig hunden ut på plan...

"Stopp! Vi måste tyvärr avbryta!" hördes någon ropa.

Anna hade stannat och till sin fasa sett den bruna långa illaluktande randen efter Ella.

Ann-Katrin hade upplevt det hela så fruktansvärt pinsamt och valt att lämna hela hundutställningen. Idag skulle hon ha gjort annorlunda, men hon var inte mer än ett barn den gången och då upplevde hon att mycket var pinsamt.

Anna som även hon gärna hade flytt fältet, hade under djupt rodnat försökt att samla ihop Ellas avföring, men utan framgång.

Hon visste mycket väl vilket minspel som försiggick utan att hon hade sett upp på dem en endaste gång. Efter den gången blev det ingen mer utställning. Anna lade ner hela tanken på att få fina rosetter och utmärkelser. Om det berodde på denna händelse eller något annat, är det ingen som har vågat fråga om.

”Här är det”, sa Ann-Katrin ivrigt och svängde in på den smala gatan.

”Välkomna hit”, sa husägaren och log glatt.

De tackade och tog emot nyckeln till stugan. Alla planer på att bege sig ut på ”stan” var som bortblåsta, det enda de ville göra just då var att få vila efter den jobbiga resan.

Morgonen därpå, vaknade Anna extra tidigt. Det som först hade känts som en underbar säng, visade sig sen vara alldeles för mjuk för att vara i hennes smak. Hon kastade en blick genom det lilla spröjsade fönstret och kunde se stora mörka moln. Det skulle ju vara typiskt om det blev regn. Hon öppnade resväskan och plockade ur rena kläder. Det skulle bli skönt att få duscha av sig resdammet, tänkte hon och klev in i den lilla duschkabinen.

Redo för att möta en ny dag på Gotland, förväntade hon sig att Ann-Katrin åtminstone hade vaknat nu, men icke. Ann-Katrin låg utsträckt på mage med ansiktet ner i en kudde och snarkade högt. Anna lade handen på hennes axel och ruskade milt.

"Hrmf." hördes det nerifrån kudden

"Jag tänkte åka och handla lite frukost till oss."

"Det blir bra det. Jag slumrar gärna en stund till", svarade Ann-Katrin sömnigt.

Ann-Katrin vände sig om och såg ut att somna om. Anna plockade fram bilnycklarna ur Ann-Katrins väska och smög sedan tyst ut.

Hon var lite nervös ändå. Tänk om hon inte ville ha med dem att göra? Hon verkade trevlig den där Nora, hon verkade bry sig om Karin. Tänk att brudkronan hade kommit tillrätta efter så många år. Edit hade gråtit många gånger efter den stora förlusten men hade inte sagt något. Hon ville inte på något sätt skuldbelägga Jenny, de hade haft det tillräckligt svårt ändå med Karins uteblivna bröllop och allt annat elände.

Anna svängde in på parkeringen till blomsteraffären Linds. I entrén stod två flickor och sålde färska jordgubbar och det kunde hon bara inte motstå, men det fick vänta tills hon gick ut därifrån. Det här kommer att bli svårt, tänkte hon och kastade en snabb blick över alla färggranna rader av växter. Så många vackra blommor det finns, men hon kanske skulle ta en bukett ändå. Hon visste inte om Maria hade plats för krukväxter, men en bukett skulle hon väl ha plats för?

"Tjugoett!" ropade kvinnan bakom disken.

Anna lämnade fram sin nummerlapp och pekade på de röda rosorna bakom glasdörren.

"Jag vill att du tar fem röda rosor och lite annat tillbehör", sa Anna och log.

Floristen arrangerade de röda rosorna med lite grönt och guldfärgade strån.

"Blir det bra så?"

"Jättefint!"

Nöjd och belåten efter sitt köp gick hon sedan ut till flickorna i entrén.

"Jordgubbar! Så underbart gott", sa hon och stoppade in en jordgubbe i munnen.

När Anna kom tillbaka till stugan, satt Ann-Katrin redan färdig och väntade.

"Jag började undra om du hade övergett mig", sa Ann-Katrin anklagande.

"Varför skulle jag göra det? Här har du frukost till oss. Du kan väl plocka fram?" sa Anna och skyndade in på toaletten.

"Åh! Jordgubbar!"

Anna kände sig så glad. Tänk vilken underbar kontakt hon hade med sin sondotter och så roligt de hade tillsammans sen, tänkte hon och log mot Ann-Katrin.

De mörka molnen hade nu dragit förbi och det verkade bli en riktigt fin fortsättning på dagen.

"Vad skall vi hitta på innan vi skall till Smultrongården tycker du?"

Anna sträckte sig fram mot radion i fönstret och vred upp volymen.

"Välkommen till vattenlandet på Kneippbyn! Här leker vi och har skoj!"

"Vattenland? Kan det vara något?"

Ann-Katrin såg tvivlande på sin farmor.

”Det låter skoj och jag har faktiskt med mig min bad-
dräkt”, sa Anna övertygande.

”Vattenland? Menar du allvar?”

”Det är väl ännu lite för kallt för att bada i sjön?”

”Men vattenland? Det är väl mest för barn?”

”Det tror jag väl inte”, sa Anna tveksamt.

Anna brydde sig inte om att argumentera något mera för saken, för hon såg på Ann-Katrin att hon inte tyckte om idén.

”Vill du väldigt gärna åka dit?”

”Vi tar det en annan gång.”

Senare samma dag åkte Anna och Ann-Katrin ut till Smultron-gården som bestämt. Anna som var jättenervös, hade hunnit byta blus tre gånger innan de väl hade kommit iväg och när de hade kommit halvvägs mot Romakloster, hade de kommit att tänka på blombuketten som låg kvar på bänken intill stugan, så det var bara till att vända och åka tillbaka in till stan igen, för inte kunde de väl komma tomhänta? Men till slut var de på väg med ”rätt” blus på och blombukett. Ann-Katrin tog det hela med ro och visslade glatt till musiken på bilradion. Hon var enbart glad över att få träffa farmors kusin och kunde inte förstå att Anna var så nervös över det. Det saftigt gröna gräset med de röda vallmoblommorna och de djupblåa blåklinten blev nästan övermäktig till den ljusblåa himlen, ja allt kändes bländande vackert. Får och hästar betade i hagarna längs med vägen och en och annan turist hade stannat till för att fotografera.

De passerade Roma kyrka och Anna började skruva oroligt på sig.

”Ser jag bra ut? Jag har väl inte jordgubbsfläckar på tänder-na?” frågade Anna och visade sina tänder.

”Du är så fin. Du behöver inte vara orolig”, sa Ann-Katrin och klappade hennes hand.

Det var dukat för kaffekalas ute i den lummiga trädgården på Smultrongården. Nora, som egentligen var ledig denna dag, sprang fram och tillbaka för att se till att allt skulle bli perfekt. Maria hade dagen till ära tagit på sig sin finaste klänning och gick nu nervöst fram och tillbaka inne i huset. Nora tittade nervöst på klockan och insåg att de förmodligen snart skulle vara där. Hon skyndade ut till parkeringen och kom ut precis lagom, för de hade precis just klivit ur bilen.

”Anna och Ann-Katrin?” frågade Nora och räckte fram handen.

”Det stämmer det”, sa Ann-Katrin och log.

”Välkomna till Gotland och till Smultrongården.”

”Tack skall du ha. Det är verkligen spännande det här”, sa Anna och räckte fram handen.

”Det ser ut att bli fint väder, men båtresan var inte något vidare, det gungade rejält.”

”Vi får väl hoppas att vädret håller i sig”, sa Nora och räckte paketet med brudkronan till Ann-Katrin.

”Det är väl du som skall ha den?”

”Nej, öppna du!” sa Anna ivrigt.

Nora höll andan medan de öppnade paketet.

”Nämen oj!”

”Så vacker! Helt otroligt!” sa Anna med tårfyllda ögon. ”Tänk vilket arbete du har lagt ner på den.”

”Det är värt allt besvär, när jag ser hur glada ni är”, sa Nora och kramade om de båda kvinnorna.

”Tänk, vad du har gjort för vår familj!”

Nora blev rörd av hennes ord och kände tårarna komma.

"Ja, en gåta är löst", sa Ann-Katrin lyckligt.

Nora strök bort tårarna i smyg och tog ett djupt andetag.

"Är ni redo att gå in till Maria?"

"Det är vi", sa Anna och skrynklade ihop pappersnäsduken och stoppade ner den i väskan.

Besöket hade varit mycket lyckat. Maria hade strålat av lycka och glatt visat dem runt på Smultrongården. Ann-Katrin hade berättat för Nora efter besöket om hur de hade berättat den glada nyheten för Maria om brudkronan, om hur hon först inte hade förstått vad de menade, men sedan hade strålat ikapp med solen av lycka.

"Nu kan jag gå vidare här i livet utan att ha dåligt samvete. Herre gud vad ont det har gjort ibland. En tung sten har lyfts från mitt hjärta", sa Maria och log.

Dalhem 1949

Hon försökte tränga bort de obehagliga tankarna. Men hur hon än försökte så fanns de där. De dök upp även nattetid i hennes drömmar och hon brukade vakna kallsvettig.

Varför fick hon inte sin menstruation? Hon orkade inte med alla drömmar om hur hon blev mor till en massa snoriga ungar. Inte kunde hon väl vara gravid? Men något talade för att det kunde vara så, eftersom det hade gått ytterligare en månad och den lyste med sin frånvaro, men hon hade hört att oro kunde leda till utebliven blödning också och hon hade varit väldigt orolig.

Usch, det hade verkligen inte funnits med i hennes planer och ingen hade hon att vända sig till heller.

Just i denna stund fanns det nog en känsla av ödmjukhet hos Britt, men vart efter tiden gick och hon kände hur det började röra sig inom henne, kändes det som ett hån. Aldrig i livet att hon skulle vilja ha en unge på halsen! Hon försökte med alla medel att få bort den, men hade inte lyckats än så länge. Det verkade vara en stark rackare hon bar på. Ingen hade märkt något än så länge, inte ens hennes föräldrar. Hon tog lappen med receptet på brygden hon skulle koka. Hade hon tur så skulle den fördriva fostret, men det var inga ingredienser som var lätta att få tag i. Sävenbom hette en av dem.

Mannen hade frågat vad hon skulle ha det till, men hon hade vägrat att ge en förklaring. Tyvärr stod det ingen exakt mängd för de olika sakerna i receptet, så hon skulle bli tvungen att "höfta". Hon och mannen med Sävenbom hade stämt träff inne i Visby, så hon hade blivit tvungen att åka järnvägen in med sin stora gröna väska. Kanske hade väskan varit en aning för stor, men det var viktigt att kunna gömma det någonstans.

"Vad får jag i utbyte då?" sa mannen och såg lystet på Britt.

"I utbyte? Du skall vara glad att jag inte anmäler dig", sa Britt och höjde rösten en aning.

"Vadå anmäler?" sa mannen förvirrat.

"Du skall inte ge dig på unga kvinnor. Hjälp mig!" sa Britt med hög röst.

"Vad? Nej! Är du inte klok? Vad gör du så för?" sa mannen och såg sig oroligt omkring.

"Försvinn! Stick!" skrek hon allt högre. "Du skall inte tro att du får betalt för det här", sa hon tyst och blängde argt på honom.

Mannen drog sig snabbt undan och försvann därifrån när han såg att blickarna riktades mot deras håll.

Hemma på gården igen hade hon noga förberett allt. Nere vid skogsbrynet hade hon grävt en liten grop där hon skulle lägga ner fostret. Hon hade även varit upp i det stora huset och fått tag i en filt. Hon ville helst slippa bära det med händerna. Lite äcklad insåg hon att det kunde bli en hel del blod så hon hade även tagit ut ett spann vatten, trasor och tvål. Hon hade fjärilar i magen. Tidigare hade hon bara kunnat ruska det av sig, men nu stod hon här i verkligheten och nu skulle det ske och det kändes helt plötsligt inte så lätt längre, men hon hade inget val.

En våg av illamående gick genom kroppen och hon började att huttra. Hon tvingade sig att gå upp till huset.

"Kommer du?" sa hennes mor nyfiket.

"Jag skall koka mig en kopp te."

"Te?" sa hennes mor tvivlande. "Du brukar väl aldrig dricka te?"

"Ja, men nu skall jag dricka te. Inget mer att diskutera om."

"Men Herre gud! Är du sjuk? Du ser förfärligt blek ut!" utbrast modern och reste sig upp.

"Jag är inte sjuk", sa Britt och vände bort sitt ansikte.

"Men snäll du..."

"Jag är inte sjuk! Förstått!" sa Britt argt.

Modern tystnade och satte sig ned vid bordet igen.

Egentligen förstod Britt inte riktigt varför hon var så tvär mot sin mor, när det enda hon ville just då, var att ha någon att ty sig till. Britt såg modern titta ut genom fönstret för att undvika hennes ilska. Hon såg även de tårade ögonen, men kunde ändå inte förmå sig till att ändra sig.

En snabb tanke for genom huvudet där hon satt med växterna i hand. Tänk om det skulle gå fel att hon skulle råka illa ut? Kunde hon verkligen lita på det där gamla receptet? Hon gned fingrarna och satte dem till näsan. Ja de luktade svart vinbär, det måste stämma. Det var lika bra att komma igång, hon hade ändå inget val...

Britt tog den halvfulla kannan med kokhett vatten och pressade i så mycket barr den tillät. Hon såg ogillande på innehållet i kannan och beslöt sig för att vänta en stund. Det skulle säkerligen vara alldeles för varmt att dricka. Hon huttrade där hon satt. Inte för att det var kallt, nej det berodde nog mer på hennes rädsla. Tänk om hon skulle bli allvarligt skadad eller till och med dö. Det kunde ta lång tid innan hon skulle bli upptäckt. Hennes föräldrar var aldrig här nere hos henne. Hon tänkte på mor. Varför hade det egentligen blivit så här? Hon hade aldrig gjort något fel. Nej, det var hennes egen ilska och hat som hade ställt till det. Lars hade ju övergett henne, hur han nu hade kunnat göra det och för att inte tala om Karin, hennes bästa väninna som också valde att svika henne. Nej, man kan aldrig lita på någon, det är helt klart. Hon kände på tekannan. Ja nu var det dags.

Britt hämtade en mugg från skåpet och hällde sakta upp av brygden tills muggen blev full. Hon stålsatte sig och lyfte muggen till munnen. Det smakade fränt, men kanske var det mer känslan över situationen. Hon svalde en klunk med en viss eftertanke, för att sedan snabbt dricka upp det resterande. Hur mycket skulle hon behöva? tänkte hon och fyllde muggen igen. Till slut hade hon druckit så mycket att magen kändes rejält spänd.

"Oj! Så kissnödig jag blev", sa hon och skruvade otåligt på sig.

Hon försökte dricka lite mer av brygden men insåg att det inte skulle gå.

Hon skyndade sig ut till dasset och hann nästan inte få av sig kläderna förrän det forsade ur henne.

Länge satt hon där i mörkret ifall det skulle ha en snabbare effekt än hon hade tänkt sig. Men tiden gick och inget hände. Det enda hon kände var en enorm trötthet så hon höll på att somna där med huvudet lutande mot väggen. Med ett ryck vaknade hon och kom bryskt tillbaka till verkligheten igen.

På darriga ben fick hon på sig kläderna och stapplade ut i den friska luften. Varför hade inget hänt? Hade hon druckit för lite? Men så konstigt, varför hade hon blivit så trött? Vägen tillbaka till stugan kändes evighetslång.

Britt lade sig raklång på sängen och försökte lugna ner sitt vilt bultande hjärta. Hon försökte fästa blicken på en tavla, men den envisades med att snurra runt. Hade hon varit och nallat av äppelvinet, skulle hon ha förstått och kanske till och med njutit av det, men nu var det inte så och det skrämde henne. Hade hon varit korkad som hade gått på det? Det kanske var rena rama giftet ändå? Hon gäspade stort och beslöt sig för att ligga kvar. Hon kunde ändå inte göra något åt det nu och strax sov hon mycket djupt.

Britt vaknade långt in på förmiddagen nästkommande dag. Till sin stora besvikelse insåg hon att allt var som tidigare och suckade djupt. Det enda hon hade fått var en ömmande mage. Hon hade kvar av barrväxten. Skulle hon försöka en gång till? Men minnet från kvällen innan skrämde henne. Det här kommer inte att låta klokt, men nu skall jag faktiskt ta och arbeta, tänkte Britt och såg ut på högen av kluven ved. Hon visste att det skulle in i vedboden och det blev i längden ett väldigt påfrestande jobb. Hon såg fadern plocka ihop för dagen och beslutade sig för att ta vid. Han skulle inget få veta, för hon orkade inte med några frågor.

Fy tusan, så slitsamt! tänkte Britt och lyfte upp en extra stor hög med ved i famnen. Hon kände hur det värkte i rygg och armar och det var väl inte där hon ville att det skulle kännas, men skam den som ger sig tänkte hon och gick mot vedboden.

Det närmade sig midnatt och Britt gick nu med väldigt tunga steg. Det här hade inte heller gett det önskade resultatet och hon började nu bli arg.

”Jaha! Så nu tar jag det sista och du håller dig envist kvar ändå!” sa Britt försmädligt och blängde på sin mage. Hon kastade in de sista vedstyckena och gick tillbaka till sin stuga. Det här var inte klokt. Vad i hela friden skulle hon ta sig till? Ja vi får ta det i morgon, nu orkar jag inte mer.

Britt vaknade framåt tidiga morgonen av en fruktansvärd värk i armar och ben och inte nog med det, magen tycktes leva sitt eget liv. Eget liv!? Hon lade sig raklång på rygg och såg med fasa på sin mage som spändes ut åt alla håll och kanter. Hon kände en liten ”bubblande” rörelse som helt plötsligt tog i hennes ena revben.

”Du din lilla rackare...” sa hon och strök med handen över magen. ”Nej, vad gör jag?”

Hon reste sig snabbt från sängen och började hoppa omkring.

”Jag vill inte ha dig där. Du måste ut!”

Med ett vilt galopperande hjärta och med uppspärrade skrämda ögon skuttade hon omkring likt de ”små grodornas ”dans”.

Britt letade hysteriskt bland sina saker och kastade fram alla stearinljus hon kunde hitta och placerade ut dem över golvet.

Hon öppnade vinflaskan hon hade hämtat i deras källare och svepte halva.

Hon satt stilla på sängkanten och såg på ljusens flämtande lågor. Tyst för sig själv bad hon en bön om hjälp. En hjälp om att få bli av med det liv som så envist klamrade sig fast inom henne. Hon öppnade dörren och sprang ner till ängen strax intill deras gård. För varje steg hon tog upprepade hon orden inombords, hon ville vara säker på att bli bönhörd. Hon sprang så länge att krafterna nästan tog slut. Då använde hon de sista till att springa tillbaka in i stugan igen. Hon tog ett skutt över de flämtande ljusen och kände en djup tillfredsställelse. Det är lika bra att göra det flera gånger tänkte hon och hoppade med sitt vita nattlinnes spets nuddande vid lågorna. Hon sträckte sig efter vinflaskan och tömde den. Armarna och benen blev helt plötsligt så tunga och huvudet började surra likt ett getingbo. Hon tappade vinflaskan med en skräll i golvet och skrattade.

”Tack för ruset!”

Hon puttade lite lätt med foten på den tomma flaskan och den började rulla. Hon rörde sig som i trans och det vita långa nattlinnet svepte mellan ljusens lågor.

”Oj där for ett omkull...”

Men hon kunde inte förmå sig att rädd situationen, för just då struntade hon i allt. Hennes liv var ändå förstört.

Britt satt där på sängkanten och följde den lilla lågan som sakta men säkert växte sig större och större. Den närmade sig hennes sänglinne och hon kunde ännu inte förmå sig att resa sig upp.

Undrar om det gör ont? tänkte hon och såg på ljusen på golvet.

Gör ont? frågade en okänd röst inom henne.

”Att ätas upp av elden”, svarade Britt.

Så klart att det gör ont! Det gör så in i helvetes ont! svarade rösten och i samma stund kände Britt hettan som hade spridit sig över halva rummet.

Hon vaknade upp ur sin trans och insåg att det var alldeles för sent att rädda stugan, men sig själv kunde hon iallafall rädda. Hon plockade åt sig ett fåtal ägodelar och rusade ut. Elden slickade nu våldsamt stugans väggar och knastret var nästintill öronbedövande.

Vad skulle hon göra? Skulle hon hitta på en tårdrypande historia och gå in till sina föräldrar?

Nej, det klarar jag inte. Jag lämnar allt, vill inte vara här längre, orkar inte, tänkte hon och gick.

Hennes färd hade lett henne rakt in i skogen. Det kändes som om hon hade gått flera mil, men när hon vände sig om, kunde hon ännu se en kraftig pelare av rök torna upp sig mot himlen. Hon såg på sina ömmande fötter och satte sig ned på en sten.

"Varför går jag med skorna i handen?" sa hon och såg dumt på dem. "Jaja, nu kan det väl bara bli bättre hädanefter?"

Hela Dalhems befolkning såg ut att befinna sig vid den lilla gården. Elden hade inte bara dragit med sig lillstugan utan hotade nu även det större boningshuset med sin framfart, men med gemensamma krafter hade de lyckats få bukt på elden och huset kunde räddas.

Brandmän och andra frivilliga stod förfärade och såg på förödelsen och var fanns dottern i huset? De hade sökt igenom varje tänkbart ställe, men hon fanns ingenstans. Ingen ville ta ord som att "ha brunnit inne" i sin mun, men nog var risken stor. Vad hade startat branden? Stugan hade ju jämnats med marken och det var väl där hon bodde? Britts mor och far befann sig i chocktillstånd och hade svårt att ta in det inträffade. Flickungen hade varit jobbig, men att hon skulle behöva gå ett sådant öde till mötes var orättvist.

”Fru Berg...”

”Ja?”

”Jag heter Arne Nilsson och kommer från polisen. Jag skulle vilja ställa ett par frågor om det går bra?”

”Kan det inte vänta? Vi behöver få komma till sans först”, sa Britts far och kämpade mot tårarna.

”Hon var svår... mycket svår”, sa Anna-Lisa sorgset.

”Svår? Hur menar du?” frågade polismannen och antecknade i sitt block.

”Ni skulle inte förstå. Jag orkar inte prata mer just nu...”

”Jag förstår. Jag kanske kan återkomma en annan dag.”

Polismannen gick vidare bort till de andra som hade varit behjälpliga och såg sig omkring, men där fanns det heller inget mer att hämta. Han petade lite bland brandresterna med bestämde sig ganska snabbt för att åka därifrån. Snart var det endast ett fåtal kvar.

”Kan vi hjälpa er med något?”

Britts far ruskade på huvudet.

”Ni skall ha ett stort tack för all hjälp. Hade det inte varit för er, hade vi troligtvis varit bostadslösa nu.”

”Som sagt var. Ni vet var vi finns. Det är bara att knacka på.”

Hon visste inte hur länge de hade suttit där, men solen hade gått upp och tuppen gal hos grannen, så det var nog ganska länge. Anna-Lisa tittade ut över gården och hade svårt för att ta in det som hade hänt.

"Skall vi gå in? Jag behöver en kopp kaffe", sa fadern och lade en tröstande arm om hennes axlar. Anna-Lisa kände tårarnas befrielse och lät dem rinna. Varför hade allt blivit så fel?

Några månader senare på andra sidan vattnet föddes ett litet flickebarn. Britt ville inte se den lilla som hade förorsakat henne så mycket smärta och lidande, hon ville inget veta om henne. Det enda hon ville, var att få gå vidare här i livet och få ägna sig åt det hon önskade.

Men det lilla flickebarnet ville något helt annat. För när hon drog sitt första riktiga andetag tog hon sats och skrek så högt att kvinnan som hade förlöst henne höll på att tappa henne i golvet. Som tur var stod sängen med den nyförlösta Britt så bra till, att kvinnan lyckades luta sig mot den med den följden att den lilla helt plötsligt hamnade på Britts bröst.

"Men vad gör..." flämtade Britt.

"Åh förlåt!"

För en kort sekund mötte de varandras blick, mor och dotter och tiden tycktes stå still. Hon kände de små snabba hjärtslagen likt en fjärils snabba vingslag.

"Men...?"

Kvinnan tog ett tag om den lilla kroppen och lyfte den. Britt blev överrumplad över sitt plötsliga känslosvall. Varför hade hon reflexmässigt försökt putta bort kvinnans hand?

Men kvinnan hade inte reagerat på hennes rörelse utan lindade in den lilla flickan i en filt och skyndade iväg. Britt hörde ett svagt mummel från rummet intill och ville skrika, men inte ett ljud kom över hennes läppar. Allt blev åter tyst och hon kände med en svepande rörelse över sin mage. Lite hade försvunnit, men den var ännu i största laget. Hon försökte att sätta sig upp men lade sig ner igen när hon kände tröttheten slå mot henne.

"Lägg dig och sov några timmar, så skall du se att du är piggare sen", sa kvinnan och smekte henne över håret.

Britt såg den medlidande blicken från kvinnan. Hon hade försökt att vara likgiltig och hård, men nu höll det inte längre. Allt brast och hon började gråta högljutt. Det kändes så skönt att få gråta och att låta tårarna få rinna som floder längs kinderna.

"Jag måste gå till nästa. Hon skall föda vilken minut som helst. Du stannar här så länge du behöver", sa kvinnan och räckte henne en fuktig trasa.

"Tack! Jag försöker sova en liten stund..."

Hon vände sig om på sidan, viss om att hon hädanefter enbart hade ansvar för sig själv.

Smultrongården 2009

Det var kväll och Maria satt på sängkanten i sitt nattlinne. Nora satt bredvid och höll Marias hand i sin.

”Känns det bra?”

”Det känns underbart!”

”Det är lite tråkigt att vi inte har lyckats spåra var den har befunnit sig”, sa Nora och log.

”Jag har en lite misstanke...”

”Jaså?”

Maria började berätta om en ung man vid namn Erik som hade varit besatt av henne.

”Spännande!”

”Jag vet inte om det egentlige var så spännande. Det var mer skrämmande och overkligt.”

Maria försvann tillbaka till sina ungdomsår och Nora lyssnade med stor spänning.

”Vilket dramaliv du har haft. Tror du att Erik lade beslag på den av svartsjuka?”

”Jag vet inte vad jag skall tro, men nog kan det vara så. Polisen var ju hemma hos honom efter all dramatik och de hittade ju inget anmärkningsvärt, men han kanske hade gömt den.”

”Vad hände med Erik?”

"Mig veterligen så hamnade han först på en anstalt på fastlandet, men jag kommer inte ihåg vilken. Ett antal år senare flyttade han in på ett kollektivt boende här på ön."

"Kommer du ihåg var Erik bodde, när han bodde hemma?" frågade Nora.

"Jag har ju bara vara där en endaste gång, icke frivilligt", sa Maria osäkert, men jag vet att torpet ligger någonstans i Akebäck."

Nora kände spänningen stiga i kroppen. Skulle hon kunna lyckas få dit den sista biten av pusslet?

Maria som hade blivit så trött efter dagens händelse, höll nästan på att somna sittande på sängkanten.

"Låt mig få hjälpa dig", sa Nora och reste sig från sängen.

Maria brydde sig inte om att protestera utan lät Nora hjälpa henne till sängs. Nora stoppade om henne med en filt och smög sedan tyst därifrån.

I tv-rummet satt de andra och tittade på allsång på Skansen, medan personalen skyndade fram och tillbaka med kaffekoppar och kvällssmörgås. Den ljumma luften ute tillät terrassdörren att stå öppen ännu en stund, men snart skulle myggen komma och de var inte välkomna in.

Nora slog sig ner vid de andra som nyfiket undrade vad som egentligen hade hänt.

"Kaffedags?"

"Absolut! Nu skall jag berätta om brudkronan och dess historia."

Nora kände sig mycket nöjd med dagen när hon äntligen satte sig i sin bil igen. Hon tittade på klockan och såg att det hade blivit betydligare senare än hon hade räknat med, men hon tänkte inte åka hem riktigt än. Det var inte med vägen att åka över Akebäck, men nyfikenheten var för stor. Tänk om hon av en händelse skulle hitta stället? Inte för att hon räknade med det, men det var helt klart mycket spännande.

Hon svängde in vid kvarnen strax efter Roma kyrka. Akebäck stod det på skylten. Hon fortsatte sakta vägen fram och spanade efter avfarter, men inget verkade stämma. Akebäck kyrka, hade hon kört för långt? Så mörkt det började bli, hon kunde nästan inte urskilja några småvägar längre. Hon körde in vid kyrkan och bestämde sig för att vända. Hon fick återuppta sökandet en annan dag. Helt plötsligt lystes himlen upp av kraftig blixt och hon blev tvungen att stanna i ren förskräckelse. Var hade ovädret kommit ifrån?

”Min gud!”

Den ena blixten avlöstes av den andra och hon kände sig tvungen att åka därifrån. Det var riktigt obehagligt. När hon med ett krampaktigt tag om ratten hade kört ungefär femtio meter, såg hon något som blänkte till i diket.

I vanliga fall hade hon inte haft en tanke på att kolla efter saker som låg slängda i ett dike, men det hade faktiskt liknat en skylt. En sådan skylt mäklare brukade sätta upp vid en försäljning och av någon anledning kändes det som om det kunde vara den hon sökte.

Hon stannade bilen längs vägkanten och klev ur.

”Nej nu börjar det regna också.”

Hon tog ett kliv ner i diket och fick tag i skylten. Jag visste det! *Till salu, Fastighetsmäklarna*, stod det på skylten.

Nora såg sig omkring, här fanns det inga hus? Hennes kläder hade blivit genomblöta och hon ryste av obehag när hon kände tyget klibba sig fast mot kroppen. Hon borde verkligen sätta sig i bilen och åka hem, men helt plötsligt fick hon syn på något en bit från vägen. Kunde det vara en litet bredare stig? Mot sin vilja fortsatte hon in i skogen och mycket riktigt, där fanns en väg.

Det här måste undersökas, tänkte hon och skyndade sig tillbaka till bilen för hon tänkte inte gå.

Lite skrämd över sitt eget beslut, följde hon längs med den ojämna vägen. Det kunde bli ett dåligt val, tänk om hon skulle fastna någonstans? Hur skulle någon kunna hitta henne här? Precis när hon funderade på att backa tillbaka i samma spår kom hon fram till ett litet obebott hus. Hon stannade bilen, men lät den stå på tomgång, för det var alldeles för mörkt för att kunna se. Hjärtat började slå extra hårt när hon kunde känna igen det Maria hade beskrivit. Men vänta nu, visst stod det en lampa i fönstret? Det måste ju betyda att någon brukar vara här?

Nora satte sig i bilen och öppnade handskfacket. Hon fick tag i block och penna och började skriva ett meddelande. Det var en vild chansning, men hon hade inget att förlora på det. Med ärende, namn och telefonnummer nerskrivet, vek hon ihop lappen och tryckte in den i en springa vid ytterdörren.

Jag kanske skulle skola om mig till privatdetektiv!

Helt plötsligt hade regnet upphört och allt blev helt stilla och tyst.

Hon försökte ta in Marias beskrivning när det helt plötsligt prasslade till i en buske strax intill.

Nu skall jag åka hem, tänkte Nora och drog igen bildörren.

Helt plötsligt kom en skrikande fasan springande rakt mot henne och strax därefter en stor räv. Nora öppnade bildörren och skrek åt räven att ge sig iväg. Först hade räven stannat strax framför Nora och sett på henne med lömska ögon.

"Nej du! Mig skall du inte få äta upp!" skrek hon och viftade med sin handväska. Då hade den sakta backat in i busken igen, medan fasanen under vilda skrän hade försvunnit sin väg.

"Nej nu orkar jag inte mer. Nu åker jag hem oavsett vad."

På vägen ut genom skogen kunde hon åter skymta fasanen... och räven stående bredvid varandra i "godan" ro.

Det skulle bli kaffekalas på Smultrongården och det hade dukats med vita linnedukar och finporslin. De boende på gården och personal hade klätt upp sig och väntade nu på att brudparet skulle komma vilken stund som helst. Solen sken från en molnfri himmel och bjöd på ljumma vindar. Det var inte så många som hade deltagit i vigseln i Barlingbo, bara de närmaste, men Nora hade varit en självklar gäst. En av de givna gästerna var naturligtvis Maria, men hon hade inte orkat att delta. Så brudparet hade lovat att komma förbi Smultrongården innan de skulle föras vidare till ett hemligt ställe.

"Nu kommer de!"

Ytterdörren öppnades och ett nervöst fnitter hördes därifrån. Ann-Katrin skred in i sin fina långa brudklänning med sin arm om sin makes arm och ett sus gick igenom rummet.

"Så vacker..."

På brudens huvud glänste den vackra silverkronan som så länge hade varit på vift. Ett förtjust jubel bröt ut bland den väntande församlingen med en och annan tår i vart öga. Ann-Katrin snurrade ett varv på golvet så att de alla skulle få ta del av det vackra. Maria som hade suttit på "första parkett" reste sig från sin stol och gick fram till dem.

"Så otroligt vackra ni är och vilken glädje att ni kunde komma införbi en gammal tant som jag."

"En gammal tant? Jag är så otroligt glad över att vi äntligen har fått kontakt", sa Ann-Katrin och kramade Maria hjärtligt.

"Det är så tråkigt att jag inte orkade delta."

"Vet du Maria. Jag har något till dig", sa Ann-Katrin och räckte henne ett litet paket.

"Vad är det?"

"Det är en inspelad video. Den innehåller hela vigseln i Barlingbo kyrka."

Maria tog emot paketet med andakt och log.

"Vad glad jag blir", sa Maria och smekte Ann-Katrin över kinden.

När brudparet hade hälsat på var och en av dem, var det dags för brudparet att åka vidare.

"Då äter vi tårta nu då", sa Maria och satte sig tillsammans med de andra.

Maria kunde inte se sig mätt på bröllopsfilmen hon hade fått av Ann-Katrin. Vilken klänning! Tänk att hon själv hade haft den i sin ägo och skulle ha den vid giftermålet med Lars? Men så blev det inte. Livet blir inte alltid som man vill. Tårarna rann längs Marias fårade kinder. Hon var inte ledsen, bara lycklig. Visst påminde Ann-Katrin mycket om henne? Hon hade också haft ett långt blont lockigt hår och den smala fina midjan... Åjo, hon hade allt varit grann en gång i tiden hon med. Ja det var synd att hon aldrig fick äran att bära denna klänning, men hon hade fått sin livs kärlek och de hade till och med varit vid prästen och fått sitt vigselbevis, men det hade varit många år senare och då hade klänningen inte passat, det var hon helt säker på.

Vilket år var det? Borde hon inte komma ihåg vilket år hon och Lars gifte sig? Hon lyfte på deras bröllopsfoto som stod på hennes byrå och vände på det, 1962? Ja så var det, en fruktansvärd vinter. Hur kunde hon glömma det? Lars hade nu varit död i tre år och hon saknade honom något enormt. De hade levt ett rikt liv och utnyttjat sin tid till fullo. Hon var fast övertygad om att de åter skulle ses en dag. Tills dess fick hon väl ta till vara på tiden bäst hon kunde.

Filmen redan slut? Jag tror jag tittar på den än en gång. Jag har ju all tid i världen...

Smultrongården 2009

Hösten rasade med dess stormar utanför fönstret hemma hos Maria. Fy så kallt det är, tänkte hon och lade filten över sina ben. Hon sträckte sig efter den lilla asken och plockade ur dess innehåll. En ung kvinna, nja snarare en flicka hade varit på besök hos henne idag. Josefin hette hon visst. Hon hade varit så otroligt lik någon hon kände från sina ungdomsår- Britt. Men vänta... Hur hade hon fått tag i armbandet? Maria försökte att minnas, men allt blev bara en enda röra. Var det Britt som hade varit här? Det var ju hon som hade lagt beslag på armbandet för många år sedan. Men hur kunde hon se så ung ut eller var... Nej det kan inte stämma. Hur gammal är jag egentligen? Ju mer hon funderade på saken, desto rörigare blev det, så hon tog asken med armbandet och det oöppnade brevet från Britt och stoppade ner den i byrålådan.

Mitt fotoalbum, tänkte hon och satte sig ned i soffan. Ja så var det, nu kommer jag ihåg. Hon hittade ett gammalt foto på Lars och höll det mot sitt hjärta. Lars var håller du hus? Javisst ja, du är på andra sidan. Lova att vänta på mig.

Helt plötsligt knackade det på dörren.

"Kom in!"

"Godkväll! Jag ville bara se till dig innan jag går hem", sa Berit och lade armen om Marias axlar.

"Jag skall också gå hem. Kan vi gå tillsammans?"

"Maria, det här är ditt hem. Du bor här på Smultrongården. Du ville visa mig ett armband."

"Ja så var det ja... Armband? Vadå för armband?"

"Jag kom ihåg fel. Vi ses i morgonbitti, sov gott."

Maria satt fundersam kvar på sängkanten. Hon visste mycket väl att hon hade lovat att visa armbandet, men när det väl hade kommit till kritan hade hon ingen lust. Det kändes oerhört jobbigt att behöva minnas tillbaka. Britt hade inte varit en snäll människa och dessutom verkade hon ha nio liv. Hade hon överlevt en brand och sen en drunkningsolycka? Hon fattade verkligen ingenting och till råga på allt dyker hon upp här. Eller hur var det nu?

Visby 1967

Det var sommar och hettan låg tung över ön. Det enda man orkade ägna sig åt var att lata sig och äta glass och många längtade ut till stranden men hade varken bil eller körkort. Maria som hade vare sig det ena eller det andra fick vackert hålla sig till Visby eftersom Lars för tillfället var utlands. Hon kunde visserligen cykla ner till stranden nedanför Visby lasarett men hade ingen lust. Om hon skulle ta och gå ner till affären och köpa mera glass? Barnen kunde ju helt plötsligt bara dyka upp och då var det bra att ha lite och bjuda på.

"Har du sett lappen på dörren?" sa expediten och pekade.

"Lapp? Nej."

"Kolla när du går ut."

Maria nickade och plockade ner varorna i sin väska.

Hej alla mammor och fruar! Skulle vi inte ta och åka på en gemensam utflykt? Är du eller ni intresserade, skriv ert namn och telefonnummer så hör vi av oss. Mvh Gunhild Persson.

Härligt! Jag skulle kunna ta med mig Eva och Elias, tänkte Maria och skrev dit sitt namn. Det var lite anmärkningsvärt att så många hade anmält sig. Var fanns de någonstans nu? Allt verkade så dött och öde här i området.

Senare samma kväll fick hon telefon från Danmark.

"Det är så tomt utan dig här hemma", sa Maria och såg på sig själv i spegeln. Hade hon spenat mellan tänderna? Nä men fy så hemskt. Hon som hade pratat och skrattat så glatt med den nyinflyttade mannen i porten bredvid. Nej men så pinsamt.

"Då har du inget emot att jag stannar ett par dagar extra?"

"Extra?" frågade Maria och stelnade till.

"Ja som jag sa, mötet blev framskjutet…"

"Jaså… Ja måste du, så måste du."

"Men du har ju så mycket roligt att se fram emot och så kommer jag hem nästa vecka."

Maria stod tyst med telefonluren i handen. Varför hade något känts fel? Lars hade faktiskt låtit nervös. Äsch! Hon inbillade sig säker bara. Hon behövde få göra något, inte bara gå här hemma i lägenheten.

Den stora utflyktsdagen var här. På parkeringen intill affären hade kvinnor och barn samlats och de skulle alla åka med den stora inhyrda bussen, så också Maria och barnen. Eva och Elias stod tätt intill Maria och bevakade varje steg hon tog, medan de andra barnen sprang fram och tillbaka. Elias, som hade råkat få en glimt av godsakerna i korgen som Maria hade med sig, slickade sig om mun vid bara tanken på att få smaka. Maria strök det lilla huvudet med det rågblonda håret och kände en enorm ömhet. Vilken tur att hon tog chansen när den erbjöds, annars hade nog livet varit en aning fattigt. På himlen syntes ett par enstaka moln som tillät en skön svalka, så det skulle bli en perfekt dag för bad och lek vid Tingstäde träsk. Klockan två kom Gunhild Persson och hennes man Åke som dagen till ära skulle vara chaufför.

"Är ni redo för utflykt idag?" frågade Gunhild.

”Ja!” ropade de alla i kör.

”Då ställer vi oss i ett fint led och alla går bakåt i bussen.”

Åke öppnade luckan till bagageutrymmet och stuvade in alla badbollar och korgar och barnvagnar. Helt plötsligt bröt ett illvrål ut.

”Mamma! Min nalle!” skrek lille Peter och pekade på en bänk.

”Men Peter, kan den inte ligga kvar där så länge? Vi hämtar honom när vi kommer tillbaka”, försökte Peters mamma lugna.

”Nej! Nalle skall med!” skrek Peter och började gå mot strömmen ut från bussen.

Peters mamma ryckte på axlarna och satte sig ned.

”Tänk om föräldrar kunde hålla reda på sina saker…” muttrade någon längst bak.

”Nu skall vi inte irritera oss på bagateller. Det är strålande solsken och vi skall ut på en trevlig utflykt. Låt oss njuta av den”, sa Åke och rättade till sin sommargula keps.

Peter kon springande med sin nalle och med andan i halsen.

”Så där ja! Alla redo?”

Åke startade bussen och började svänga av mot utfarten när en kvinna kom springande från ingenstans.

”Stanna!”

”Men snälla någon. Du kan väl inte springa ut framför bussen. Tänk om jag hade kört på dig”, sa busschauffören argt.

”Hade jag inte gjort det, hade du missat mig.”

”Ja ja, kliv på.”

Maria svalde hårt när hon såg kvinnan med det långa svarta håret tränga sig bakåt i bussen rakt mot henne. Hon stannade till och sänkte sina stora rödbågade solglasögon för att hitta en sittplats. Maria försökte besvärat vända sig bort, men förstod att Britt hade fått syn på henne. Maria förbannade sig själv att hon hade placerat barnen på ett säte för sig och att hon nu tyvärr satt ensam.

”Här har vi ju en ledig plats!” sa Britt och trängde sig ned intill Maria. ”Är det inte du Karin?”

En stark doft av parfym spred sig över bussen och hon blev tvungen att nysa.

”Har du blivit förkyld?” frågade Britt och rynkade på näsan.

”Nejdå! Lite besvärande lukt bara”, sa Maria sarkastiskt.

Maria som hade vant sig vid tanken att den ”döda” kvinnan i allra högsta grad var levande, tyckte att hela situationen var jobbig. Britt pladdrade på som om det skulle vara den mest normala situation de emellan och till Marias fasa kunde hon se de andra kvinnornas intresse för denna frispråkiga kvinna. Maria kände olust över att bli påmind om ungdomens dagar då hon alltid hade blivit betraktad som en grå mus, med tankar utan värde. Till och med Eva och Elias följde Britt gestikulerande händer med stort intresse och brast ut i skratt när hon råkade vifta till Marias hatt. Britt hade då vänt sig om och bett om ursäkt med en försmädlig min.

Maria andades lättat ut när Åke svängde in på parkeringen vid Tingstäde träsk. Förbaskade kärring, låt bli mina barn, tänkte Maria när hon såg hur Britt busade med Eva och Elias.

”Maria!” ropade Elias och tog hennes hand.

”Nu skall vi hitta en fin plats för oss”, sa Maria och tog emot korgen med smörgåsar och dryck.

”Jag är hungrig.” sa Eva och strök sig över magen. ”Se hur tom den ser ut.”

Maria tyckte mycket om träsket. Hon och Lars hade varit där ett antal gånger. Det var skönt att slippa all sand. Här kunde man sitta i gräs och bara det var värt mycket.

”Får vi gå ner på bryggan och se på när de fiskar?”

”Vi kan väl hitta vår plats först?”

Hela badplatsen hade fyllts av liv och rörelse, med barn som skrattade, tjatade och sprang omkring.

”Jag vill gå till kiosken, kan jag få göra det?” sa Eva och hoppade jämfota av iver.

Maria såg bort mot den mysiga kiosken som var från 1930-talet. Där kunde man köpa glass, godis och dryck.

Maria hörde ett illvrål när någon tippade ut en hel flaska med saft. Från ett annat håll hörde man en skrattsalva, när någon hade satt på sig baddräkten bak och fram.

”Jag hinner först!” ropade en pojke och knuffade omkull sin lillebror i farten mot vattnet.

”Mamma! Robert säger att han hinner först.”

”Nu lugnar ni ner er, annars får ni sitta i bussen tills vi skall åka hem.”

Maria tittade sig omkring och hittade en lämplig plats, så långt från orosmolnet Britt som det bara var möjligt.

”Skall vi gå ner och känna på vattnet?” frågade Maria och log.

Eva nickade ivrigt, medan Elias var tveksam.

”Vänta här på filten, jag skall bara gå och byta om”, sa Maria och gick bakom ett buskage.

”Kom igen! Hon kommer efter”, sa Britt och drog med sig Eva.

Maria tittade genom buskaget och fick syn på Britt. Vad i hela friden höll hon på med? tänkte Maria och försökte skynda sig.

”Kom Elias så går vi efter dem”, sa Maria.

”Vad håller du på med?” ropade Maria och slog med handen i vattnet så det stänkte upp i ögonen på Britt. Britt var helt oförberedd och hann inte riktigt förstå vad det var som hände eftersom det plaskades vilt överallt.

Britts grepp om Evas handled lossade.

"Kom här", sa Maria och tog med sig Eva in till strandkanten.

"Vad håller du på med? Får inte barnen leka? Du är väl inte deras mamma? Vad jag förstår har du inga egna och kan inte heller få?"

Maria kände hugget och förstod att Britt ännu var bitter.

"Vad menar hon Maria?" frågade Eva och kramade Marias hand.

"Ni skall inte bry er om det, men jag kan berätta en annan dag. Nu skall vi ha roligt. Är du hungrig Elias?"

En susning for genom samlingen av människor på stranden när Britt steg upp från vattnet. Hennes minimala röd- och vitprickiga bikini mot hennes solbruna, vattenstänkta kropp fick henne att bli en skönhet, vilket hon mycket väl visste och utnyttjade.

Dagen var fortfarande lika vacker och det hade hunnit bli lunchtid. Korgarna plockades upp och alla åt under tystnad, trötta efter all aktivitet. Elias såg lystet efter den sista smörgåsen i plåtlådan och försåg sig efter ett godkännande.

"Skall vi lägga oss en stund och vila här?" frågade Maria och pekade på filten.

Både Eva och Elias lade sig ned bredvid Maria, trots att de andra barnen åter gick ned till vattnet för att leka.

"Vi behöver inte ligga så länge, men det är bra att låta maten få sjunka."

Solen var nu som varmast och skuggan av träden hade gjort sitt.

Hade hon inte sett en liten roddbåt ute vid bryggan? Maria satte sig upp och kisade mot vattnet och mycket riktigt, det låg en liten eka där i vattnet och guppade.

"Sover ni?" viskade Maria.

Eva tittade upp på henne och ruskade på huvudet.

"Skall vi ro ut en bit med den lilla båten?"

"Ro ut med båten?" viskade Eva oroligt.

"Jag har gjort det många gånger förr och jag är duktig på det. Jag lovar på heder och samvete, men ni kanske hellre vill ligga kvar och vila?"

Maria visste sedan tidigare att de aldrig skulle låta henne åka iväg ensam, så med en viss tveksamhet följde de snällt med.

Maria kastade ett öga mot Britt och kunde lugnt konstatera att hon förmodligen hade somnat där hon låg på mage med sin stora solhatt på huvudet. Någon snarkade, någon annan läste, medan den tredje febrilt letade efter något i sin matkorg.

Längst ute på bryggan låg mycket riktigt en liten roddbåt.

Låna mig gärna. Men lämna tillbaka mig här. Tack! Stod det på en liten skylt strax intill.

Barnen såg på henne med nyfikna ögon när hon tog tampen och lossade den från pålen.

"Kom och kliv ombord."

Efter en viss tveksamhet tog Eva Marias hand och klev ner i båten.

"Din tur", sa Maria och pekade på Elias.

"Då sitter ni stilla där så skall…"

Helt plötsligt kunde hon se ett par brunbrända fötter med rödmålade naglar framför sig.

"Så kul! Vilken tur att det finns plats för mig också", sa Britt och tog ett kliv rakt ner i båten, så att den började gunga oroväckande.

Barnen höll sig krampaktigt fast medan Maria gjorde allt för att få båten i rätt balans igen.

"Men nu hade jag tänkt…" protesterade Maria.

"Du och jag skall prata allvar", sa Britt med en väsande röst och grep tag i årorna och började ro.

Maria kände skräcken gripa tag i henne och ingen verkade ha sett dem ge sig iväg. Varför hade hon tagit med sig barnen? Maria såg på Britts sammanbitna min och försökte intala sig att allt skulle ordna sig. De skulle ha sin lilla pratstund och sedan ro tillbaka igen.

Hade hon varit där ensam kunde hon bara hoppa i. För var det något hon verkligen var duktig på, så var det att simma, men nu hade hon barnen och Elias kunde inte simma. Nej usch, hon fick inte sitta och skrämma upp sig själv. Inte kunde hon väl göra något mot barnen, men Maria visste att den här kvinnan var ingen att leka med.

"Det kan väl räcka nu", sa Maria tyst när hon såg hur långt de hade kommit från land.

"Jag mötte Lars på gotlandsfärjan nyligen…" sa Britt och spände ögonen i Maria.

Maria visste inte vad hon skulle säga, så hon förblev tyst.

"Jag såg honom med en annan kvinna."

"Nej! Du har fel!"

"Han är dig inte trogen. Tro mig!" sa Britt och såg in mot land.

"Menar du nu nyligen? Det var säkerligen hans sekreterare. De är iväg på en affärsresa", sa Maria och såg oroligt på barnen. "Kan vi inte ro in till land och fortsätta samtalet där? Barnen blir rädda."

"De såg ut att vara mer än chef och sekreterare", sa Britt och brydde sig inte om hennes fråga.

"De andra passagerarna hade blängt lite snett på dem, när de stod där och hånglade…"

"Maria, vad är hångla för något?" viskade Eva.

"Ja vad är hångla för något Maria?" sa Britt med barsk röst. "Honom är du gift med, en otrogen "skitstövel."

Maria kände tårarna bränna bakom ögonlocken, men kämpade för att hålla dem borta då barnen förfärat såg på de båda kvinnorna.

Vilken vedervärdig människa. Det finns verkligen inget gott i henne, bara en massa elakheter, tänkte Maria.

"Har du sagt allt du hade på hjärtat? Kan vi ro in till land nu?" frågade Maria och mötte Britts tomma blick. Elias började gråta och försökte ta sig över till Maria.

"Sitt stilla", började Maria, men för sent. Båten började gunga oroväckande.

"Sitt!" röt Britt och tryckte ner Elias framför sig. "Din lilla snorunge."

"Du kan inte", började Maria, men tystnade tvärt när hon såg Elias närma sig kanten på relingen.

"Du kan väl inte simma din lilla parvel?"

"Vad tänker du göra? Är du helt galen?" flämtade Maria förskräckt.

I samma ögonblick som hon sa det, förstod hon att det var ju precis så det var. Hon var helt galen.

"Vad vill du?" frågade Maria och såg på Britt.

"Vad jag vill!? Har du inte förstått det än!?" skrek Britt. "Jag vill ha tillbaka det som du en gång stal av mig. Du har förstört hela mitt liv. Förstår du det?"

"Vad har jag stulit, vad menar du?"

"Du har stulit mannen jag skulle ha dela mitt liv med."

"Lars?"

"Ja, Lars… Han var min. Du förstörde allt mellan oss."

Maria visste inte vad hon skulle säga. Kan man verkligen stjäla en människa och hans hjärta? Så allt hat från hennes sida hade handlat om honom!?

"Han var ju ensam några år. Varför tog du inte chansen då?"

"Därför att han redan var förstörd, han var förhäxad av dig din lilla häxa!"

Barnen började gråta och paniken låg nära.

"Tyst med dig. Jävla unge. Akta dig så du inte ramlar i vattnet?" sa hon och tog i Elias tröjärm, men han tystnade inte, utan grät allt högre.

Allt var så overkligt. Maria tyckte befinna sig mitt i en skräckfilm som inte gick att stänga av.

Maria satt som i chock när hon såg Britt lyfta den lilla pojkkroppen, men vågade inte ingripa, rädd för att hon skulle tappa balansen och ramla. Maria såg hans taniga armar klamra sig fast vid Britt och för en kort sekund mötte hans och Britts blick och hon tycktes stanna upp.

"Nu skall du få se. Här uppe ser man mycket bättre!"

"Sluta! Sätt dig ner. Du skrämmer pojken. Snälla!" Bönade Maria och försökte resa sig upp.

Eva tystnade och såg förskräckt på Maria när hon försökte få tag i Elias i den allt mer gungande båten.

"Nej!" skrek Britt och ramlade i vattnet med Elias i sin famn. Hon sprattlade för att hålla sig uppe vid ytan, men hade tyvärr lyckats trassla in sig i något och drogs allt längre ner.

"Elias!" skrek Eva med gråt i rösten.

"Du måste sitta snällt och stilla här i båten. Jag kommer snart tillbaka, skall bara hämta lillebror. Lovar du det?" frågade Maria och klappade henne på kinden.

Eva nickade med tårfyllda ögon.

"Sitt kvar du med!" ropade en röst strax bakom dem.

Maria såg i ögonvrån hur en annan roddbåt hade kommit upp strax bakom dem och hur någon dök i och tack och lov lyckades fånga upp den lilla pojken. Han hosta och grät om vart annat och det var ju bra, för då var det liv i honom.

"Jag hittar inte kvinnan", sa den andra mannen som hade kommit till undsättning.

"Var är Britt?" ropade Maria skräckslaget.

Männen dök åter i vattnet och simmade fram och tillbaka, men utan resultat. Hon fanns inte där? Någon räckte henne en filt, vilket hon lindade runt den frusna Elias.

"Orkar du ro in till land, eller skall jag ta över?" frågade en av männen som nyss hade varit i och letat efter Britt.

Maria nickade och började ro med Elias och Eva sittande mellan sina armar.

"Var är den dumma tanten?" frågade Elias och såg bekymrat på Maria.

"Hon finns där någonstans. De fortsätter att leta efter henne. Det är inte så djupt, men man kan fastna i något. De hittar henne snart." I samma stund ropade en av männen att kvinnan var funnen och att hon hade tagit sig i land en bit ifrån dem.

Maria hoppade upp på bryggan och knöt fast repet runt pålen. Hon drog in den lilla ekan precis intill bryggan och hjälpte barnen i land.

Bussen körde in på parkeringen och öppnade dörren.

"Kan vi få gå in och sätta oss? Jag fryser, sa Eva och hackade tänder.

"Vi kan fråga. Har vi packat allt nu så vi inte glömmer kvar något", sa Maria och såg att de andra också hade tänkt gå till bussen.

"Där kommer hon", sa Elias och ställde sig bakom Maria.

Maria såg dit Elias hade pekat och mycket riktigt, där kom hon, Britt.

"Kom så går vi", sa Maria och skyndade sig att ta den tomma korgen på armen. "Eva du kan ta handduken."

De klev lättade på bussen och satte sig på första lediga plats.

"Skall hon med?" frågade chauffören och pekade på Britt.

"Hallå! Vill du åka med hem?" ropade chauffören.

Britt svarade inte, utan vände sig bara om och gick åt andra hållet.

"Jag kan inte göra mer. Vill hon inte åka med så vill hon inte, det är frivilligt", sa chauffören och ryckte på axlarna.

Han startade bussen och väntade i ytterligare några minuter, för att sedan sakta svänga ut på vägen.

"Vad hände där ute i båten egentligen?" frågade en kvinna och mötte Marias blick.

"Hon föll när hon stod med Elias i famnen", sa Maria undvikande.

"Men varför ville hon inte åka med tillbaka till stan?" frågade en annan kvinna.

Maria ville inte tala om det som hade hänt. Det handlade om hennes privatliv och hon var inte alls säker på att de skulle förstå. De kanske skulle anse att det var hennes fel att de hade ramlat i vattnet.

"Tanten var dum", sa Eva tyst.

Maria såg att de andra kvinnorna reagerade men de frågade inget mer.

Vad var det hon hade sagt om Lars? Hade han varit otrogen mot henne? Det kunde väl ändå inte stämma? Hon hade verkligen önskat ett samtal från honom, men tänk om det var så att Britt hade rätt? Hon skulle inte klara av att höra de orden från honom.

Hon lyfte på telefonluren och lyssnade, ja den fungerade. Rastlös vandrade hon från det ena fönstret till det andra och tittade ut. Började hon inte få ont i magen nu också?

"Förbaskat!" muttrade hon och slog näven i diskbänken. Hon kände tårarna bränna bakom ögonlocken och fuktade en handduk med iskallt vatten att baddade ögonen med. Förbaskade kvinna att hon aldrig kunde lämna henne ifred, tänkte Maria sorgset.

Dagarna gick och äntligen kom det efterlängtade samtalet från Lars. Hon försökte prata på som vanligt och samtidigt lyssna in om något lät annorlunda, men hon märkte inte något misstänkt, så hon bestämde sig för att lämna det för tillfället, för Britt var ingen man kunde lita på. Men så fort hon hade lagt på luren ångrade hon sig. Varför i hela friden hade hon inte sagt något? Hon visste att Lars inte kunde ljuga, men ju mer hon tänkte på det, var det kanske det som var problemet.

Någon dag senare kom Lars hem från Danmark.

"Till mig?" sa Maria och tog emot en jättestor bukett med röda rosor.

"Det är så skönt att vara hemma igen."

"Du är efterlängtad", sa Maria och luktade på rosorna.

"De luktar gott!"

"Kalops! Den är färdig alldeles strax."

”Kan du ta ner den stora vasen från skåpet, så dukar jag
fram maten?”

”Absolut, men först vill jag omfamna min kära hustru”, sa
Lars och lindade sin armar runt henne.

Maria försökte tränga undan sina orostankar. Han sade ju
så fina saker...

”Du luktar gott”, sa Lars och tryckte näsan intill hennes hals.

En underbar känsla for genom Marias kropp. Hur skulle
hon klara av att berätta för honom om Britt och hennes an-
klagelse, men hon var tvungen.

Maria lade ner sina bestick på tallriken efter att de hade ätit
färdigt och såg på Lars.

”Det har hänt mycket under tiden du har varit borta.”

Maria började berätta om utflykten till Tingstäde och Lars
lyssnade uppmärksamt. Hon berättade vidare om barnen och
om Britt.

”Britt?”

”Ja. Hon verkar dyka upp lite när som nu för tiden.”

”Kände hon igen dig?”

Maria nickade och kunde skönja en viss oro i hans ögon.

”Hon ställde till med ett riktigt rabalder.”

”Nej men...”

Maria berättade om ekan och hur hon hade tvingat sig
med och hur hon hade skrämt barnen.

Lars satt tyst och väntade på fortsättningen.

”Sen föll de i vattnet. Elias klarade sig bra. Britt blev sur
och arg och vägrade att åka med bussen hem. Jag har inte en
aning om hur hon lyckats ta sig hem.”

”Hon skämdes väl.”

"Jag är inte så säker på det. En del trodde säkerligen att jag var medskyldig till olyckan."

"Hon var med på färjan till Nynäshamn sist jag åkte över."

"Så?" sa maria och kände ett sting i hjärttrakten.

"Det var en riktigt gungig färd och folk föll som käglor."

"Ja?"

"Bli inte svartsjuk nu, men jag hade faktiskt en ung dam i min famn den gången."

Maria visste inte vad hon skulle säga. Hon hade verkligen inte räknat med att han själv skulle berätta så här rakt upp och ner.

"Hon föll faktiskt för mig, rakt in i min famn..."

"Vad menar du?" frågade Maria lugnt.

"Hon föll rent bokstavligt alltså. Hon tappade balansen och jag lyckades fånga upp henne. Det skulle säkerligen kunna tolkas helt tokigt om någon hade lagt märke till det.

Den oerhört tunga stenen föll från hennes hjärta. Självklart kunde hon lita på Lars, hon hade faktiskt aldrig behövt tvivla. Hon kände tårarna komma och Lars tittade bestört på henne.

"Jag är bara så oerhört glad över att du är hemma och att du är min", sa hon och kröp in i hans famn.

Förbaskat! Inget hade blivit som hon hade räknat med, tänkte Britt och tittade in mot folksamlingen på stranden.

Hon kände den lilla pojkens kropp som vettskrämd höll tag om henne. Hon försökte slita loss honom, men då svarade han med att hålla än hårdare. Det är starka krafter du har, tänkte Britt och gjorde en sista ansats till att slita loss honom. Båten gungade oroväckande och de skrek av förfäran allihop. Hon försökte återfå balansen och mötte för en kort sekund Elias blick. För ett svindlande ögonblick var det ett par andra ögon hon mötte, ett par ögon som för alltid hade etsat sig fast inom henne. Britt kände plötsligt hur hon föll.

”Nej!”

Hon försökte komma upp till ytan men tyngden av pojken som så krampaktigt höll fast, fick henne att sjunka allt djupare. Hon skymtade flera personer uppe vid ytan och kände sig maktlös. Allt hade blivit förstört. Elias, som för stunden hade förlorat medvetandet lossade sitt grepp och Britt kunde ge honom en knuff upp mot ytan. Jag vill inte upp. Jag orkar inte stå där med skammen, tänkte Britt och tog några simtag bort mot den täta vassen.

❧

Åk! tänkte Britt och vände sig bort från åsynen av bussen. Måste de verkligen sitta där i bussen och glo på henne. Försvinn!

Hon hörde bussen starta och hon andades lättat ut. Aldrig i livet att hon tänkte åka med dem. Nej, hon fick ta sig in till stan på egen hand. Hela stranden låg öde. Till och med kvinnan i kiosken hade stängt och gett sig iväg. Hon satte sig ned på sin filt och satte på sig sin solhatt. Hur kunde det bli så här? Hon kände en tår bränna bakom ögonlocken och skyndade sig att sätta på sig solglasögon. Förbaskade sol, nu har du irriterat mina ögon.

Lika bra att byta om, tänkte hon och tog av sig den våta bikinin. Som tur var hade hon andra kläder att sätta på sig.

❧

Hennes fötter värkte efter den långa biten hon hade gått och hon bestämde sig att det var bättre att gå barfota. Varför kom det inte någon som kunde plocka upp henne? Hade alla valt att stanna hemma idag? Dessutom var hon väldigt törstig.

Helt plötsligt hörde hon ett motorljud närma sig bakifrån.

"Åh Herre gud, äntligen är räddning här."

Hon viftade ivrigt med armarna när bilen närmade sig. Den fick helt enkelt inte bara köra förbi.

En Heinkel Trojan stannade intill henne och hon kände hur modet sjönk.

"Det finns plats för dig om du vill åka med", sa mannen och torkade med jackärmen bort lite snus som hade runnit ner på tänderna.

"Tack! Men jag tycker det ser fullt ut", sa hon och såg på den stora hunden som satt på sätet intill.

"Haha! Fisen, hoppa bak", sa mannen och klappade sedan på sätet för att visa henne den lediga platsen.

Det var verkligen under hennes värdighet att åka med denna, men hon orkade inte med tanken på att behöva gå hela vägen hem.

"Det är inte var dag man få så fint damsällskap i Heinkel`n", sa mannen och drog igen dörren.

Britt gav mannen ett stelt leende. Hon var ändå glad över att slippa gå.

Resan hem tycktes som en oändlig färd. Dessutom hade de varit tvungna att stanna längs med vägen eftersom hunden behövde ut och kissa.

"Nu förstår du varför han kallas Fisen?" sa mannen och skrattade.

"Ja", sa Britt och torkade svett från pannan.

"Är du törstig?"

Britt nickade men bestämde sig för att hon kunde klara sig, när han räckte en termos med ljummet kaffe till henne.

"Ja då var vi i stan då", sa mannen och puffade på henne.

"Förlåt, jag somnade visst", sa hon och satte sig kvickt upp, när hon insåg att hon hade lutat sig mot den stora hundens huvud.

Åh nej, tänkte hon när hon såg att de svängde in på parkeringen till Bingebyhallen. Han puffade upp dörren och hon kravlade sig ur.

"Klarar du dig hem?"

"Tack! Det går bra", sa Britt och såg sig oroligt omkring. Hade någon sett henne?

Britt hade tur, ingen lade märke till henne och hon kunde ta sig hem osedd.

På kvällen kom ilskan tillbaka. Varför skulle alltid Karin komma undan? Hon tänkte på Elias små händer som så krampaktigt hade hållit fast i henne och fick åter tillbaka den där sorgsna känslan. Ibland kände hon sig väldigt ensam och det verkade ha blivit mera påtagligt med åren. Varför hade den lilla flickans blickar börjat besöka henne allt oftare i hennes drömmar? Flickan som hon en gång själv hade förlöst. Undrar hur hon ser ut idag? Är hon lik mig?

Fy vad jag känner mig konstig, tänkte Britt och trevade sig fram i mörkret i Nordergravar utanför stadsmuren. Någon enstaka lykta som var tänd längs med vägen. Hon fick kämpa för att lyckas bryta sig genom den täta dimman och hon var nära att snubbla flera gånger. Hon var inte mörkrädd, det hade hon nog aldrig varit vad hon kunde minnas, snarare tvärtom. Däremot älskade hon skenet från månen, men ikväll lyste den med sin frånvaro. Hösten hade kommit, men ännu var kvällarna ljumma, så hon behövde inte frysa.

"Aj!" Hördes en mansröst.

"Hjälp! Är du galen, du kan väl inte ligga mitt på stigen!"

"Stigen? Jag ligger en god bit från stigen. Sådana blindstyren som du, borde inte vara ute och ränna så här sent. Ni kan ju ha ihjäl en. Här försöker man få lite sömn före jobbet och så kommer du och sparkar på mig."

"Gå hem och lägg dig istället!"

"Inte för att det angår dig, men jag var hemma men blev utslängd…"

"Utslängd?" sa Britt och skrattade rått.

"Hon påstod att jag luktade brännvin."

"Gå hem! Hon saknar dig säkert."

"Tror du?" Britt såg hur byltet framför sig ändrade form och förstod att han försökte sätta sig upp.

"Seså! Iväg med sig nu."

"Ja ja om du säger det så…"Britt var nöjd över att ha lyckats hjälpa honom och klappade honom på axeln, men så kom hon på sig själv med att röra vid en främmande människa här i mörkret och ryckte snabbt åt sig sin hand. Vad håller jag på med, tänkte hon och skämdes. Mannen reste sig upp och samlade ihop sina saker för att sedan snabbt skynda sig därifrån. Hon hörde hur han mumlade något ohörbart men brydde sig inte. Hon var bara förvånad över sig själv, det var länge sedan hon hade brytt sig om en medmänniska? Hon borde göra det oftare. Det var inte bra för henne att stå här, tänkte hon och skyndade iväg åt samma håll som mannen. Hon kom fram till Dalmansporten och blev förvånad över att det lyste i den, det hade inte synts förrän hon var nära inpå. Hon huttrade och drog den virkade schalen tätare runt sig. Vinden hade helt plötsligt slagit om och blåste kyliga vindar. Hon kände stänk emot sin kind och insåg att det var bäst att skynda den sista biten. Hon ville inte riskera att bli blöt med lunginflammation till följd. Dropparna blev allt större och kullerstenarna blev glashala och det gjorde det svårt för att springa. Äntligen framme, tänkte hon och puffade upp den lilla porten till gården.

Åh nej, tänkte hon när hon insåg att hela gården hade blivit vattenfylld. Hade det blivit tätt i avrinningsbrunnen igen? Hon letade fram krattan från förrådet och drog undan samlingen av löv och pinnar från avrinningen och andades lättad ut när hon hörde det ekande ljudet från brunnen när vattnet rann ner. Nu måste jag gå in. Det här är inte bra för hälsan.

Britt frös så hon skakade när hon kastade av sig de blöta kläderna i en hög på golvet. Hon gnuggade sin hud tills den blev röd och satte sedan på sig raggsockor och badrock. Jag måste göra upp eld, det är ju iskallt i huset, tänkte hon och öppnade kakelugnen. Hon rakade ur den gamla askan och plockade ihop lite kvistar och näver, nu skulle det snart bli varmt, tänkte hon och strök stickan mot plånet.

Uppkrupen i sin säng, lutande mot väggen med en tjock filt över benen, satt hon och tittade på elden i kakelugnen och lyssnade till dess knaster. Hon kände värmen stiga i kroppen och började bli trött. Hon försökte kväva en gäspning men hon hade inte tid till att sova än. Hon behövde klura på sin plan och den här gången fick det inte gå fel, för hon hade lovat sig själv att det här skulle bli hennes sista försök. Om Lars inte skulle ta sitt förnuft till fånga och inse att det var hon som var den rätta, då fick han helt enkelt skylla sig själv. Fick inte hon Lars till sin, då skulle inte de heller ha varandra. Nu blev hon alldeles för trött. Hon kanske skulle vila en stund...

Så trevligt, tänkte Maria när hon läste lappen på anslagstavlan i trappuppgången. Marknad och fest. Det kom som på beställning. Vi skulle behöva ha lite roligt. Tänk om hon själv skulle vara med på marknaden? Lekar och tävlingar var väl inte direkt något för henne, men det kunde vara skoj att se på. Lokala förmågor spelar och sjunger, undrar vad de kan vara för några? Tacksamt om så många som möjligt kan hjälpa till att förbereda på kvällen och naturligtvis ville hon vara med på det också.

På kvällen samma dag berättade Maria glatt för Lars om marknaden och festen men kom snabbt ner på jorden när hon förstod att han inte hade det minsta intresse av att delta.

"Jag hade nog tänkt åka på travet..."

"Ja ja, du gör väl som du vill. Då får jag vara med där själv."

Lars nickade och återgick till teveprogrammet.

Hon tittade nöjt på sina kartonger med saker hon hade tänkt sälja på marknaden. Hon hade verkligen varit flitig med att koka saft, sylt, bakat kakor och bullar och en hel del annat smått och gott. Hon kände en ilning av spänning krypa längs ryggraden och log. Som tur var hade Lars lovat henne hjälp med att bära lådorna till lokalen, det hade hon aldrig klarat själv.

Det kluckade från saftflaskorna och Maria kände sig lite orolig, måtte korkarna hålla tätt. Hela lokalen var fylld av människor som bar på kassar och kartonger. Det skrattades och pratades och Maria kunde ana en viss ånger från Lars sida att han inte skulle delta. Marias kartonger kom på plats och efter en koll kunde hon se att allt ännu var helt.

"Du och jag skall dela bord", sa en ung kvinna i ljusblå byxdress. "För visst är det du som är Maria?"

"Ja! Vad tänker du sälja då?"

"Babykläder, jag syr själv. Skall bli så spännande", sa den unga kvinnan och log.

"Ja då ses vi i morgon då", sa Maria och tittade efter Lars.

"Han gick ut, följde troligtvis med min man. De pratade om hans motorcykel", sa kvinnan.

Kvinnan i den blå byxdressen hade rätt. Lars hade följt med och stod nu och beundrade den välputsade motorcykeln.

"Jag körde mycket motorcykel förr", sa Lars och kliade sig på hakan. En gest som Maria hade lärt sig att älska hos Lars, en gest som stod för det nyfikna och naiva.

Hon avbröts i sina funderingar av ett mumlande ljud inifrån förrådet. Hon brukade inte vara speciellt nyfiken, men det här var något som kändes fel. Hon hörde klirret av flaskor inifrån lokalen och blev fundersam. Det var väl ingen obehörig där inne? Hon skyndade mot dörren och gick in, men var tog de vägen? Hon gick in i rummet med alla kartonger och såg sig omkring. Äsch! Inbillade hon sig saker nu igen? Nu var det bara att invänta morgondagen och hoppas på fint väder.

Rosmarie en kvinna strax över femtio år, propert klädd i knälång kjol, vit blus som var knäppt ända upp till översta knappen och som dessutom var prydd med en stor guldbrosch, stod nu med en nyckelknippa i handen för att vänta ut den sista för att sedan låsa lokalen. Hon jobbade ideellt för kyrkan och var en av initiativtagarna till arrangemanget.

"Då ses vi i morgon!" sa hon och ryckte en extra gång i handtaget för att försäkra sig om att dörren hade blivit låst. Rosmarie stoppade nyckeln i kappfickan vilken hon hängde över armen.

De senaste åren hade Rosmarie inte gjort mycket annat än att jobba, men det berodde på ensamheten. Det gjorde ont att vara ensam när man inte ville vara det, så när den här kvinnan helt plötsligt dök upp efter en kaffebjudning i kyrkans regi och inte hade vare sig bostad eller mat, ville hon naturligtvis hjälpa henne. Det hade varit lite småkakor kvar och de hade hon ätit allihop, ja till och med en halväten bulle som någon hade lämnat, slank ner.

"Jag blev mätt", hade hon sagt och rapat. Hon hade bett om ursäkt, men inte gjorde de Ros-Marie något. Det var bara så skönt att kunna hjälpa. Hon hade sträckt ut sig på stolen och blundat, då hade hon passat på att studera henne. Hennes långa svarta hår var vågigt och hennes ögon kunde också upplevas som svarta ibland. Hon var smal och hennes händer hade vackra långa fingrar. Ros-Marie hade så gärna velat fråga vem hon var, men något hade fått henne att låta bli. Kvinnan ville nog bara få vara ifred just då, så hon fick ge sig till tåls.

Rosmarie samlade ihop alla kaffekoppar och fat och bar ut dem till köket för att diska. Hon tappade upp vatten i baljan och gned varenda kopp ren. Hon gick tillbaka till lokalen och hörde en hög snarkning. Kvinnans huvud hade fallit bakåt och det långa svarta håret hängde likt ett draperi längs stolsryggen. Även armarna hade fallit och hängde som två tyngder mot golvet.

"Åh! Kära nån", sa Rosmarie och ruskade kvinnan lite lätt på axeln.

"Kom med mig, så skall du få sätta dig betydligt bekvämare", sa Rosmarie och hjälpte kvinnan upp.

"Sätt dig här", sa Ros-Marie och pekade på en mjuk skön fåtölj med tillhörande fotpall.

Rosmarie behövde inte be henne två gånger, hon satte sig direkt och blundade. Hon hämtade en filt och lade över henne och stoppade om. Vad skulle hon göra med henne? Hon behövde snart gå hem för att mata och rasta hundarna. Det var nog inte så bra att bara lämna henne där. Kunde hon kanske lämna ett meddelande till henne om hon skulle vakna? Ja det var nog det bästa och hon skulle ju snart vara tillbaka igen.

Lite tveksamt låste hon till församlingshemmet, men hon kunde inte bara slänga ut henne. Det fick bära eller brista.

Britt förstod inte varför någon helt plötsligt hade valt att vara så snäll mot henne. Hon kunde inte minnas när någon senast hade brytt sig om henne. I nästan all sin tid hade hon tyckt att andra hade varit emot henne och till viss del kunde hon väl förstå det. Hon hade mestadels haft taggarna utåt, till försvar. Hon hade inte en aning om hur gammal den här kvinnan skulle kunna vara, men hon kändes nästan som en mor eller som en mor skulle vara. Hon drog upp filten under hakan och kände hur sömnen sakta smög sig på.

När Rosmarie kom tillbaka till församlingshemmet en timme senare, hittade hon kvinnan ännu sovande i fåtöljen. Det värmde gott inom henne att hon hade visat barmhärtighet mot en behövande. Hon såg upp på tavlan som hängde över fåtöljen och Madonnan mötte ömt hennes blick. Hon hade gjort rätt och det visste hon. Hon ruskade försiktigt i kvinnans axel, men ingen reaktion. Först efter femte försöket började det röra på sig under filten.

Ett par trötta mörka ögon tittade fram över filtens kant. Hon såg sig omkring och satte sig upp i fåtöljen medan hon samtidigt drog filten hårdare om sig.

"Hur mår du?" undrade Rosmarie.

Britt grymtade något till svar. Rosmarie såg undrande på henne, men beslöt sig för att inte fråga något mer. Rosmarie räckte henne en kopp med kaffe och hon drack girigt.

"Tack så hjärtligt mycket för allt. Du har gjort mer än du behövt, men nu skall jag gå. Än en gång, ett stort tack", sa Britt och gick utan att invänta något svar. Rosmarie stod kvar och såg fundersamt på kvinnan som ragglade fram längs gränden.

Kvällen var lugn och Rosmarie njöt av den sköna kvällen. Att promenera var för henne ett måste, ett sätt att hålla igång och i morgon bitti skulle hon tillbaka till lokalen igen för då skulle det bli marknad och fest.

Hon bestämde sig för att gå ner genom Norderport och passerade då kafé Norrgatt. Hade alla redan gått hem? Sommar och höst innebar en stor skillnad. För bara ett par veckor sedan var det många som var ute och promenerade, nu var det helt öde. Nej kanske inte ändå, någon satt bestämt på en bänk där borta, tänkte hon och blev fundersam. Kände hon inte igen det där håret? Det fanns inte många med ett sådant svart hårsvall, kunde det vara kvinnan nere vid församlingshemmet?

Rosmarie närmade sig kvinnan på bänken och saktade in på stegen. Hennes huvud hängde framåtböjd med håret hängande ner till marken. Rosmarie gick förbi men stannade och gick tillbaka.

”Hej! Hur mår du?”

Men huvudet förblev hängande och reaktionen uteblev.

”Ja då går jag vidare då”, sa Rosmarie och började gå.

”Allt är bara elände”, svarade kvinnan sorgset.

”Får jag slå mig ner?”

”Visst...”

”Jag heter Rosmarie.”

”Britt...”

”Vackert namn”, sa Rosmarie och log. ”Kan jag hjälpa dig med något?”

Britt ruskade på huvudet.

”Du kan gärna få sitta här en stund med mig...”

”Det gör jag så gärna.”

När Rosmarie mötte hennes blick blev hon förskräckt. Stackars människa, så svart hon är runt ögonen. Hon ser ut att bära på världens bekymmer.

”Du skall nog gå hem, det börjar mörkna”, sa Britt och såg på Rosmarie.

”Det har du nog rätt i. Det kanske du också borde.”

När Britt inte svarade, reste sig Rosmarie och tog på sig kappan. Det hade hunnit bli rejält kallt nu.

"Var rädd om dig."

Britt nickade till svar.

Rosmarie kände sig illa till mods, när hon lämnade Britt. Det som först hade känts som en bra stund på bänken, hade vänts och kändes bara fel. Äsch! Jag kanske bara är hungrig? tänkte Rosmarie och skyndade sig hem.

Rosmarie förstod inte varför, men helt plötsligt började hon tänka tillbaka på sin tid i skolan. Det hade varit en tuff tid hon inte hade velat ha tillbaka. Hon var en sådan som aldrig hade haft en egen kamrat. Hon dög endast de gånger det inte fanns någon annan tillgänglig. De flesta av skolkamraterna hade mycket aktiviteter tillsammans på fritiden, men inte hon. Hon fick aldrig vara med. Dessutom var hon väldigt strängt hållen och hennes föräldrar ansåg kamraternas aktiviteter för syndiga. Rosmarie hade svårt för att förstå hur det kunde vara syndigt, de hade ju så roligt och trevligt. Hon hade många gånger önskat att hon hade haft någon att anförtro sig åt, men tyvärr hade hon ingen. Hon mindes en gång hon hade fått vara med de andra flickorna i klassen. De hade varit i skogen för att samla växter till ett skolarbete. Det hade då tagit sig en paus och slagit sig ner i en dunge. Kerstin, en av flickorna i klassen hade varit ledsen.

Först hade hon inte velat tala om varför hon var ledsen, men sen hade hon berättat att hon misstänkte att hon var döende.

Ebba, en av de äldsta flickorna i klassen hade lagt armen om henne och tröstande förklarat för henne att blödningarna hon hade var helt normala. Du är på väg att bli kvinna. Kerstin tog fram sin näsduk och snöt sig. Rosmarie hade lyssnat på deras samtal och tittat vettskrämt på Kerstin. Kerstin hade frågat henne vad hon glodde på och tyckt att hon inte skulle lyssna till deras privata samtal. Hon mindes att hon stammande hade sagt förlåt. Efter den gången hade det snurrat rejält i hennes huvud och hon hade ofta mått illa då hon inte riktigt hade förstått vad de hade pratat om. Det hade låtit väldigt otäckt. Ja fy, hon ville verkligen inte tänka på barndomen, den hade varit hemsk.

Hon ruskade av sig den otäcka känslan och kom tillbaka till verkligheten när katten Murre kom jamande.

"Låt mig bara ta nyckeln under blomkrukan, så ska vi gå in."

Hon öppnade dörren och kryssade med benen mellan den hungrigt jamande katten.

Rosmarie sträckte sig efter en skål och lade i lite matrester och ställde ner.

"Såja, nu blev du väl nöjd?"

På stående fot bredde hon sig själv en smörgås och gick sedan till sängs.

I kvarteret på Bogegatan var det nästan mörkt. Efter att noga ha sett sig omkring smög hon sig fram till lokalens dörr. Hon vände på nyckeln fram och tillbaka ett antal gånger innan fick den rätt. Den kärvade och ett raspande ljud hördes när hon vred den runt. Hon öppnade dörren och skyndade sig in. Hon stod stilla någon sekund, någon kunde ha hört, man kunde aldrig vara nog försiktig. Hon gick vidare in i rummet intill. Som tur var hade hon varit där tidigare under dagen, så hon visste precis var allt stod. Så trångt, väldigt många saker här. Tänk om jag hade kunnat tända, tänkte hon, men det gick inte för sig. Hon tog fram sin ask med tändstickor och drog en sticka mot plånet. Det fräste till och den lilla lågan gav henne det ledljus hon behövde.

Hon tänkte på Lars, hur han hade släpat på Marias lådor. Han är verkligen fortfarande lika stilig, tänkte hon och log. Jag måste nog tända en sticka till om jag skall hitta lådan med hennes saft, för hon hade minsann hört klirrat av flaskor. Hon drog en sticka till och det fräste till.

"Var har vi er nu då?" viskade Britt och trevade sig fram bland lådorna.

Jäkla sticka och bränna mig, tänkte hon irriterat, men hittade i samma stund Marias namn på några lådor.

Hon trevade i lådorna framför sig och önskade att hon åtminstone hade haft någon sticka till men nu var de slut, men hon hade ju sett Marias namn på lådan och hon trodde knappast att Maria skulle sälja något annat än saft, så det var väl lika bra att sätta sin plan i verket. Hon öppnade en flaska och luktade på innehållet. Det luktade inte riktigt som vanligt, men det var säkert något nytt recept. Hon tog fram flaskan med ättiksspriten hon hade i fickan och förde den till saftflaskans mynning. Innehållet i saftflaskan luktade verkligen gott, tänkte hon och tvekade. Jag borde uträtta det jag ska och försvinna härifrån så fort som möjligt, tänkte hon, men visst skulle hon hinna smaka lite först?

"Helt otroligt! Vad gott det luktar." Synd att det inte fanns ett glas och lite vatten. Då skulle hon kunna få sig ett glas innan hon saboterade resten. Hon luktade på innehållet i flaskan igen och nu kunde hon inte motstå. Bara lite, tänkte hon och tog en klunk.

Konstigt? tänkte hon. Innehållet kändes inte tjockt eller koncentrerat. Hon tog en klunk till. Det smakade inte riktigt som vanligt, men det var jättegott och utan att hon märkte det, hade hon druckit upp halva flaskan.

"Nej nu fick det vara nog", sa hon tyst.

Hon öppnade de andra flaskorna och försöka hälla i lite av ättiksspriten, men det var inte så lätt som hon hade trott där i dunklet.

"Men vad i hela friden?" Hur hon än försökte anstränga sig, ville flaskan inte stå still. Vänta nu, flaskor kan inte röra på sig, tänkte hon och försökte greppa den.

"Nej! Luras inte med mig, nu är ni ju dubbelt så många", sa hon och fnissade.

Var det något fel på saften? Inte brukade man bli rusig av det? Hon sträckte sig efter en annan flaska och luktade. Inget fel på den här inte, den luktar precis lika gott som den förra, tänkte hon och tog en klunk. Nja... Kanske smakade den lite barnförbjudet ändå.

Nej! Nu måste jag skärpa mig, tänkte Britt och ställde flaskan på golvet. Åter igen försökte hon hälla de illaluktande dropparna i flaskan som hela tiden envisades med att bli två.

Helt plötsligt hördes en kraftig smäll.

Britt såg förskräckt på fönsterrutan. Vad var det?

"Åh nej!" Bedrövad insåg hon sitt misstag när hon kände att klänningen hade blivit fuktig av ättikssprit.

"Jäklar..."

Hon försökte resa sig upp, men kände då hur golvet lutade och utan att hon kunde göra något förlorade hon balansen och ramlade omkull bland alla flaskor.

"Det skall gå..." sa hon och försökte resa sig igen.

Hon stod stilla på golvet och försökte hitta balansen, men när hon försökte gå mot dörren tippade golvet i flera graders vinkel och hon kunde inte göra annat än att följa med. Med en rasande fart for hon rakt mot väggen med huvudet före.

"Uh..."

◄❂►

Britt tog sig för huvudet och höll händerna om det. Fy tusan vilken värk. Hon öppnade ögonen och kunde först inte komma på var hon befann sig, men vart efter klarnade det i huvudet och hon såg sig förskräckt omkring. Hur länge hade hon suttit här, det hade till och med börjat ljusna. Fy vilken stank, tänkte hon och rynkade på näsan. Hade hon ställt till allt det här? Vad hade hänt egentligen?

Hon försökte lyfta sin arm men kände att hon satt fast. Hon vände blicken mot sin arm och kunde först inte förstå vad det var hon såg. Hon försökte röra sin andra arm, likadant där. Jag måste ställa mig upp, tänkte hon och försökte dra benet under sig, nej det gick inte. Hon kände paniken börja krypa längs ryggraden och hon fick svårt att andas.

"Jag måste upp! Vad händer?" Hämtade hon fram.

"Ja! Där kan du sitta!" sa en röst och skrattade kallt och hånfullt.

Förskräckt vände hon sig mot röstens håll.

"Här är jag! Ser du mig inte?" Åter igen ekade det kalla skrattet.

"Vem är du och varför sitter jag fast?" frågade Britt ynkligt.

"Jag är precis framför dig, på ditt ben."

Britt såg på sitt ben med ett vilt bultande hjärta. Vad menade rösten? På hennes ben? Var hon bunden?

"Här är jag!" vrålade rösten vid hennes ena öra.

Med ett kraftigt ryck lyckades hon vrida huvudet. Det enda hon kunde urskilja på röret intill henne, var ett litet spindelnät... som fortsatte... över till hennes ben.

”Ja! Här är jag, i mitten av mitt nät. Ser du mig nu?”

Britt flämtade efter andan. Det här var inte sant, sådant här kunde inte hända! Hon såg på den lilla spindeln som närmade sig henne allt mer. Helt plötsligt dök han ner mitt framför hennes ögon och hängde i en tråd. Hon blundade, försökte komma bort.

”Se på mig!”

Britt vägrade att öppna sina ögon.

”Öppna ögonen och se på mig!” sa rösten hotfullt.

”Varför skall jag göra det?” svarade Britt ynkligt.

”Vill du inte se på dig själv och ditt eget liv?”

”Mitt liv?”

”Du skulle kunna vara en avkomma från mig. Du är lika vidrig som jag, lika själysk och ond.”

”Jag är inte så vidr...”

Hon såg på spindeln som började ta sig allt närmare henne.

”Precis som jag...” sa han och såg på henne med sina hemska ögon. ”Du är en väldigt giftig spindel.”

Britt knep ihop sina ögon för att slippa se. Hur hade hon hamnat här? Hon kände den frätande andedräkten från den idisslande munnen när han sakta närmade sig henne.

”Du är min...”

”Jag kan inte andas! Hjälp mig! Jag lovar att bättra mig. Jag skall aldrig göra en fluga förnär mer, jag lovar!

Rosmarie svalda det sista av sitt morgonkaffe. Hon hade nog vaknat i senaste laget och kände sig en aningen stressad.

Varför skulle det alltid vara så svårt att somna när hon var tvungen att stiga upp tidigt? Hon såg på sitt armbandsur och insåg att det var dags att ge sig iväg, äta något mer stadigt, det fick hon göra senare. Marknaden skulle visserligen inte starta förrän vid tio, men hon ville alltid ligga före, ifall något oväntat skulle inträffa. Hon öppnade ytterdörren och tittade ut. Ja det såg ut att bli fint väder, tänkte hon och satte på sig de nya skorna.

Halvvägs upp till Bogegatan började hon ångra sitt val av skor. Att hon aldrig kunde lära sig. Hon visste mycket väl att skor borde gås in, men dagen till ära ville hon så gärna ha dem på.

Det blir varmt idag, tänkte hon och tog av sig kappan. Hon vek ihop den och hängde den över armen.

"Hm..." tänkte hon och ruskade lite lätt på kappan.

Hon stoppade handen i fickan. Ingen nyckel? Vart hade den tagit vägen? Hon provade den andra fickan, men ingen där heller? Hon visste mycket väl att hon inte hade lagt ur den i gårkväll.

Hon beslöt sig för att gå hem igen. Den måste ha ramlat ur, men hur hon än letade, hittade hon den inte.

Rosmarie skyndade det fortaste hon förmådde. Nu var hon sent ute och det var inte bra. På vägen hade hon mött en del bekanta och de hade stått som gapande fågelholkar och tittat efter henne, där hon småsprang längs gatorna.

Rosmarie saktade in på stegen och försökte hämta andan. Det såg lugnt ut, hon verkade vara först. Men hur skulle hon ta sig in? Hon skulle bli tvungen att kontakta hyresvärden eller någon vaktmästare med huvudnyckel.

Hon kastade ett öga mot huset. Såg inte dörren ut att vara olåst? Hon visste mycket väl att hon hade låst ordentligt, det här såg inte bra ut. Hon tryckte försiktigt ner handtaget. Skulle hon våga?

"Jag vill inte! Hjälp mig!" hördes en röst inifrån lokalen.

"Men vad...?"

Den där rösten kände hon igen, tänkte hon och gick in i rummet.

"Men vad har hänt här!?"

Rosmarie kunde inte tro sina ögon när hon såg röran. Längst in i hörnet kunde hon se en ynklig figur, indränkt i... vin... jäst saft? Det luktade fruktansvärt och hon blev tvungen att hålla sig för näsan när hon närmade sig den förtvivlade Britt.

"Hjälp mig!"

"Men kära vän! Vad i hela friden har du gjort? Har du ställt till med det här?"

"Har du druckit upp allt det här?"

"Det är ju bara saft", svarade Britt ynkligt.

Rosmarie satte sig intill Britt för att få loss henne från fiskenätet som hängde på en krok ovanför.

"Fiskenät? Men jag trodde..."

"Hur har du lyckats fastna i det här?"

"Fråga mig inte, men jag är skyldig till allt. Jag erkänner. Ta mig bara härifrån. Snälla!" bönade Britt.

"Så där ja, nu är du fri", sa Rosmarie och hjälpte henne upp. "Vad har du där?"

Britt lämnade frivilligt ifrån sig den lilla flaskan som hade innehållit ättikssprit.

"Vad har du gjort egentligen...?"

Britt sänkte skamset huvudet och såg ner i golvet.

"Jag skall aldrig mera vara dum, jag lovar."

”Ja ja, nu får vi hjälpas åt att göra i ordning här. Dig tar vi hand om sen”, sa Rosmarie och hjälpte henne att sätta sig på en stol.

”Det är nog bättre att du sitter här så länge, så du inte ställer till med mer.”

”Är det något konstigt eller fel på mig?” frågade Britt uppgivet.

”Konstigt? Fel? Nej det tror jag inte...”

Britt ansåg det meningslöst att försöka förklara, allt var ändå så luddigt och overkligt. Hade det egentligen hänt? Ju mera hon tänkte på det, desto osäkrare blev hon. Det måste ha varit en dröm. Hon hade slagit i huvudet ordentligt, kanske var det några sviter efter det? Men hon hade en bitter smak i munnen och den ville inte riktigt ge med sig.

”Sätt dig ner. Du har så mycket spindelnät i håret. Jag hjälper dig att ta bort det.”

”Spindelnät?” sa Britt och kände hur en kall kåre letade sig upp längs ryggraden till nackhåren som reste sig av skräck.

”Så nu är det borta!”

De hjälptes åt att göra ordning och allt såg ut ungefär som det skulle när de första entusiasterna kom.

”Då går vi väl hem nu då?” sa Rosmarie och log.

För Britt kändes Rosmarie som en räddande ängel. Vad skulle ha hänt om inte hon hade dykt upp? Hade hon fortfarande suttit i spindels nät då eller hade de alla skällt och varit arga på henne på grund av all förödelse? Hon kände sig ovanligt lätt till sinnet, all bitterhet var liksom bortblåst. Vad hade hon egentligen gjort med sitt liv? Hon hade verkligen slösat bort mycket på att vara bitter och arg.

Britt kastade en blick på Rosmaries rosiga kinder och insåg helt plötsligt vad som var viktigt här i livet. Hon tänkte åter på den otäcka drömmen. Han skulle aldrig mera få fånga henne, men hur hon än försökte slå bort den hemska spindelns blick, så fanns han där.

Josefin kände sig fri, äntligen hade hon genomfört det hon skulle. Det svarta långa håret dansade i vinden där hon gick och de rödmålade läpparna log ett förföriskt leende mot alla hon mötte.

"Ja vad säger du? Följer du med ut ikväll?"

"Jag tror inte det..." svarade Becky försiktigt.

"Det är klart att du skall gå med. Men du kan inte ha den där färglösa tröjan du brukar ha på dig", sa Josefin nervärderande.

"Jag tror inte..."

"Bra då hämtar du mig vid kiosken som vanligt!"

Becky ansåg sig besegrad och nickade.

Josefin tänkte på armbandet hon hade lämnat hos den där tanten Maria på Smultrongården. Det hade bara dykt upp hemma hos henne en dag med posten.

I paketet hade det legat ett handskrivet brev till henne och en liten ask med ett silverarmband. Brevet var från någon som hette Britt. Josefin fick en olustig känsla i magen när hon tänkte på det, den där Britt hade nämligen sagt sig vara hennes mormor. Hon ville skriva och ge henne en bit av sin historia som kanske kunde vara av betydelse för Josefin någon gång i framtiden. Josefin hade först ignorerat alltihop och själv tänkt behålla armbandet, men hade sedan ändrat sig när hon hade förstått att Britt var död. Då bestämde hon sig också för att berätta för sin mamma och det visade sig att hon inte heller hade en aning.

Josefins mamma Ellinor hade visat stort missnöje och tyckt att det hade varit väldigt orätt av Josefin att inte låta henne få ta del av brevets innehåll. Den där Britt är ju faktiskt min mor och hon hade väldigt gärna velat veta vem hon var och nu är det för sent!

Men Josefin hade bara fnyst åt hennes åsikter och gått sin väg.

Josefin kunde inte tyda någon direkt ånger i brevet. Hon verkade mest vilja klargöra var hon kom ifrån. Däremot fanns det en önskan om hjälp. Hon ville väldigt gärna få hjälp med att lämna tillbaka en sak. Ett armband hon en gång hade lånat av en vän. Josefin hade suttit med armbandet i hand och funderat. Hon kanske skulle behålla det istället? Men av någon konstig anledning förmådde hon inte att tillgodose sin egen önskan. Armbandet ville tillbaka till sin rätta ägare, så var det bara. Så nu var hon fri. Nu kunde hon bara fortsätta framåt i livet.

Det var sommar och flaggorna fladdrade endast lite lätt i vinden. Hela Östercentrum var full av liv och rörelse och man kunde inte bli annat än glad. Några handlade inför sommarens utflykter, medan barnen sprang sorglösa omkring. De hade ju sommarlov. Utanför Domus hade några människor samlats för att sjunga och spela för dem som ville höra på och så även Britt. Längst ut vid sidan om Rosmarie stod hon med sin gitarr och tog sitt första trevande ackord hon lärt på sin gitarr och log.

"Han har öppnat pärleporten så att jag kan komma in." sjöng hon trevande.

Men när hon såg hur väl deras sång blev mottagen, glömde hon bort att vara blyg och sjöng allt högre och för första gången i sitt liv kunde hon känna äkta lycka. Äntligen skulle hon få uppleva frid...